十の輪をくぐる

TO NO WA WO KUGURU

辻堂ゆめ

TSUJIDO YUME

小学館

六回目のマッチポイント。サーバーは宮本《みやもと》。今夜二つのサービスエイス。
金メダルポイントです。さあどうか。日本《につぽん》のチャンスだ。流れた！
おっと、オーバーネットがありました。

日本、優勝しました。十五対十三、三対〇、ストレートで勝ちました。
日本、優勝しました。
日本、金メダルを獲得しました。

苦しい練習につぐ練習。
すべて〝この一瞬〟のために払われた涙ぐましい努力。
激しい練習に耐え抜き、青春をボール一途《いちず》に打ち込みましたのも、
みんな〝この一瞬〟のためであります。
日本女子バレーボール、初めて金メダルを獲得しました。
泣いています。美しい涙です。

――一九六四年十月二十三日　ＮＨＫ実況アナウンサー　鈴木《すずき》文彌《ぶんや》

十の輪をくぐる

二〇一九年　十月

人の心というのは、身体《からだ》の内側に存在するのか。

それとも、外側にあるのか。

俺はさ、もしかしたら心ってのは外側にあるんじゃないかと思うんだ。お前はどう思う？

何バカなこと言ってるの、内側よ。だって、人間の身体をイラストにしたとき、ハートマークが描かれるのは必ず胸のところでしょう。

由佳子《ゆかこ》に訊《き》いたら、そうやって頭ごなしに否定されるに違いない。

えー、内側だと思うよ。考えたり、手足を動かしたりするのって、全部脳の機能でしょ。身体の内側というより、頭蓋骨の内側。

萌子《もえこ》は現代っ子らしく、ほんの少し冷めた意見を述べることだろう。

妻や娘の言うことも、分からなくはない。泰介《たいすけ》だって、昔はそう思っていた。でも、最近は違う。心がいつまでも身体の中にとどまっていられるなら、それが一番だ。だけど、ずっと封じ込めておけるとは限らない。何かの拍子に檻《おり》の扉が開いてしまい、心が身体の外へと逃げ出すことがある。伝書鳩《でんしょばと》のようにいつのまにか帰っているときは、安心する。ただ、次に抜け出してしまったときが永遠の別れになるのではないかと、いつも怯《おび》えながら過ごすことになる。

心は気まぐれだ。いたずらに、人間の身体を出たり入ったりする。いないように見えるときも、消え去ってしまったわけではなく、どこかでゆらゆらとさまよいながら、戻るタイミングを窺《うかが》っている。

そう考えないと、説明がつかない——と、小さくなった母の背中を眺めながら、泰介はたびたび自分に言い聞かせていた。

何十年という時間をかけて熟成されてきた人格が、ある日を境に突然崩れてしまう。そんな現実は見たくもないし、受け入れたくもなかった。母が母らしくないとき、本来の人格はどこか別の離れた場所にきちんと保管されているのだと信じることにしていた。今は母の身体が空っぽになっているだけで、何かのきっかけで心が舞い戻ってくることがあるのだと。

今日も、万津子《まつこ》はソファの端に腰かけてぼんやりとテレビに視線を向けていた。

二十年前に中古で買ったこの家のリビングダイニングは縦に長い。キッチン、ダイニングテーブル、ソファ、ローテーブル、テレビという順番で並んでいるから、仕事から帰ってきた泰介がダイニングで遅い夕食をとる間、テレビを見ている母の後ろ姿が視界に入り続けることになる。

耳が遠いわけではないから、ナレーションの声は聞こえているはずだ。だが、万津子は身じろぎもせずに、テレビの画面をじっと眺めていた。何か月か前に、「テレビの内容が分からない」と訴えていたことがあった。今も、どういう番組でどんなテーマが取り上げられているかということはさっぱり呑《の》み込めないまま、移り変わっていく画《え》を網膜に映し続けているのだろう。

テレビでは、ニュース番組が流れていた。数日前に国際オリンピック委員会が突然検討し始めた、マラソン競技の札幌《さっぽろ》開催案について報道している。この間ドーハで行われた世界陸上で、酷暑のため棄権者が相次いだことを受けての緊急対策らしいが、何も知らされていなかった札幌市長は困惑のコメントを出し、浅草《あさくさ》雷門《かみなりもん》や銀座、東京タワー、皇居外苑《がいえん》など東京のありとあらゆる見どころを回るコースを一年以上も前に決定していた東京都側は猛反発していた。

「本当に、札幌でやるのかな」

焼き魚を箸でほぐしながら、泰介は流しで皿を洗っている由佳子に大きな声で話しかけた。

「チケットがなくても、マラソンなら沿道で見られると思ってたのにな」

「残念よね。せっかく江東《こうとう》区に住んでるのに、近くて遠いオリンピック、って感じ」

こちらを振り向かないまま、由佳子が淡々と返してきた。

近くて遠いオリンピックとは、言いえて妙だ。

埋立地の有明《ありあけ》やお台場《だいば》を有するここ江東区内には、バレーボールや水泳、体操、テニス、アーチェリー、ボート、新競技のスポーツクライミングなど、実に全競技会場の四分の一近くが集中している。今はまだ街の様子にさほど変化を感じることもないが、九か月後には、家の外に出るのが億劫《おっくう》になるほど外国人であふれかえるに違いない。

そのくせ、観戦チケットはちっとも当たらなかった。一人あたり三十枚を家族四人の名義で、しかもバレーボールに至っては予選ラウンドまで申し込んだにもかかわらず、春から夏にかけて行われた抽選は全敗に終わったのだ。聞くところによると、何らかのチケットに当選した人の割合は、全体の二割に満たなかったのだという。

「ひどい話だよ。税金を払ってるんだから、都民の優先枠があったっていいのにな。開催期間中だって、交通機関が麻痺《まひ》して迷惑を被るのはこっちなんだぞ」

インタビューに答える札幌市民の映像を眺めながら、泰介はぼやいた。

「政府はテレワークを推奨するとか何とか言ってるみたいだけど、うちは到底無理だな。支給されてるのはガラケーだし、家で仕事ができる環境なんて整ってないし」

「あら、じゃあどうするの？」

「いっそのこと、会社、休んじまおうかな。暑そうだし、家でテレビ見ながら涼むのがよさそうだ」

「有休、そんなに取らせてもらえるかしら」

「何とかなるだろ。都内がお祭り騒ぎになるときに、通常どおり会社に行くなんて無理だ。絶対に無理」

「家にいてもお義母《かあ》さんがいるけどね」

　由佳子が急に声を潜めた。ソファに座ってぼんやりしているときの母はこちらの会話など聞いてやしないのに、由佳子はいつも万津子に気を使う。

「あなた、お義母さんの調子が悪いとすぐに怒りだすじゃない。二週間も三週間も、ずっと家の中で一緒にいたらどうなるかしら」

「怒ってるわけじゃない。叱ってるんだ。仕方ないだろ、意味不明なことばかり喋《しゃべ》るんだから。子どもを躾《しつ》けるのと一緒だよ。お前も、もう少しお袋に厳しく当たればいいんだ。そうしたらこっちの言うことをちゃんと聞く。夜自分の部屋に戻りたがらないなら引きずっていけばいいし、自分で食事をとろうとしないときは無理やりスプーンで食べさせればいい」

「お義母さんに対してそんなことできるわけないじゃない」

「調子が悪いときのお袋はお袋じゃないんだよ」

「ひどいこと言わ――」

「今日は食べたのか？　夕飯」

由佳子はタオルで手を拭いて、こちらを振り返った。眉を寄せたまま、無言で首を振る。

「じゃあ、俺が食べさせてやるよ。あまり食べないと栄養失調になるんだろ。それで家族の責任にされたら困るのはこっちだ。冷蔵庫か？」

「いいのよ、私があとでやるから。あなたはまず自分のご飯を食べてしまってよ」

泰介は箸を置いて椅子から立ち上がり、キッチンへと向かった。「だからいいってば」と駆け寄ってくる由佳子を退け、冷蔵庫の中から小鉢を取り出す。かぼちゃの煮つけと冷ややっこ、骨を取った煮魚が今日のメニューだった。物を嚙《か》む力が弱くなっている万津子のために、由佳子が毎食特別にこしらえているものだ。

腰に手を当てている由佳子のそばを通り過ぎて、泰介はソファへと向かった。ローテーブルに食事を載せたトレーを置き、黙ってテレビを眺めている万津子の隣に腰かける。

「ほら、食べるぞ。一人でできるよな」

調子がいいときの万津子は、こちらの言葉を理解するし、食事も一人でとる。つまり、心が母の身体の中に戻ってきているときだ。だが、今の様子を見る限り、母は泰介の言葉をさっぱり聞いていないようだった。テレビを見つめたまま、何やら顔をしかめている。

泰介は小鉢にかかっていたラップを取り、スプーンを万津子に手渡そうとした。万津子は泰介の手を握って、強い力で突き放した。その拍子に、スプーンが泰介の手を離れ、大きな音を立てて床に落ちた。

「何してんだよ！」

大声を出すと、万津子は身をすくめた。しかし、その目はテレビの画面から離れない。そんなに気になる映像でも流れているのか、と泰介はテレビを振り返った。

赤と白のユニフォームが目に入った。各競技の日本代表選手が次々と登場する、最近ありがちなCMだ。オリンピックのスポンサー企業が広告代理店に依頼してCMを作ると、どれも似たようなイメージになってしまうらしい。

ひねり宙返りをする体操選手、ラケットを振る卓球選手、懸命に脚を動かす陸上選手。そのラインナップの中には、ネットの前でボールに向かって跳び上がる、バレーボールの日本代表選手たちの姿もあった。

「魔女……」

不意に、万津子が口を開いた。珍しく、妙にはっきりとした口調でテレビに向かって言う。

「私は……東洋の魔女」

「え？」

泰介は目を瞬《しばただ》いた。「何言ってんだ」と声をかけたが、万津子の耳には届いていないようだった。

「金メダルポイント……」

「は？」

「サーバーは、宮本。今夜、二つのサービスエイス」

「何だって？」

「泰介には……秘密」

「秘密？　何が？」

訊き返したが、万津子は泰介のほうを見ようともせずに、テレビを凝視したまま黙り込んでしまった。

「急にどうしたんだよ。『東洋の魔女』って、女子バレーボールの？」

母はそれ以上喋ろうとしなかった。ソファの上でもぞもぞと尻を動かし、居心地が悪そうにする。それからゴホゴホと咳《せ》き込んだ。

「秘密って何だよ。俺に隠してることがあるのか」

さらに問いかけてみる。だが、まったく会話にならなかった。うー、あー、と言葉にならない声を上げながら、まるで動物園で見世物にされているパンダのように、母はソファの背もたれに寄りかかってゴシゴシと脇腹を掻《か》いた。

万津子がこういう状態になったのは、今年の五月にくも膜下出血で倒れてからのことだった。一命はとりとめ、目立った身体的後遺症も残らなかったが、しばらくして認知症の症状が出ていることが発覚した。脳血管性の認知症というのは、脳の細胞が壊れた部分の機能が低下するため、アルツハイマー型と違って症状がまだらに出るらしい。一日の中でも、意識がはっきりして普通に喋れるようになったり、今のようにぼんやりとしていてソファから動こうとしなかったりと、大きく状態が変化することがあった。

心が母の身体を出たり入ったりしている、と泰介が考えるようになったのは、そのせいだ。

「今の、聞いたか？」

さっき泰介が落としたスプーンを拾い上げている由佳子に尋ねると、「ええ」と困ったような声が返ってきた。

「『東洋の魔女』って、あれよね。前回の東京オリンピックのときの」

「それ以外にありえないだろ。もしかしてあれか？　さっきからテレビで流れてる特集を、昔の東京オリンピックと勘違いしてるのか」

「ああ、そうね。二〇二〇年じゃなくて、一九六四年だと思ってるのかも」

そう考えると納得がいった。八十歳を目前に認知症を発症した万津子は、記憶の混乱を頻繁に起こすようになっていた。食べたばかりの夕飯をもう一度とろうとする、同じ話を繰り返す、というように新しい出来事を次々と忘却するのがその主な症状だ。一方で、幼少期の思い出などの古い記憶は意外にも守られていた。一九四〇年生まれの万津子にとって、東京オリンピックといえば五十五年前の大会を指すのかもしれない。

それにしても、ずいぶん古い話を持ち出したものだ。一九六四年当時、泰介はまだ三歳で、五つ年下の由佳子に至ってはこの世に生を受けてすらいない。かつて東京オリンピックで歴史的な金メダルを獲得した日本女子バレーボールチームが、『東洋の魔女』というニックネームをつけられて他国から恐れられていた、という話はもちろん知っているが、泰介自身に当時の記憶はまったくなかった。

「『私は東洋の魔女』って、どういう意味かしら」

由佳子が不思議そうに首を傾《かし》げ、ふと悪戯《いたずら》っぽく笑った。

「言葉どおり、お義母さんが実はあのチームの一員だった、って話だったりして」

「そんな突拍子もない話があるかよ。一九六四年っていったら、俺も徹平《てっぺい》ももう生まれてるじゃないか」

「でも、ありうるかもよ。『東洋の魔女』って、オリンピックで優勝する何年も前から活躍してたチームでしょう。オリンピックの頃にはもう第一線を退いていて、主要なメンバーではなかったとしても、補欠かサポートみたいな立ち位置だったのかもしれないし」

「いやいや、そんなわけあるかよ」

一笑に付そうとした瞬間、由佳子の口から意外な言葉が飛び出した。

「だって……お義母さんって、確か結婚前に紡績工場で働いてたんじゃなかった？」

「紡績工場？」

「ええ。風邪を引いたときに呼吸器系の症状がひどくなるのは、昔工場で綿ぼこりをたくさん吸い込んだせいだ、っていつだったか話してた気がするけど」

「そうだったかな。で、それが何か？」

泰介が問いかけると、由佳子は少女のように目を輝かせた。

「もしかして、日紡貝塚《にちぼうかいづか》だったんじゃない？」

「……何だって？」

「日紡貝塚よ。『東洋の魔女』っていうのは、大阪にあった紡績工場の実業団チームだったわけでしょう。もしかしたらお義母さん、結婚前はそこにいたんじゃないかしら」

由佳子はすらすらと、東洋の魔女についての蘊蓄《うんちく》を語った。

一九六〇年当時、女子バレーボール界を担っていたのは繊維業界の実業団チームだった。工場に勤務する女子従業員が健康を維持するためのレクリエーションとして発展した結果、全国大会においても強豪チームとして台頭していたのだ。『東洋の魔女』と呼ばれた六名の女子選手も、日紡貝塚という紡績業を営む企業に所属していた。彼女らは全日本代表として活躍し、欧州遠征で世界選手権三連覇中だったソ連を破って二十二戦全勝するなどの成績を収めた上、東京オリンピックで優勝を飾った。

「どうしてそんなこと知ってるんだ。お前が生まれる前の話だろうに」

「むしろ、あなたが知らなかったことのほうが驚きよ。あれだけバレーに打ち込んでたのに」

「スポーツをやるのと、スポーツの歴史に詳しいのは別だよ」

「私ね、ずっと憧れてたの。だって、日本のバレーボールの先駆者って感じで、かっこいいでしょう。『アタックNo.1』や『サインはV!』だって、東洋の魔女が優勝した後に生まれた漫画じゃない。あなたも読んだんでしょう?」

「読んだというか、お袋に読まされたようなものだけどな」

昔から、本や漫画を読むのは苦手だった。文字や絵を一つ一つ追っていく作業が面倒で、集中力がすぐに切れてしまうのだ。だから、当時ブームになっていたバレーボール漫画のこともよく覚えていなかった。もっとも、あれは少女漫画だったから、本来男が読むものではない。

泰介と由佳子は、大学のバレーボール部で出会い、結婚した。しかし、根っからのバレーボール好きで業界のことにも詳しかった由佳子に比べると、泰介は単なる惰性でプレーしていたに過ぎなかった。それはひとえに、自分の意思でこのスポーツを選んだ、という実感がなかったからだ。

幼い頃からずっと、母がバレーボールにのめり込んでいた。彼女は、泰介を一流の選手に育てようとしていた。幼少期は、万津子に連れられて毎日のように公園に行き、特訓を受けていた記憶がある。泰介は母の熱心な指導と援助により大学までバレーボールを続けたが、在学中に芽が出ることはなく、その後今の会社に就職した。

「で、日紡貝塚だったの? 覚えてる?」

「知らないよ、お袋の結婚前の勤め先なんて」

結婚前の話どころか、母から昔の話を聞いた記憶がほとんどなかった。弟の徹平が生まれて間もなく父が死に、その後家族三人で福岡から東京に上京してきた、ということくらいしか知らない。母は、自らの過去を語らない人間だった。

「ニチボー」

黙っていた万津子が、不意に大声を出した。「あらお義母さん、やっぱり日紡貝塚だったんですか」と由佳子が話しかけたが、万津子は口をもぐもぐとさせて呻《うめ》いただけだった。

やはり、万津子の言葉は要領を得ない。さっきの言葉も、認知症特有の妄想によるものだろう。ローテーブルの上に置いたままになっている食事のトレーが目に入った。急に不快な気持ちになり、トレーを勢いよく引き寄せた。冷やややっこの入った小鉢が勢いで倒れる。

「いいからさっさと夕食を食べろよ。早く！」

トレーを母の膝の上に乱暴に載せる。由佳子が「ちょっと」と咎《とが》めるような声を上げたが、泰介はそれを無視して万津子を睨《にら》んだ。

万津子が意味不明な言動をするのを見ると、無性に苛立《いらだ》ってしまう。家事をテキパキとこなし、はっきりとした物言いで自分の意見を言い、それでいて泰介が愚痴をこぼすと深夜までずっと話を聞いてくれたかつての母は、もういない。自分たちに世話をされる母の姿は、なんとも情けなく見えた。

由佳子がソファのそばにしゃがみこみ、万津子の肩に手を置いた。

「お義母さんは病気なのよ。怒ったってしょうがないでしょ」

「見ててイラつくんだよ」

「お豆腐、崩れちゃったじゃない」

「お袋が食べないからだろ」

言い返しながら、貧乏ゆすりをした。最近は、毎日この調子だった。母の調子が悪い。泰介が苛立つ。泰介が母に当たる。由佳子が怒る。

玄関のドアが開く音がした。「ただいま」という明るい声が続く。

ソファから立ち上がろうとしたが、間に合わなかった。白地に蛍光ピンクの線が入ったエナメルバッグを肩にかけた萌子が、ドアを開けてリビングに入ってきた。バッグをどすんと床に置いた拍子に、顎にかかるほどの長さの茶色がかった髪に電気の光が反射して、頭のてっぺんに天使の輪ができる。

身長一七四センチの娘が、万津子の両脇に陣取っている父と母を見下ろした。夫婦喧嘩《げんか》中だったことを察したのか、まだ幼さの残る色白の顔に、困ったような笑みが浮かぶ。

「おばあちゃん、ただいま」

萌子が身をかがめ、うなだれている万津子の顔を覗《のぞ》き込んだ。

「大丈夫？　ちょっと元気なさそうだね」

返事はない。万津子はいつのまにかトレーの上に手を伸ばし、かぼちゃの煮つけを手でいじっていた。

「こらこらお義母さん、手が汚れちゃいますよ」

由佳子が立ち上がり、布巾を取りにダイニングへと向かう。そうしながら、「萌子は先にお風呂入ってきたら？」と呼びかけた。

うん、と元気に頷《うなず》き、萌子は万津子のそばから離れた。

「お父さん、チロルはどこ？」

「二階じゃないか」

「おっけ、ありがと」

チロルぅ、とペットの猫の名前を呼びながら、制服姿の萌子はリビングを出ていった。その後ろ姿を見送っていた万津子が、ぽつりと呟《つぶや》く。

「ああ、アヤちゃん」

誰だよ、と心の中で悪態をついた。

娘の名前はアヤじゃない。萌子だ。

由佳子が万津子の手を拭き、恐る恐るスプーンを持たせると、これまでの抵抗が嘘《うそ》だったかのように夕飯を口に運び始めた。本当はダイニングテーブルで食べさせたいのだが、ソファから動かそうとするのはもっと面倒だった。

「ほら、あなたも夕飯の残り、食べちゃって」

途中になっていたことをすっかり忘れていた。由佳子に急《せ》かされ、再びダイニングテーブルにつく。由佳子はキッチンに戻り、萌子の分の食事を温め始めた。

「あのね、一つお願いしたいことがあるんだけど」

由佳子がまた小さな声で話しかけてきた。由佳子が声のトーンを落とすときは、万津子に関する相談と決まっている。

「お義母さん、朝の散歩が趣味でしょう。朝は調子がいいことが多いから、今のところは問題ないんだけど……このまま認知症が進んだら、途中で家の場所が分からなくなって、帰ってこられなくなるんじゃないかって怖いの。だから――」

「だったら家から出さなきゃいい」

「最後までちゃんと聞いてってば。お義母さんね、調子のいい日は本当に普通なのよ。認知症だってことが嘘みたいに、三十分くらい散歩に行って楽しそうに帰ってくるの。道で誰々に会ったとか、そういう話もしてくれてね。それなのに、無理やり閉じ込めておくなんて真似《まね》はできないでしょう」

「じゃあどうすればいいんだ」

「ほら……例えば、GPSつきの携帯電話を持たせるとか。あとは、徘徊《はいかい》防止グッズで、靴にGPS発信器を埋め込むサービスもあるらしいの。そういうのを――」

「わざわざ、お袋専用に買うのか？　もったいないだろ」

「でも」

「お前が目を離さなきゃいい話だろ。安易にIT機器に頼ろうとするな。自分のスマホもろくに使いこなせずにゴミ同然になってるくせに。学習能力が低いんだよ。そうやって俺にどんどん金を使わせやがって」

思わず声を荒らげてから、言い過ぎたことに気づいた。電子レンジが鳴っているのに、由佳子はキッチンに立ち尽くしたままこちらを見つめている。由佳子は涙目になっていた。

「どうしてそんなにひどいことを言うの」

「事実は事実だろ」

「少しくらい妥協してくれたっていいじゃない。私はお義母さんのことを心配してるだけなのに」

もういい、と由佳子は後ろを向いてしまった。それからしばらくして、萌子が階段をバタバタと降りてきて風呂場に入る音がした。萌子がドアを勢いよく閉めた音が、沈黙に包まれたリビングダイニングに響き渡る。

「そういえば、萌子のことなんだけど」

しばらくして、由佳子がこちらに背を向けたまま、棘《とげ》のある口調で言った。まだ怒っているようだ。

「この間、とうとうスカウトされたらしいのよ」

「スカウト？　街中でか？」

「何と勘違いしてるの。バレーの話よ。国体の試合会場で、企業のスカウト担当に話しかけられたんだって」

泰介は箸を持ったまま顔を上げた。何とも言えない気持ちが胸を覆う。

スカウトと聞いて、芸能界のほうを真っ先に想像した自分に驚いた。泰介は今でも、無意識のうちに過去から逃げ続けているのかもしれない。

「高校二年生だし、そろそろ声がかかるんじゃないかと思ってはいたんだけどね。まだ具体的な話にはなっていないけど、萌子さえ望めば、そっちの道に進むことはできるみたい」

「うーん……」

「やっぱり心配？」

「当たり前だろ」

即答してから、泰介はまた貧乏ゆすりを始めた。

「スカウトの目に留まったのはすごい。だけど、どうなるか分からないのがスポーツ選手の人生だろ。特に女子は、高校卒業後にいきなりプロ入りっていうケースが多い。リスクが高すぎるんだよな」

「リスクっていうのは、故障とか？」

「それもそうだし、仮に萌子が違う道を選びたくなったときに、高卒だと選択肢が少なくなるんじゃないか」

「でも、せっかくの機会なのよ。私たちができなかったことを、萌子に叶《かな》えてもらいましょうよ」

「親の夢を子どもに押しつけるのは危険だ。それで萌子が本当に幸せになれるのかどうか、萌子自身がきちんと考えなくちゃいけない」

泰介が言い返すと、由佳子は一瞬口をつぐみ、ソファに座る万津子にちらりと目をやった。この主張の裏には実体験に基づく不満と後悔があり、泰介が萌子の英才教育にも消極的な姿勢を取っていたことをよく知っているからこそ、由佳子は強く出られない。

「でも、萌子は……バレーを続けたいって言ってるけど」

「俺は萌子の口から聞いてないぞ」

由佳子がバレーボールの英才教育に熱心だったおかげで、昔から萌子の実力が同世代で群を抜いているのは知っていた。今年に入ってからは、特に派手な話題が多い。夏のインターハイでは、二年生エースとしてチームをベスト4に導いた。今月頭の国体では、東京都の代表として大活躍した。そして来月行われるユースやジュニアの女子日本代表候補合宿にも、今回初めて招集がかかっている。

大事に育ててきた一人娘の快挙だ。父親として、嬉《うれ》しくないわけがない。

ただ、自分の心は誤魔化せなかった。

由佳子が萌子にしたのと同じように、万津子も大きな期待をかけて、泰介にバレーボールを仕込んだのではなかったか。条件はそう変わらないはずなのに、娘の萌子は花開き、自分はついぞスカウトの目に留まることはなかったことを思うと、やりきれない思いが勝る。

なぜ、俺は。なぜ、萌子は。

食べることも忘れて考え込んでいるうちに、風呂場のドアが再び開いた音がした。長時間の練習の後なのだからもっと湯船に浸《つ》かってゆっくりすればいいのに、と由佳子はよく萌子に向かって言う。だが、萌子はいつもさっさと風呂を出てきてしまうのだった。

タオルを肩にかけたまま、萌子がリビングに入ってきた。髪はまだ濡《ぬ》れている。短いから、食事をしている間に乾いてしまうのだろう。

萌子はテレビの前まで歩いていくと、カーペットの上にぺたりと足を広げて座り込み、ストレッチをし始めた。家の中で、萌子はいつもせわしない。筋力トレーニングをしたり、猫のチロルと戯れたり、万津子に話しかけたりと、常に動き回っている。そういうところは泰介似だ。その点由佳子は、風呂も長いし、ドライヤーにも信じられないくらい時間をかける。

ストレッチを終えた萌子は、ダイニングにやってきて、由佳子が温めた夕飯を食べ始めた。スカウトに声をかけられたことについて尋ねようかと思ったが、どうやって話を切り出そうかと頭の中で段取りを整えては忘れ、を繰り返しているうちにすっかり機を逃してしまった。

結局、萌子は泰介よりも早く夕飯を食べ終え、「ごちそうさま」と快活な声で言い残して二階へと上がっていった。万津子が小鉢を空にするのを根気よく待っている由佳子を残して、泰介は風呂へと向かった。

その夜、ベッドに入ってから、急に反省の念がわいてきた。よく考えたら、万津子にGPS発信器を持たせる金がもったいないということと、由佳子がスマートフォンの使い方をなかなか覚えられないことは、直接的に関係がない話だ。思ったことを反射的に口に出してしまったが、由佳子は傷ついたかもしれない。

後から寝室に入ってきた妻が、電気を消した。「ごめんな」と話しかけると、「何のこと?」という疲れたような返事があった。

「さっき怒鳴ったことだよ」

「……うん」

仕事のストレスのせいか、最近こうやって家族に当たってしまうことが多くなったような気がする。

少し落ち込んだ気分になりながら、泰介は眠りについた。

朝の光で気分よく目覚めたことなど、一度もない。

毎日昼まで寝ていられるのだったらいいのに、と布団の中で思う。今日が休日だったらいいのに。会社が大雨で休みになってしまえばいいのに。腕を伸ばして目覚ましの音を何度止めても、泰介の頭の中には白い靄《もや》が停滞している。

「あなた、起きて」

「そろそろ起きたほうがいいんじゃない」

「起きないと時間がなくなるわよ」

「あと十五分で家を出ないと」

何度も由佳子に起こされ、ようやく目覚める。不機嫌な状態でワイシャツに腕を通し、スーツのズボンをはく。まだ脳が起きていないものだから、たまに靴下が色違いになっていたりする。朝食は食べずに、だらだらと歯を磨いてから玄関へと向かう。

「ちょっとちょっと、これ持っていかないと」

ポケットに入れ忘れていた財布とスマートフォンを、由佳子が玄関まで持ってきてくれた。いってらっしゃい、という声に送り出されて、家を出る。

大抵、駅までの徒歩十三分の間に、ようやく目が覚めてくる。十月も気がつけば下旬になり、都心の住宅地にも、そこはかとなく秋の香りのする涼しい風が吹いていた。

家の前の狭い路地を抜けると、昔ながらの個人商店が集まった商店街がある。八百屋、肉屋、パン屋、酒屋、花屋、クリーニング屋、接骨院、理容院。大型スーパーのように一気にまとめて買えないのは不便だが、ひととおり生活必需品は揃《そろ》うから悪くない、と由佳子はここに引っ越してきた当初喜んでいた。

下町を訪れる外国人観光客の取り込みを狙っているのか、豆腐屋の軒先には『オリンピックまであと273日』という日めくりパネルが掲げられていた。こんな駅から遠い商店街までやってくるわけないだろ、と突っ込みを入れたくなるが、店主は毎日大真面目《おおまじめ》に数字のパネルをめくっているのだろう。

歩行者天国のローカル商店街を抜けると、大通りに出る。左斜め前方にスカイツリーのてっぺんを望みながら、電車に遅れないよう、半ば小走りで駅までの道のりを進む。電動アシスト自転車に我が子を乗せた母親たちや、通勤客を満載した都営バス、車体に市松模様のオリンピックエンブレムを印刷したタクシーが、せかせかと泰介を追い越していく。

小名木川《おなぎ》にかかる広い橋を渡ると、地下鉄の駅はすぐそこだった。

泰介の勤める株式会社スミダスポーツは、その名のとおり、すぐ隣の墨田《すみだ》区にあった。所要時間は電車で十分と少し。自転車でも通える距離だが、駐輪場が用意できず、事故の危険性も高いという理由で基本的に禁止されていた。

七階建ての本社ビルの一階と二階は、自社で運営しているスポーツクラブになっている。社員は会費が半額になるから、泰介も時たま仕事帰りに寄ってエアロバイクに乗るようにしていた。おかげで、並の五十代より筋力がついている自信はある。由佳子には残業が多いと勘違いされているようだが、実際には仕事をしていない夜も多かった。

泰介が所属するマーケティング企画部はビルの四階にあった。エレベーターを降り、入り口の読み取り機に社員証をかざして自動ドアを通過する。オフィスフロアに入ると、壁の時計は始業時間ぴったりの九時半を指していた。

席に座って引き出しを開けたり閉めたりしていると、隣から声をかけられた。

「佐藤《さとう》さん、あの」

課長の北見賢吾《きたみけんご》が、わざとらしく咳払《せきばら》いをする。

「いつも言ってますけど、もう少し早く来られませんかね」

「今日は時間ぴったりじゃなかったか」

「正確には三十秒ほど過ぎてます。それに、始業時間ぴったりにオフィスに入ってくるだけじゃダメなんですよ。パソコンを立ち上げて、業務が開始できる状態にしていただかないと」

細かいな、と心の中で舌打ちをする。今月から新しく課長になった北見は、まだ三十代半ばの若者だった。初めて課を統率する立場について気負っているのか、泰介の数分程度の遅刻や書類作成上のケアレスミスにいちいち文句を言う。北見は偏差値の高い私立大学を出ていて、同期では最速で課長に昇進したらしい。

一方泰介は、初めて管理職についたのが五十を過ぎてからだった。五十五で役職定年を迎えるまで四年間、関東圏の店舗を管理する部署の課長を務めていた。ただ、自分にはマネージャーよりもプレーヤーのほうがよっぽど向いていると思っている。部下の気持ちや仕事の進捗《しんちょく》を細かく把握するのは面倒だったし、部長や他の課長と会議室にこもって討議しているとついつい熱くなり言い過ぎてしまうことが多かった。

「それと、昨日の朝お願いしたウェブ予約システムの店舗別登録数リスト、できあがってます?」

「何だっけ、それ」

「顧客属性のデータとの突合をお願いした気がするんですが」

「ああ、思い出した。それはこれからやるよ。昨日は店舗アンケートの入力作業で手一杯だったから」

「アンケートの集計は後回しでいいって、僕、伝えましたよね」

北見がこれ見よがしにため息をつく。向かいに座っている立山麻美《たちやまあさみ》と木村将太《きむらしょうた》がちらりと顔を見合わせて笑った。彼らはまだ二十代後半のひよっこだ。だが、データアドミニストレーション課という仰々しい名をつけられたこの部署では、パソコンスキルが物を言う。これまでＩＴに一切触れてこなかった泰介ばかりが後れを取り、若者が評価されるのは不公平なように思えていた。

「毎日毎日リスト作成ばかりで、飽きるよなあ。こんなの、それぞれの部署で手分けしてやればいいのに。ここに集約するから仕事がつまらなくなるんだ」

ようやく起動したパソコンにパスワードをゆっくりと打ち込みながら愚痴を言うと、北見がまた大きくため息をついた。

「せっかくオリンピックが近づいてきて、これからスポーツ界も盛り上がっていくところだっていうのにさ。数字やグラフなんか眺めてないで、俺は現場に行きたいよ」

立山か木村が反応してくれるかと期待したが、彼らはうっすらと愛想笑いを浮かべただけで、無言のまま業務に戻ってしまった。

スミダスポーツには、学生時代にやっていたスポーツクラブでのアルバイトを経て、そのまま正社員採用で就職した。泰介が入社した当時、スミダスポーツは墨田区とその周辺の数店舗のみを運営している小規模な会社だったが、その後合併や買収を繰り返し、業界でナンバースリーに入るほどに成長を遂げた。今では全国にあるスポーツクラブやスイミングスクールの運営を手がけている。

悪い就職先ではなかった、と今でも思っている。給料も業界では高いほうだし、結果的に業界大手と呼ばれる有名企業になった。しかし、年齢が上がるにつれて、仕事はどんどん面白くなくなっていった。

数年間の店舗勤務を経て、本社に異動になった。それから約二十年間、店舗運営管理部やスクール事業部の中で課を転々としていた。五十一の頃から四年間は管理職を経験し、上司や部下に振り回された。そして今月、新設されたマーケティング企画部へと異動になった。名前だけは見栄えがいいが、その内実は、社内の雑多なデータ管理業務をまとめて請け負っているだけだ。

パソコンを立ち上げ、北見に指示されたとおりにウェブ予約システムの登録データを呼び出した。モニターにずらりと並んだ数字や文字列を見るだけで、気力という気力が身体から抜けていく。

これをどうしたらいいんだっけ。

ブイルックアップ《VLOOKUP》、とかいったか。その数式を――いや待てよ、どこに書き込めばいいんだっけ。

頭の中で整理しようとしても、なかなかまとまらない。そもそも、これまで現場を直接統括する部署でしか仕事をしてこなかったのだから、突然エクセルだのマクロだのを駆使しろと言われてもできるわけがなかった。数字ばかり見ていても、集中力が続かない。

泰介は席を立ちあがり、データアドミニストレーション課の島をぐるりと回って立山の席に向かった。

「ねえ立山さん、二つのリストをくっつけるときって、何を使えばいいんだっけ」

「エクセルでVLOOKUPを使えばいいんじゃないですか？　もしくはアクセスで一括処理」

「いや、でもどこに打ち込めばいいのかなって」

「見せてください」

立山が顔をしかめながら席を立ち、泰介の机までついてくる。立山はモニターを覗き込むなり、「まだローデータの段階なんですね。それならまずピボットテーブルを作らないと」と乱暴にマウスを動かし始めた。

立山が代わりに処理をしている間、手持ち無沙汰になり、後ろの島を振り返る。隣の課の新入社員がスポーツタオルのサンプル品を机に並べているのを見て、泰介は「おお」と声を上げた。

「それ、冬の入会キャンペーンで配るやつか」

「はい、そうです。見本が今日できあがって。なかなかかっこいいですよね」

「そっちの仕事は楽しそうだなぁ」

「いやいや、昨日危うく発注ミスしそうになって、先輩方に大目玉を食らいましたよ」

新入社員の男子と言葉を交わしていると、「佐藤さん」という厳しい声が飛んできた。

「立山さんに仕事をやらせないでください。この仕事は、僕から佐藤さんにお願いしたものですよ」

課長の北見が、不機嫌そうな顔で泰介のパソコンを指し示していた。ピボットテーブルを作成し終えたらしい立山が、豊満な胸を反らし、カツカツとヒールの音を鳴らしながら自席へと戻っていく。

「ああ、ごめんごめん」

泰介は席につき、再びリストと向かい合った。隣では、北見が三度目のため息をついている。大雑把な泰介と、細かい部分が気になる北見とでは、どうも相性がよくないようだった。

北見がマネージャーとして優秀だとはあまり思えなかった。過去の上司たちは、もう少し自由に仕事をさせてくれたような気がする。細かい作業の一つ一つに明確な締め切りを設け、ちょっとでも過ぎると「あとどれくらいで完成しますか」と問い詰めてくる北見の姿勢は、まったく好きになれなかった。

スポーツをやってきた人間ばかりが就職するようなこの会社でも、やはり最終的に物を言うのは学歴だ。これまでに、北見賢吾のような高学歴の人間が抜擢《ばってき》される例をいくつも見てきた。

だからこそ泰介は、萌子が高校を卒業してすぐにバレーボールの道に進もうとしていることに諸《もろ》手《て》を挙げて賛成することができなかった。真っ当に大学に行き、自分の実力で企業に就職してくれるのが、親としては一番安心だ。萌子がスポーツしかできない子どもだったならそうは言わないが、萌子は学業面でもそこそこ優秀だった。

萌子には、自分のようになってほしくない。

十六歳の彼女が思っている以上に、選手生命は短く、会社員人生は長いのだ。

北見に注意された後も、リスト作成はなかなか進まなかった。とりあえず喫煙所で一服してみたり、コーヒーを買いにいったりと、気分転換ばかりに時間を取られていく。気がつくと時計は十二時を指していた。弁当を買いにいこうと椅子から腰を浮かすと、隣から厳しい声が飛んだ。

「リストはまだですか。午後一番の会議で使うので、お昼に行く前に仕上げていただかないと僕が困るんですが」

「それならそうと早く言ってくれよ」

「昨日お願いしたときに伝えましたよ」

呆《あき》れたような物言いに、泰介の心の中で苛立ちのスイッチが入る。どうして三十代半ばの若造に、毎日嫌味な口調で指図されなければならないのだろう。

結局、リストが仕上がったのは午後一時ギリギリになってからだった。北見のメールアドレスに送信すると、北見が慌てた様子でノートパソコンを抱えて会議室へと走っていった。

昼休憩をとろうと席を立ち、弁当を食べている木村の机を覗き込んだ。

「今日、美味《うま》そうな弁当売ってた?」

「いえ、別に」木村は目を合わせようともせずに、そっけなく答えた。「いつもと同じっすよ」

北見があいう態度をとるからだ。当初は泰介に対して好意的だった木村や立山にまで、最近はなんだかバカにされているような気がする。

定年まであと一年半か、とエレベーターホールに向かって歩きながら考えた。

今の部署から異動できないようなら、雇用延長をする気はない。

リタイアしたら、何をしよう。

毎日昼から酒を飲み、借りてきたDVDを片っ端から見る。そんな生活も悪くないのではないか。しかし、なんとなく釈然としない気持ちもあった。「もし萌子を大学に行かせるなら、六十五歳まで働き続けてもらわないと」という由佳子の言葉が脳裏に蘇《よみがえ》る。

それなら、前の部署に戻りたかった。スポーツジムへの新しい器具の導入を検討したり、スイミングスクールやテニススクールのインストラクター育成計画を練ったり。自分のアイディアが直接反映される仕事は、純粋に楽しかった。周りからも実力を認められていたし、いくらでも残業できる気力と意欲があった。

定年まであと一年半。

もう、あの日々は戻ってこないのかもしれない。

一九五八年　九月

三角巾の中に押し込めた髪が、じっとりと濡れている。作業着のシャツの袖で幾度も顔の汗を拭いながら、宮崎《みやざき》万津子は精紡機の間を動き回っていた。

そこらじゅうで霧吹きが懸命に水を噴いている甲斐《かい》なく、今日はずいぶんと糸が切れる頻度が高かった。こちらの都合を無視して動き続ける機械は、そのたびに綿を噴き上げる。そういえば、朝食休憩から戻ってから、まだ一度として足を止めていなかった。髪も睫毛《まつげ》も、いつの間にかほこりで真っ白になっている。

——おどま盆ぎり盆ぎり、盆から先《さ》きゃおらんと、

これほど糸が切れ続けるのは、たぶん外の空気が急に乾燥し始めたからだった。湿度の調整が追いついていないのだ。新入りのときだったら、真っ青になっていたに違いない。

ここに来たばかりの頃は、下向きに出てくる細い糸をすばやく取ることができず、組長に注意されてばかりいた。今や、新入りの子たちが見学に来ると「万津子さんを手本にしやぁ」と会社の人が言うくらい、器用な手つきで仕事をするようになった。

——盆が早《は》よくりゃ早よもどる、

故郷の懐かしい歌を口ずさみながら作業を続けていると、だんだんとセンチメンタルな気分にな

ってくる。

そろそろ稲が実り、家の周りが金色に輝き始める頃だろうか。両親や悟《さとる》兄ちゃんは、今日も田んぼに出て、あくせく働いているだろうか。実《みのる》兄ちゃんはまた身体を壊していないだろうか。小夜子《さよこ》は、中学での学校生活を楽しんでいるだろうか。

あたりでは機械が絶え間なく騒音を立てているから、万津子が気持ちよく歌っていても気づく者はいない。どうして口をパクパクさせるのか、とたまに組長や会社の人から訊かれることはあったが、「癖です」と話して切り抜けていた。

周りに構わず、万津子は歌う。

美空《みそら》ひばりを熱唱するときもあれば、学校で習ったロシアやフランスの民謡を鼻歌で歌うこともあった。曲はそのときの気分に合わせて、あてずっぽうに選ぶ。自分を励ましたいときは『若者よ』、子どもの頃を思い出したいときは『みかんの花咲く丘』、少し悲しくなったときは『さくら貝の歌』、夕食前のお腹《なか》が空《す》いた時間帯には『赤とんぼ』。

――おどま勧進勧進、あん人たちゃよか衆《し》、
糸が切れたところをまた見つけて、手早く糸を繋《つな》いだ。息つく暇もないが、なるべく忙しいほうが時間の流れが速く感じられる。精紡の工程で八台もの機械を任せてもらえるのは、熟達している証《あかし》でもあった。「九州の人は働き者やぁ」と会社の人に褒められると、いっそうやる気が出た。農家の三女で、何の取柄もない自分でも、まるで九州を代表してこの地に派遣されてきたかのように錯覚することができる。

十三時四十五分の終業時間まで、あと少しのはずだった。早番の日はなんとなく得をした気分になる。朝四時二十分に起きないといけないのはこたえるが、午後から夜までが丸々空くぶん、自由

時間が多いように思えるのだ。後番だと、仕事が終わるのは二十二時だから、寮に帰ってうるさくすることもできない。仕事終わりに仲間と雑談するひとときを楽しみにしている万津子は、昼過ぎに解放される早番の週を気に入っていた。

——よか衆やよか帯よか着物、

戦前の女工は、糸が切れないよう室温四十二度に保たれている工場内に、早朝から夜遅くまで閉じ込められていたのだという。それに比べれば、万津子たちはずいぶん恵まれているといえた。

ただ、身体を蝕《むしば》むような暑さは今も変わらない。扇風機を置きたくても、綿が飛んでしまうからできない。それならせめて、熱を出して床に臥《ふ》せっているときに使う氷枕が欲しかった。あれを首の後ろか頬にでも当てることができたら、どんなに楽になるだろう。でも、きっとこの環境では数分も経《た》たないうちに氷が溶けてしまう。

「外国の南の島は、年がら年中、こげん暑かつやろか」

三角巾の間から垂れてきた汗を拭い、万津子は独りごちた。

工場内の労働に耐えられるのは、外に出る瞬間を楽しみにしているからこそだ。涼しい風を全身で受け止めるときの、あの心地よさを味わえない気候の国があるのだとしたら、そんなところにはとても住めない。

生まれた場所が日本でよかった、と思う。治りかけの水虫がまだ痒《かゆ》くて、作業靴の上から足をこすりあわせながら、万津子は機械の間に目をこらした。

そしてまた、『五木《いつき》の子守唄』の続きを歌いだす。

——おどんがうっ死《ち》んだちゅうて、誰《だい》が泣いちゃくりゅか、

地元熊本に伝わる民謡。この物悲しい調べの歌を教えてくれたのは、中学の音楽の先生だ。

この歌は、ただの子守唄じゃなかとですよ。貧しか家ん子が、お金持ちの家に子守の奉公に行かされて、赤ちゃんばおんぶしながら歌いよる、悲しか歌なんです。お盆ば過ぎたらうちに帰れるけん、はよお盆が来んかなあ、あん人たちは綺麗《きれい》か着物ば着られてよかねえ、という歌です。

習ったときは何とも思わなかった。切ない歌だ、という感想しか抱かなかった。だけど今では、この歌を歌う少女の気持ちがよく分かる。

生まれ育った家を離れ、知らない場所で働いている。時期が来るまでは家にも帰れずに、夜に故郷を思うしかない。

『五木の子守唄』の歌詞は、妙に自分と重なるところがあった。

ただ、万津子が糸を取りながらこの歌を延々と歌うのは、自分のほうがまだましだ、と奮起するためだった。自分には、寮の仲間がいる。奉公ではなく集団就職だから、ちゃんと毎月のお給料も出る。貯金だって少しはしているし、お休みの日には喫茶店や映画館に行くこともできる。そうやって、むしろやる気を出すために歌うことが多かった。

荒尾《あらお》や大牟田《おおむた》の土地が懐かしいが、ここでの生活も悪くはなかった。大変なのは万津子だけとは限らない。地元に残って炭鉱に就職した同級生たちだって、今ごろ苦労をしながら働いていることだろう。

万津子が愛知県一宮《いちのみや》市にやってきて、もう二年半が経とうとしていた。

中学を卒業したての十五歳で、生まれ育った地を後にした。毎日が戸惑いの連続だったあの頃のことは、遠い昔のようにも、はたまた昨日のことのようにも思える。

——裏の松山、蟬《せみ》が鳴く

歌い終えてしまってから、大きな声で「ああ、きつか」と叫んだ。さすがに声が届いてしまったのか、二列向こうで作業している後輩がこちらを振り向いたのが見えた。

九州だと、「きつい」。会社の人たちは、「えらい」。秋田から来ているつねちゃんは、「こわい」と言う。ここに来る前は大阪の工場で働いていたという組長の弘子《ひろこ》さんは、「しんどい」という言葉をよく使っていた。

ふわあ、と大きなあくびが出た。綿ぼこりが口に舞い込み、むせそうになる。

朝からずっと眠かった。昨日は後番から早番に切り替わる日だったから早寝しなければいけなかったのに、昼間に見に行った映画がとてもよくて、ついつい語り合いすぎてしまったのだ。

松竹映画『彼岸花』。小津《おづ》監督の作品はいくつか見たことがあったが、カラーは初めてだったから思わず見入ってしまった。映画に出てくる若い娘たちの服装がとても素敵で、今度ああいうスカートを仕立ててもらおうね、などとあやちゃんと遅くまで話し合っていたのだった。

——遠い山の向こうの、知らない町よ、
時間を持て余し、万津子は次の歌を歌いだす。確かフランス民謡だったと思うが、題名は忘れてしまった。

——いつか馬車に乗って、行きたい町よ
工場内では、機械の音がうるさくて、自分が発した声さえもよく聞こえない。それでも万津子の頭の中では、中学のクラス全員で合唱したときの空に高く上っていくような澄んだ声が、自分の歌に重なるようにして鳴り響いていた。

やがて、交代を告げるチャイムが鳴った。そばまで来て待機している後番の子に持ち場を引き渡し、工場を出る。蒸し風呂のような場所から外に出られるのが嬉しくて、自然と速足になった。

入り口の扉を出ると、爽やかな風が吹き寄せた。ひんやりとした空気が頰を優しく撫《な》で、汗ばんだ首元に入り込む。身体に張りついていたシャツがふわりと浮くような心地がして、万津子は思わず吐息を漏らした。

早朝五時半に仕事を開始してから八時間以上、待ち焦がれていた瞬間だった。

今日は、まだ九月に入って半月しか経っていないのに、風がとても涼しい。とはいっても、蒸し暑い工場から外に出てきたからそう感じるだけなのか、空が曇っているから本当に気温が低いのかは、すぐに判断がつかなかった。

どちらでもいい、とすら思う。その風が、一日の労働から自分を解放してくれるならば。

寮の隣にある風呂場に向かって歩きながら、睫毛についた綿ぼこりを手で払い、三角巾やエプロンを取った。白い布を大きく振ってはたき、ほこりを飛ばす。

「まっちゃん」

後ろから、万津子のことを呼ぶ声がした。振り向くと、同部屋のあやちゃんとつねちゃんがこちらに向かって歩きながら手を振っていた。

背が低くて小麦色の肌をしているあやちゃんと、色白でひょろりとしているつねちゃん。

二人は、外見も性格も正反対だった。おしゃべりで、誰とでもすぐに仲良くなれるのがあやちゃん。控えめで優しくて、聞き上手なのがつねちゃん。出身地だってまったく逆方向だ。あやちゃんは鹿児島で、つねちゃんが秋田。

「ようやく仕事が終わったわね。一緒にお風呂に行きましょう」

あやちゃんがすました顔で言うのを見て、万津子は噴きだしてしまった。

「何よう」とあやちゃんがむくれる。「あたし、きちんと喋ってるでしょ。標準語」

「あやちゃんが綺麗な標準語を使うと、なんだか変よ」と、万津子もクスクス笑いながらやり返してみる。

「それはまっちゃんだってそうよ。おかしいわ」

「標準語ごっこをしようって言いだしたのはあやちゃんじゃないの。映画や小説の登場人物みたいな美しい言葉を話してみたいわ、って。今日もまだ続いてたのね」

「あ、今のまっちゃんの言葉、ちょっと訛《なま》ってなかったかしら」

「あら、それを言ったらあやちゃんだって」

二人でやりあっていると、つねちゃんがこらえられずに笑い始めた。「あたくしから見ると、どっちもどっちだと思うわよ」とつねちゃんが姿勢を正しながら話した言葉からは、東北特有の尻上がりの訛りが抜けていなかった。

つねちゃんの話し方があまりにわざとらしくて、三人で一斉に口元に手を当てた。あははは、と空に向かって大きな笑い声を上げる。

「三人とも東京さ住んだこともねえのに、東京の言葉で喋るなんて無理やん」

秋田弁と尾張《おわり》弁が混ざったへんてこな言葉で、つねちゃんが主張する。それに対して、あやちゃんが不満そうな声を上げた。

「違《ちご》た所《とこい》から来た者同士《もんどし》、ちゃんと話すための普通語やん。あたいとまっちゃんならともかく、つねちゃんは九州の言葉が分からんで、普通語で喋っやったほうが理解《わか》い易《やし》ち思たとに」

「熊本県民の私も、最初はあやちゃんが何ば言いよるか、いっちょん分からんかったばってん」

同じ九州と一括《ひとくく》りにされたことに対してそう指摘すると、あやちゃんは「まっちゃんは荒尾だもんで、ほぼ福岡んよなもんやん」と口を尖《とが》らせた。「鹿児島弁《かごつまべん》は難《むつか》しかし、理解《わか》いにくいから」

この工場に集団就職で来た女性工員は、八割以上が九州の出身だった。特に南九州の鹿児島や熊本が多い。万津子は熊本県荒尾市の出身だが、荒尾は福岡県大牟田市のすぐ隣で、喋る言葉は大牟田弁だ。きつすぎる鹿児島弁はちっとも分からず、ここに来た当初はあやちゃんと意思疎通を図るのに苦労した。

そんな中、一割強しかいない東北出身者のつねちゃんは、どんなに不安だったことだろう。同部屋になって初めて話したとき、つねちゃんのただでさえ白い頬はすっかり青白くなっていた。ホームシックにかかったのか、目を泣きはらしたあともあった。東北訛りが恥ずかしかったと見えて、あまり積極的に喋ろうともしなかった。だけど、長いあいだ一緒に過ごしているうちに、内向的なのはつねちゃんのもともとの性格なのだと分かってきた。

あやちゃん、つねちゃん、万津子の三人は、二年半前に入社したときからずっと同部屋だった。最初は、それぞれの地方から出てきたばかりで、何が標準語で何が方言なのかもよく分かっていなかった。あやちゃんに「わっぜぇむぜどなぁ」などと言われ、つねちゃんが凍りついていたのが懐かしい。だいぶ後になってからつねちゃんに意味を尋ねられ、「すっごく可愛《かわい》いって褒めたのに」とあやちゃんはずいぶん肩を落としていた。その様子が可笑《おか》しくて、つねちゃんと二人で大笑いをした覚えがある。

方言の教え合いっこは楽しかった。一宮に二年半いるうちに、ラジオや映画で使われている標準語をはじめ、会社の人が使う尾張弁もだんだんと混じってきて、もはや自分たちがどこの地方の言葉で喋っているのか分からなくなっていた。そんなときに、東京を舞台にした映画に影響されてあやちゃんが始めたのが、三人の言葉を標準語に統一する、という遊びだった。

「さあ、さっさと髪を洗って、ほこりを落としちゃいましょうよ」

女優さながらの気取った口調に戻って、あやちゃんが風呂場の入り口を指差した。ゆっくり歩いていたせいで、一番空いている時間は逃してしまったようだった。すでに大勢の従業員が風呂場に吸い込まれている。

「いいわね」

つねちゃんと万津子は同時に頷き、わっと駆け出した。

洗髪室にずらりと並ぶ蛇口の前で順番待ちをして、まずさっと頭を洗う。髪の奥底まで入り込んだ綿ぼこりを落としてから、浴場へと入る。

いつもこの頃には、お腹がぐうぐう鳴っていた。本当は昼ご飯を先に食べたいくらいだが、ほこりだらけの身体で食卓につくわけにもいかないから、多少の我慢は致し方ない。

汗とほこりにまみれていた身体も、お湯に浸かるとさっぱり綺麗になった。後が何十人もつかえていて、ぐずぐずしているとすぐに湯船が満員になってしまうため、ゆっくりする間もなくすぐに上がる。新しいシャツとズボンに着替え、いったん寮に荷物を置いてから、今度は急いで食堂へと向かう。

食事の配膳は、風呂から上がった順に全員で行うきまりになっていた。お茶の入ったやかんをテーブルに置き、湯飲みを並べる。ブリキの器に、麦ご飯、味噌汁《みそしる》、煮込み、漬物をそれぞれ取り分けていく。それから部屋ごとに決められたテーブルに座って、遅めの昼食が始まるのだった。

「今日はライスカレーじゃないのね。悲しいわ。ねえ、万津子さん、常子《つねこ》さん」

箸を手に取ったあやちゃんが、わざとらしく唇に指を当てながら話しかけてきた。その演技が面白くて、万津子も半分笑いながら真似をする。

「ご馳走《ちそう》でなくって残念ねえ。リンゴやキュウリが入った野菜サラダもいただきたかったわ。ねえ、文子《あやこ》さん」

早番の終わった二百名ほどが一気に昼食を食べている食堂は、精紡機にも負けないくらいの騒がしさだった。行儀が悪いと注意されそうなものだが、ここ一色《いっしき》紡績の先輩たちは大概とても優しい。同じ愛知県内のタイル工場や瀬戸物工場では軍隊のように規律が厳しいところもあると聞くから、万津子たちはずいぶん甘やかされているようだった。

同部屋の弘子さんも、そんな穏やかな先輩のうちの一人だった。もうここに勤め始めて六年経つベテランだ。その前は大阪の工場で二年働いていたというから、大ベテランといってもいいかもしれない。工場では組長という場を統率する大切な役割を務めているのだが、寮の部屋や食事の間は、万津子たち三人の変な遊びや他愛《たわい》もないお喋りをいつもニコニコしながら聞いていてくれる。

弘子さんも、あやちゃんと同じ鹿児島の出身だ。ただ、大阪にいる間に方言を無理やり矯正してしまったらしく、弘子さんが喋る言葉はだいぶ関西弁に近かった。

洗い髪もそのままに、食べ盛りの十八歳にはやや物足りない量の飯をゆっくりと食べていく。相変わらずたどたどしい標準語で話し続けていると、途中で弘子さんが「何やそれ」と笑い出した。

「おもろいことしてんなあ。うちも入れて」

そろそろやめようかと内心思っていたのに、弘子さんが乗り気になってしまったからさらに続けなくてはならなくなった。「標準語を綺麗に喋れるのも、お作法のひとつなんやろなあ」と弘子さんがもっともらしく頷いているから、なんとなく高尚なことをしているような気にもなる。

「今度の日曜日、弘子さんは何をされるご予定？」

「ちょいと一宮の街に出るつもりでおりますわ」

「喫茶店でも行かれますの？」

「ええ、みつ豆かアイスでもいただこうかと。お財布との相談次第ですけれど」

すっかり役に入っているのか、弘子さんがいつになく上品に微笑《ほほえ》み、「皆様は?」と三人の顔を見回した。

「この間、万津子さんと常子さんと色違いで、イカすサックドレスを買ったんです。あれを着て街に出るのが楽しみだわ」

あやちゃんが誇らしげに言う。お揃いのサックドレスを三人で購入したのは、つい一か月前のことだった。それからというもの、毎週日曜には三人で街まで出かけることにしていた。

あやちゃんがサーモンピンク、つねちゃんがエメラルドグリーン、万津子がサックスブルー。三人揃って通りを歩くと、良家の娘であろう制服姿の女学生たちがはっとこちらを振り向いたりした。誰も私たちが女工だとは思うまい、と顔を寄せ合ってクスクス笑うのが楽しみだった。弘子さんには、「悪い男につかまらんようにね」と心配されたが、いざというときにはあやちゃんがどぎつい鹿児島弁で撃退することに決めていた。

「次の日曜は、街で何をしましょうか」

つねちゃんが、ちょっぴり恥ずかしそうにしながら、たどたどしい標準語で問いかけてくる。うーん、とあやちゃんが天井を見上げて考え込んだ。

「そうね、ちょいと映画館まで行くのはいかが? 昨日松竹を見たから、次は日活がいいわね。まだ見に行けていない映画がいいわ。『風速40米《メートル》』とか」

「石原裕次郎《いしはらゆうじろう》ね!」と、万津子は大げさに両手の指を組み合わせる。「あたくしもとっても見たいわ」

「でも、映画は昨日見に行ったばかりでしょう。そう毎週行っていたら、お金が尽きてしまうわ」

つねちゃんが心配そうな顔をした。いつだって、三人の中で一番の節約家なのは、八人きょうだいの末っ子であるつねちゃんだ。

そうねえ、とあやちゃんがまた思案顔をする。「では、日曜のことは、日曜になってから決めましょう」という彼女が出した投げやりな結論に、万津子は思わず破顔した。

「そうそう、映画といえば」と、あやちゃんが性懲《しょうこ》りもなく続ける。「昨日見た小津監督の『彼岸花』、とてもいい映画でしたわね」

「ええ、シビれたわね。カラーで、とてもよかったわ。それにしても、娘をお嫁に出す父親って、みんなああなるのかしら」

「よその家の娘の結婚は冷静に受け入れられるのに、自分の娘となると大反対ですものね。そういう父親の姿が映画の中でしっかり描かれていて、とても面白かったわ」

「娘を引き留めようとするお父さん、可愛らしかったわね」

ふふふ、といつもよりおしとやかに笑ってみる。本当に映画の中の綺麗な女優さんになったようで、気分がいい。

「んだども……おらん家《ち》は、ああはならねえな」

突然、つねちゃんがテーブルを見つめたまま呟いた。弘子さんもあやちゃんも万津子も、ぽかんとしてつねちゃんの顔を見つめる。

「ああ、ごめんごめん。標準語、忘れてた」

つねちゃんが頰を赤らめ、頭に手をやった。

「『彼岸花』見ながら、考えてたんだ。うちは、娘が嫁に行くことになったら、おっとうとおっかあは手を叩《たた》いて喜ぶに決まってる。貧乏な農家だもの。ここに来たのだって、口減らしだ」

つねちゃんは黒目がちな目を伏せ、下唇を嚙んだ。その口元が小刻みに震えている。皆を虜《とりこ》にする赤い唇から、今にも血が滲《にじ》むのではないかと、万津子は心配した。

ずんと槍《やり》で突かれたような痛みが、万津子の胸にも走る。

「それは、うちも一緒たい」

思わず身を乗り出し、語気を強めた。

口減らし。厄介払い。普段は考えないようにしているが、自分の状況を的確に説明する言葉など、いくらでも思いつく。

すると、あやちゃんも寂しそうな口調で同意した。

「あたいも。あげな立派な結婚式、憧《あこが》るっどなぁ。大きかホテルで、女子《おなご》ん衆《し》たちゃぜぇんぶ、一《いっ》張羅《ちょびら》の黒か衣装《いしょ》どん着て。あたいにゃ、無理《むい》じゃっどなぁ」

「ああ、そっか」

みんな同じ境遇だということを、ようやく思い出したらしい。つねちゃんは照れたように笑った。

「難しいとは思うけども、『彼岸花』の姉《ね》っちゃみたいな恋愛結婚《ごぜんけ》も、憧れるな」

「大丈夫。つねちゃんはよかおごじょじゃっで、よかにせどんが見っかいが」

「ん？　何て？」

「つねちゃんは器量よしだから、きっとスマートなボーイフレンドが見つかるわよ」

あやちゃんが標準語で言い直すと、つねちゃんは途端に顔を真っ赤にした。

「やめてくれ、ボーイフレンドなんかできねえって。家柄がよくねえもん。絶対、お見合い結婚だ。親戚もみんなそうだもの」

あやちゃんにからかわれたと思ったのか、つねちゃんは必死になって首を振っていた。「まっちゃんも、つねちゃんに引けを取らんぐらい器量よしじゃっで、きっとよかにせどんと縁があっが」

とあやちゃんが次にこっちを見るものだから、万津子もちょっと困ってしまった。それを見て、弘子さんが「こらこら」とあやちゃんをたしなめる。

「ところであなたたち、標準語ごっこはもう終わりなの？」

「いいえ、続けますとも」

あやちゃんが急にかしこまって答えた。不意ににやりと笑い、テーブルに身を乗り出して弘子さんの顔を覗き込む。

「ところで弘子さんは、ご縁談はありますの？　先週の日曜に、近くの工場の男の人とデートしてる現場が目撃されたって、ちょいと噂《うわさ》を聞きましたわよ」

その途端、弘子さんはぱっと顔を赤らめた。

「やっぱり、本当なんですの？」

「私ももう二十三やからね。十八のあんたたちと違って、いろいろあるんよ」

噂を認めた弘子さんの言葉に、万津子たちは一斉に歓声を上げた。食堂の係の人に睨まれたのを感じて、すぐに身をすくめる。それから、小さな声で、弘子さんのことを祝福した。

昼食が終わったとき、万津子たちのテーブルは、弘子さんのおかげでいつも以上に幸せな空気に包まれていた。

ただ、少し寂しくもあった。入社してからずっとお世話になってきた弘子さんが寿退社してしまったら、今度は自分たちが下の面倒を見る番だ。

姉のように慕ってきた組長がここを去るとき、自分は果たして泣かずにいられるだろうか。そんなことを考えながら、湯飲みに入れたお茶を飲み干した。

食事の後は、三人で洗濯室へと向かった。

汗をたっぷり吸いこんだ作業着は、なるべく早めに洗っておかないと、狭い部屋の中でむんむんと臭いを放つことになってしまう。横並びの洗濯槽の前に陣取って、お喋りをしながら手洗いするのが三人の日課だった。

「まっちゃん、つねちゃん、グラウンド行っが！」

ようやく洗濯物が干し終わり、隣のアイロン室で替えの三角巾にアイロンをかけていると、あやちゃんが小刻みに足踏みをしながら、大きな声で呼びかけてきた。

「あと少しやけん、ちょっと待っとって」

「うんにゃ、待っちょらならん」

「あやちゃんのせっかち」

そう口を尖らせてみたものの、つねちゃんがそばでアイロンを片付け始めたのを見て、万津子も慌てて立ち上がった。ここにいる子は、幼い頃から家のことを手伝ってきた子ばかりだから、みんな手慣れている。万津子よりアイロンがけが速くて丁寧な子は、いくらでもいた。

いったん荷物を部屋に置いてから、あやちゃんとつねちゃんと三人で手を繋いで、勢いよくグラウンドへと駆けだした。

グラウンドに張ってあるネットの周りには、すでに幾人もの部員が集まっていた。準備運動をしている人もいれば、数名で輪になってトスを上げている一団もいる。万津子たち三人も、急いで屈伸運動を開始した。

周りでは、ソフトボール部や陸上部も活動を始めていた。バットを運んだり、列になってジョギングをしたりと、各々練習を始めている。

早番が終わった午後の時間には、こうやってスポーツに興じる者が多かった。もちろん毎日ではなくて、近所に住むお嬢さんがお裁縫や生け花を教えに来てくれる日には、そちらに参加することもある。どちらにも顔を出さず、近くの駄菓子屋で買ってきたお菓子をつまみながら部屋で雑談している者もいるにはいるが、だいたいの人たちは、何かしらの危機感を持って有意義な時間を過ごそうとしているように見えた。

中卒で、女工。

だから頭が悪い、身体も悪い、とは言われたくなかった。高校の教科書だって与えられればきちんと読めるし、自由時間には高校生よりも活発にバレーボールをする。セーラー服は着られなくても、女学生に負けないくらい勤勉で、ひととおりのお作法も身についている。そういう人間でありたいと、万津子は常日頃から思っていた。

女子バレーボール部の活動時間は、平日の十六時から十八時までだった。部員は、総勢四十名。いくつかある部活の中で、もっとも大所帯だ。

ただ、部員の半分は後番に入っていて、毎日の練習に全員が必ず参加するわけでもない。一回の練習に参加するのは、せいぜい十名ちょっとだった。九対九の試合形式で打つことが叶うのは、寮対抗戦のときくらいだ。今年から六人制の大会が創設されるようだから、ここらで方針転換することも考えなくてはならないかもしれない。

「こん前ん全日本、日紡貝塚が連覇したなぁ」

「ホント、強かねえ」

「どうやったら、あんなに強くなれるんだべ」

手首と足首をくるくると回しながら、三人で嬉々《きき》として話し合う。

女工のスポーツといえば、バレーボールだ。大正時代から戦前にかけて、不健康な労働環境改善のため、レクリエーションとして取り入れる工場が増えたのだという。今やどの工場にもバレーボール部があるのが当たり前になり、全国大会では毎年のように、繊維会社のチームが上位を総なめしていた。

「そりゃ、大松《だいまつ》監督どんの力じゃいが」

「羨ましかねえ。一色紡績にも、偉か監督さんが来んかなあ」

「無理《むい》、無理。弱小チームん中《なか》ん弱小チームじゃっで、どげんひっくり返っても日紡や倉紡《くらぼう》や鐘紡《かねぼう》にゃ勝てやせん。そもそも、うちとは違《ち》ごっせぇ、あげなチームは高校の有力選手を引っ抜いちょっで」

興奮しているのか、あやちゃんが口から唾を飛ばしながら語る。自分たちには遠く及ばない世界とは分かっていても、同じ紡績工場で働いている女性が全国大会で大活躍しているというのは嬉しいものだった。

そんな話をしていると、隣から声がかかった。

「そげな夢んよな話、やめやぁ。まずは来月の寮対抗戦じゃろが。油断しちょったら、こぶし寮が勝っどな。かえで寮にゃ連覇はさせんど」

女子バレーボール部の部長を務めている、悦子《えつこ》さんだった。万津子たちより二つ年上の、二十歳。今年の一月には、和裁が得意な近所のお嬢さんに教えてもらいながら振袖を縫って、会社の講堂で成人式をしていた。その姿がとても綺麗で、後輩一同で騒ぎ立てて会社の人にしこたま怒られたのは、甘くて苦い思い出だ。

「うんにゃ、勝つのはかえで寮じゃっでなぁ。こっちにゃ宮崎万津子がついとるもんで」

あやちゃんが伸び上がって万津子の肩を引き寄せ、悦子さんに向かって胸を張る。この二人は同郷の鹿児島県霧島《きりしま》市出身で、とても仲の良い先輩後輩だった。

「そげん適当なこつ言うたらでけんよ、負けたらどげんすっとね」

万津子は慌てて身を屈《かが》め、あやちゃんの耳元で囁《ささや》いた。しかし、彼女はまったく気に留めていない様子で、「じゃっどん、まっちゃんがこん中で一番上手《いっばん》じゃっで」と白い歯を覗かせて笑った。

「あたい、まっちゃんにゃ、オリンピックに出てほしか」

「何ば言いよっとね」

いきなり大きく出たものだ、と苦笑する。急に突拍子もないことを言いだすのは、あやちゃんの悪い癖だった。

「無理に決まっとるやろ。第一、バレーボールはオリンピック種目じゃなかよ」

「うんにゃ。そんうち、新種目になるかもしれんし」

「それこそ夢の夢たい」

「しかも、会場は東京。世界中の選手が、東京に集まっとよ」

「オリンピックを、東京で？」万津子は思わず噴きだしてしまった。「まったく、あやちゃんは想像力豊かやねえ。まだ戦争から十年ちょっとしか経っとらんとに、日本でオリンピックなんかしきらんよ」

「じゃっどん、『もはや戦後ではない』でなぁ」

あやちゃんが得意顔で腕を組み、一昨年《おととし》の流行語を堂々と言い放った。

「もともと、東京オリンピックはあたい達《たつ》が生《う》まれた年に開かれる予定じゃったとよなぁ。戦争で流れっしもたけど。あと、再来年《さ》のローマ五輪の開催地を決むっときも、東京は最終候補ぎぃ残っちょった。じゃっで、可能性は大いにある」

「そうかねえ」

次々と繰り出される熱弁を、万津子は笑って受け流した。

あやちゃんの言うことは、まるで夢物語だった。確かに、いつか日本が戦争から完全に立ち直って、未来都市のようになった日には、オリンピックが東京や大阪で開かれることもあるかもしれない。

だが――それはきっと、遠い未来の話だ。

練習開始、という悦子さんのよく響く声を合図に、万津子とあやちゃんはお喋りをやめた。

二チームに分かれて、練習が始まった。

曇り空に向かって、白いボールが打ちあがる。チームメイトの手首に当たってボールが弾む。相手のコートで先輩が大きく跳ぶ。一つの動きも見逃すまいと、腰を低くして構える。

はよ来い、自分のところへ来い。

バレーボールをしている間、万津子はいつも、心の中でそう繰り返す。

それは、恐ろしいほど密度の濃い時間だった。朝四時二十分から始まる長い一日の中で、もっとも心が浮き立つ瞬間が、次々と訪れる。

白いボールが頭上に迫ってくるとき。

自分の足が地面を蹴るとき。

身体が伸び上がって、背がピンとまっすぐになるとき。

思い切り体重をかけて、右手をボールへと近づけるとき。

ボールが手首に触れ、相手のコートへと勢いよく吸い込まれていくとき。

万津子は、生きていることを実感する。もう経験することはないと思っていた青春のきらめきを、自分の内側に見出《みいだ》す。身体の隅々まで精気が行きわたり、心の奥底が熱く燃え始める。その勢いのままに、次のボールをコートに叩き込む。

「まっちゃん、すごかぁ！」

アタックが決まると、チームメイトが手を叩いて喜んだ。来月の寮対抗戦を意識したチーム分けにしてあるから、あやちゃんもつねちゃんも同じチームだ。

万津子は仲間内で一番背が高いから、いつもアタッカーとして活躍していた。寮対抗戦や、勝ち抜いた場合の工場対抗戦も、毎回代表選手として出場している。つねちゃんも同じくらいの背丈だが、あまり身体が強いほうではないらしく、万津子ほどの跳躍力はなかった。

一日八時間、ずっと工場の中で駆けずり回っているのに、よくバレーボールまで頑張る体力があるものだ、と寮の仲間に感心されることがある。

万津子にとって、バレーボールというのは、むしろ心が安らぐものだった。仕事中は前かがみになって糸を取り続けなくてはならないが、バレーボールをしているときは背筋をピンと伸ばして、広い空を舞うボールを見上げていられる。精一杯跳び上がって、また地面に降りてきて、またジャンプする。そのたびに、身体に熱い血が巡っていく感覚に酔いしれる。点を取ったときに仲間と手を合わせて喜びあえば、労働の疲れもたちまち吹き飛んでいく。

サーブをするのも得意だった。部長の悦子さんがいい位置につけていると上手《うま》く拾われてしまうこともあるが、サービスエイスを取る確率において万津子の右に出る者はいない。ボールが弧を描いて相手コートに落ちていくのを見たときのぞくぞくするような感覚は、他の何にも喩《たと》えることができなかった。

「まっちゃん！」

白いボールが高く舞う。トスを上げたセッターのあやちゃんが、万津子に向かって大きな声を上げる。

よし来た、任せて。

言葉には出さずに、万津子はただ大きく跳び上がる。タイミングは完璧だった。万津子が振り下ろした手が白いボールを捉える。ボールはネットを越えてまっすぐに、誰もいない地面へと落下していく。

わっと歓声が上がった。振り返ると、隣で練習していたソフトボール部の部員たちが盛大な拍手をしていた。バットを握る手を止めて、万津子の活躍を見守っていたようだった。

自然と笑みがこぼれる。つねちゃんが駆け寄ってきて、ぽんぽんと優しく肩を叩いてくれた。「まっちゃん、さすが」と顔をほころばせ、スキップをしながら自分の持ち場へと戻っていく。ネットのそばでは、あやちゃんもぴょんぴょん跳びはねていた。「まっちゃん、百人力！」と、彼女が両手で口を囲んで叫ぶ。

もう一本。

あと、もう一本。

仲間の笑顔を見るたびに、自分を奮い立たせることができる。次も頑張ろう。その次も頑張ろう。バレーも、工場の仕事も、何もかも、ずっとずっと、頑張ろう。

幸せいっぱいの気持ちのまま、自分の立ち位置へと戻る。そして、ふと考えた。

さっきはあやちゃんをバカにしてしまったけれど、やっぱり――。

――バレーボールがオリンピック種目になったら、どんなに素敵だろう。

寮の消灯は二十時半と決まっていた。

部屋いっぱいに広げた蚊帳《かや》の中に、それぞれの布団を並べる。全員の準備ができたことを確認してから、電灯の紐《ひも》を引っ張って、灯《あか》りを落とす。

「まだ、だいぶ暑いな」

暗くなった部屋の中で、布団の上に寝転んでいるつねちゃんが呟いた。

「扇風機、あったらいいのにな」

「じゃっどねぇ」

あやちゃんがしみじみと相槌《あいづち》を打った。

「冬はこたつを入れてくれるのにな。なして夏は蚊帳だけなんだべ」

「窓を開《あ》くれば風が吹っがね」

「風といっても、熱風だども」

「あち、あち」

電気が消えてから少しの間は、こうやって雑談するのが日課になっていた。話し声が漏れると注意されてしまうから、小声で話す。

「じゃっどん」とあやちゃんがごろりと寝返りを打ちながら言う。「もう秋じゃっで」

「うん」

「すぐ涼しくなる」

「んだな」

「寮ん運動会も楽しみじゃっどなぁ」

「遠足も」

こそこそと話しているあやちゃんとつねちゃんを横目に、万津子は布団を抜け出した。

「まっちゃん、どげんしたな？」

「家に手紙ば書くけん、先に寝とって」

さっき押し入れから出しておいた便箋と鉛筆を持って、廊下に続く扉の近くへと移動した。廊下の灯りが隙間から漏れているから、手元を見るくらいの明るさは確保できる。万津子はよくここで消灯後に手紙を書いていた。

万津子たちの部屋は、八畳の広さがあった。本当は六名部屋なのだが、今は弘子さんを含めた四人で使っている。

一か月ほど前までは、この時間になると、毎晩すすり泣きが聞こえていた。十五歳の光子《みつこ》がホームシックにかかって泣いていたからだ。光子は、半年前に集団就職で長崎から出てきたばかりだった。たくさん話しかけたり、バレーボールや生け花に誘ったりと、万津子たちも先輩としてできる限り気を使ったつもりだった。だが、努力むなしく、光子は先月とうとう長崎に帰郷してしまった。どうしても、ここ一宮の地での集団生活が合わなかったようだった。

もう一人、三か月前に姿を消してしまった後輩がいた。万津子たちの一年下だった昭子《あきこ》だ。彼女は、半年前くらいから「お金を貸して」と押しに弱いつねちゃんに頼み事をするようになったのを弘子さんに咎められていた。なんでも、街で出会った男の人と付き合うようになり、駆け落ちしようとしていたらしい。「そんなん、『借りる』やなくて『盗む』やないの」と弘子さんに一喝された後、しばらくしてから昭子はいなくなってしまった。

会社の人が夜の街に捜しにいったが、昭子は見つからなかった。天草《あまくさ》の実家にも帰っていないという。男の人に騙《だま》されて売られたのではないか、という噂が立っていた。

全員が全員、ここでの生活や仕事をまっとうできるわけではない。

万津子は一宮に来てから二年半、盆も正月も帰省していなかった。月二千円の給料を丸々切符代に充てるくらいなら、仕送りに回したかったからだ。仕送りに千円、自分の生活費に千円。生活費が余ったら、きちんと貯金をする。仕事が休みの日曜に贅沢《ぜいたく》をしすぎなければ、これで十分暮らしていけた。

床に便箋を広げ、うつ伏せに寝転んだ。便箋の下に重ねていた封筒を取り出し、指先でそっと開く。中には、仕送り用の千円札が入れてあった。

小夜子は、あと二年で高校進学か。

末の妹の顔を思い浮かべようと、目をつむる。万津子が荒尾を後にしたときはまだ十歳だったが、中学一年生の今は外見も相当変わっているだろう。中学で上位の成績を収め、学級委員も務めているという小夜子は、宮崎家の期待の星だった。

荒尾市のはずれで農業を営む宮崎家には、わずかな現金収入しかない。万津子も二人の姉も、愛知県に働きに来ていた。二人の兄は荒尾に残って農業を手伝っていたが、生活はひどく苦しいはずだった。

だから、毎月送るこのお金を学費の足しにして、小夜子だけでも高校に進学させてやってほしい。その一心で、万津子は毎月給料の半分を家に送り続けていた。

鉛筆を握り、手紙を書き始めた。伝えたいことはいろいろあったが、寝るのがあまり遅くなってもいけない。考え考え、短い言葉で近況をまとめた。『彼岸花』という映画を見たこと。あやちゃんやつねちゃんと色違いのサックドレスを買ったこと。同部屋の光子が長崎に帰ってしまったこと。

それから最後に、『小夜子の高校の学費は足りそうですか』と書き添えた。もし足りなければ、仕送りの額を増やすことも考えなければならない。

みんな、元気やろか。

ふと涙がこぼれそうになった。二年半前、荒尾駅からSL列車に乗り込んだときのことを思い出す。

昭和三十一年三月のことだった。両親と二人の兄、妹の小夜子、それから高校に進学する同級生が、みんなで駅のホームまで見送りに来てくれた。窓を開けて、同級生が持ってきてくれた五色のテープの端をしっかりと持ち、動き出す汽車の中から懸命に手を振った。テープが真ん中からちぎれて、みんなが遠くなっていくのを見て、声を上げて泣いた。

トンネルに入るから窓を閉めてください、とアナウンスが流れた後も、テープの切れ端を握りしめたまま座席から動けず、ずっと泣いていた。結局、近くの席にいた男子学生が、見かねて窓を閉めてくれた。車内は、熊本から県外に集団就職する学生服姿の少年少女でいっぱいだった。あちこちの席で、少女の泣き声がずっと聞こえていた。

荒尾を夕方早くに出て、一宮に着いたのは次の日の昼近くだった。尾張一宮駅で迎えを待ちながら、またひとしきり泣いた。涙も涸《か》れ果てた頃、会社の人が来て、この工場に連れてこられた。そのときの胸が詰まるような気持ちは、今でもよく覚えている。

便箋を畳んで封筒に入れ、そっと立ち上がった。部屋の中では、すうすうと気持ちよさそうな寝息が聞こえていた。小さないびきも聞こえる。たぶん、風邪気味のつねちゃんだろう。

押し入れの前には弘子さんが寝ていたから、封筒をしまうのは諦め、枕の下に入れた。そのままごろりと布団の上に寝転ぶ。まだ気温が高いから、誰も掛け布団は使っていなかった。

天井を見上げながら、万津子はゆっくりと目を閉じた。

そして、いつもの妄想を始める。

思い描くのは、有能な男性と結ばれて、素敵な家庭を築いている自分の姿だった。

お相手は、九州大学卒の、ハンサムな男性。どこかの企業で事務職をしていて、もちろん収入はたっぷりある。

万津子は二人か三人の子どもの世話をしながら、仕事から帰ってきたスーツ姿の夫を迎える。住居は、福岡にある新築の団地の五階だ。彼は、いつも本当に美味《おい》しかねえ、と優しく笑いながら、万津子が一生懸命作った夕飯を食べる。

そんな立派な男性が、農家の三女であり中卒の万津子をもらってくれるわけもないということは、もちろん分かっている。ただ、寝る前に頭の中でどんな未来を想像しようが、それは万津子の自由だ。

早く結婚したい、というのは、ここで働く女工全員の夢だった。

恋愛結婚には憧れるが、そう贅沢は言っていられない。お見合いでもいいから、早いうちに素敵な人と結ばれて、家庭に入りたい。

そんなことを弘子さんに話すと、「あんたたち、まだ十八やろ。今どき、結婚の平均年齢は二十四やで」と呆れたように言われた。万津子としては今すぐだっていいと思っているのだが、どうもそういうわけにはいかないようだ。

仕事とバレーボールの疲れは、一瞬にして押し寄せてきた。

すとんと落ちるようにして、万津子は眠りについた。

二〇一九年　十一月

小さくちぎれた丸い雲が、真っ青な空に点々と広がっている。

爽やかな秋晴れだが、頬に当たる風は冷たい。道の両脇に植えられた街路樹に、まだ緑色の葉がついているのが不思議に感じられるくらいだ。もう少し厚手のコートを出してもらえばよかった、と少し後悔しながら、泰介は妻の由佳子と並んで駅から試合会場までの広々とした一本道を歩いていた。

日曜日なのに、ある程度都心から離れるまで、行きの電車はずっと混雑していた。これから遊びに出かける様子の若者グループやカップルが座席に腰かけているのを見て、休日くらいもう少し暮らしやすくならないものか、と泰介は心の中で悪態をついた。

最近、二十三区内に住むというのはあまりいい選択肢ではなかったのかもしれない、と感じることが多かった。自分が都心で育ってきたからなんとなくマイホームも近くに買ってしまったものの、どこもかしこも人があまりに多い。家のローンは常に家計を圧迫しているし、茨城出身の由佳子は食品の値段があまりに高いと頭を抱えている。

「お袋は、どうして東京なんかに出てきたんだろうな」

よく晴れた空を見上げながら、泰介はふと、隣を歩く由佳子に話しかけた。脈絡がなく聞こえたのか、妻は眉間に軽くしわを寄せた。

「何よ、突然」

「そのまま福岡にいたほうが、暮らしやすかったんじゃないかと思ってさ。だって、そこが実家だったんだろ？　親戚や知り合いが一人もいない東京に出てきて、女手一つで息子二人を育てるなんて、わざわざ苦労しに来たようなものじゃないか」

「東京に憧れがあったんじゃないかしら。何もない田舎で暮らしてると、都会が夢のような場所に思えるのよ」

そういうものなのかな、と泰介は首を傾げた。水戸《みと》の郊外で、田んぼや畑の間を駆け回って育ったという由佳子の言葉には、妙に説得力がある。

「気になるなら、お義母さんに訊いてみればいいじゃない」

「どうせろくな答えは返ってこないさ。ボケてるんだから」

万津子の老いた顔を思い出し、苛立ちながらぶっきらぼうに返した。由佳子は何か言いたげな顔をしたが、そのまま口をつぐんでしまった。

試合会場の体育館に入ると、わっと高校生たちの熱気が押し寄せた。本当は九時の開場時刻までには到着して席を確保しようと思っていたのだが、万津子の食事の世話をしていて家を出るのが遅れたため、時刻はすでに十時を回ってしまっていた。

あと三十分で、女子準決勝が幕を開ける。

全日本バレーボール高等学校選手権大会、通称「春高バレー」。今日は、その東京都代表決定戦が行われることになっていた。萌子の所属する私立銀徳《ぎんとく》高校は、九月に行われた一次予選トーナメントを順当に勝ち抜け、危なげなく今日の決定戦進出を決めていた。

決定戦では、一次予選でベスト4に残った四校が、都代表の三枠をめぐって争う。「落ちるのは一校だけだから、たぶん大丈夫」と萌子は飄々《ひょうひょう》と話していたが、さすがに今朝は表情が硬かった。いくら言わずと知れた全国大会常連校とはいえ、強豪校がひしめく東京都大会で気を抜くわけにはいかないのだろう。油断やおごりが時に勝敗を覆すということは、大学までバレーボールを続けていた泰介も由佳子も、身に染みて分かっていた。

女子準決勝に出場する四チームは、すでにそれぞれのコートで準備運動や練習を始めていた。向かって右側のコートに黒いユニフォームを着た銀徳高校の選手たちを見つけ、泰介と由佳子は観客席の通路を急ぎ足で進んだ。

コートに近づくうちに、準備運動をしている萌子の姿がはっきりと見えてきた。隣の選手と朗らかに言葉を交わしながら、入念にアキレス腱《けん》を伸ばしている。

日常生活では自分より背の高い女性にほぼ会うことがないという萌子も、全国トップクラスの選手たちに交じると、不思議と華奢《きゃしゃ》に見えた。

女子バレーボール界において、一七四センチという身長は、低すぎるわけではないものの、到底有利に働くとはいえない。そんな萌子が二年生にして古豪・銀徳高校のエースアタッカーを任されるまでに急成長を遂げたのは、高校入学以来、監督の厳しい指導にもへこたれず、誰よりも本気で練習に打ち込んできたからなのだろう。

観客席の大半はすでに埋まっていたが、最前列に人が座っていない席が二つあるのを泰介は目敏《めざと》く見つけた。ただし、隣に陣取っている保護者の荷物が大きく飛び出している。泰介はそばまで歩いていって、自分より一回り近く年下と思われる中年女性に話しかけた。

「あの。邪魔なんでどけてもらえます？」

こちらを振り向いた女性は驚いたような顔をして、「ああ」と荷物を引っ込めた。それを見て、後からついてきた由佳子が、「すみません、ありがとうございます」と何度も申し訳なさそうに頭を下げた。

周りへの気遣いを怠っていたのは相手のほうなのだから、何もこちらが謝罪や感謝をすることはないだろう――と、由佳子の対応を見て不満に思う。こうやって由佳子がへこへこと他人に頭を下げるのが、泰介は普段から気に入らなかった。

「あら、見て。どうしたのかしら」

由佳子が不意に手すりから身を乗り出した。同じように観客席のすぐ下を覗き込むと、黒いジャージを着ている銀徳高校の控え選手の中に、しくしくと泣いている少女を見つけた。その前に立っているのは、松葉杖《まつばづえ》をついている一際背の高い部員だ。

「雫《しずく》はさ、注意力が足りないんだよ。一次予選のときも電車乗り過ごして遅刻してたし、今日はボールかごを家に忘れるし。正直、気が抜けてるとしか思えない」

松葉杖の少女が激しく怒っている。雫と呼ばれた後輩らしき控え選手は、俯《うつむ》いて涙を拭っているようだった。

「もうさ、何なの？　お願いだから、頑張ってるAチームの足を引っ張るような真似しないでくれる？」

「ごめんなさい」

「雰囲気悪くしたくないから、今日はもうこれ以上言わないけど。次から本当に気をつけてくれないと困るよ」

泣いている控え選手は、こちらに背を向けていた。ジャージの背中に、『ＴＯＤＡ』という銀色の文字が見える。

「ああ、あれが戸田《とだ》雫ちゃんね。萌子が仲良くしてる同学年の子よ、確か。Bチーム所属だから、まだ試合には出られないのね」

由佳子が泰介の耳元で囁いた。そして小さく人差し指を動かし、憤然と戸田雫から離れていった松葉杖の部員を指差す。

「で、怒ってたのは、キャプテンの長谷部奈桜《はせべなお》先輩。このあいだの練習で足を捻挫して、急に出場できなくなっちゃったんですって。それもあって、今日は気が立ってるのかも」

由佳子は萌子からいろいろと話を聞いているようだった。泰介も二人の名前に聞き覚えはあったが、誰が二軍所属だとか最近怪我《けが》をしただとか、そういう細かい情報までは覚えていなかった。

不意に、しゅんとしている戸田雫のそばに現れた人影があった。さっきまで準備運動をしていた萌子だった。萌子は戸田雫の肩を優しく叩き、にこりと笑った。

「そういう日もあるよ。次から、私も一緒に覚えておくようにするから。ね?」

元気よく励まし、すっとコートに戻っていく。床に置いてあるボール袋から直接バレーボールを取り出し、萌子は先輩たちとともに直前練習を開始した。

「あら、萌子ったら。優しいのね」

一連の出来事を見ていた由佳子が、隣で嬉しそうに微笑む。一方で、泰介は苛立ちを募らせていた。

「萌子はスタメンなんだから、試合に集中すべきだろう。控え選手なんかに構ってる場合じゃない。そもそも、あの子がボールかごを忘れたせいで、練習に支障が出てるじゃないか」

「いいじゃないの。萌子が励ましたいと思ったから励ましたのよ」

「俺だったら許せないな」

「あなただったら、ね」

「何だその言い方は」

思わず大きな声が出た。周りの視線が集まったのを感じ、由佳子が慌てて後ろを振り向いて頭を下げる。

「俺は萌子のためを思って言ってるんだ。それなのに、バカにしやがって」

「バカにはしてないわよ」

「じゃあ何なんだ」

「もうやめましょう、萌子に聞こえたら、それこそ気が散るわよ」

反論の言葉が思いつかず、泰介はむすっとして腕を組んだ。黙ったまま、コートにいる娘の姿を眺める。今日試合に出るわけでもない部員を気遣っていた萌子は、キャプテンと控え選手の間で起こったトラブルのことは綺麗さっぱり忘れたかのように、爽やかな顔でスパイクの練習をしていた。

四校で三枠を争うということは、十時半から始まる準決勝に勝利すれば、その時点で東京都代表が確定する。一見簡単そうな条件だが、萌子が気にしていたのは、準決勝の相手が豊島《としま》大附属高校だということだった。

豊島大附属は、昨年度の春高バレーと、夏のインターハイで立て続けに優勝を飾っている。歴代での優勝回数だと銀徳高校のほうが多いのだが、ここ数年はベスト4か8に甘んじているのを見るに、勢いがあるのは明らかに豊島大附属だ。

全国での連覇、そして夏と春の二冠がかかっている豊島大附属に負けた場合、銀徳高校の代表権をかけた争いは三位決定戦にもつれこむ。そうなると、もう一つの準決勝を戦う二校とは実力差があるとはいえ、最後の最後まで緊張を強いられるのは間違いなかった。

十時半が近づくと、両校がそれぞれコートの外で円陣を組み始めた。松葉杖をついている長谷部奈桜の頭だけが、その中で飛び出ている。「銀徳ぅぅ」という奈桜の声が響き、「ファイッ、オー」と全員の声が合わさった。

黒の銀徳と、青の豊島大附属。同じ色同士でハイタッチをし、それぞれのユニフォームがコートに広がっていく。

笛の音が鳴り響いた。

試合は、銀徳高校のサーブから始まった。

豊島大附属の選手が、落ち着いてサーブカットをする。ふわりと宙に浮かんだボールをセッターが捉え、高くトスを上げる。その先に待ち構えていたレフトアタッカーが、落ちてきたボールを思いのほか低い位置で強打する。

銀徳もすかさず二枚ブロックを作っていたが、タイミングをずらされたせいで、スパイクは二人の選手の頭上を飛んでいった。リベロがレシーブに走ったものの、彼女の片腕に当たったボールはコートの外へと弾《はじ》かれた。

一ポイント目を獲得した豊島大附属の応援席が、うるさいほどに盛り上がる。

「萌子、負けるな！」

泰介は思わず声を上げた。いったん試合が始まると、どんなに声を嗄《か》らして叫んでも、一人の声が選手に届くことはない。

息を呑んで見守った二ポイント目も、両の拳に力を込めて祈った三ポイント目も、次々と豊島大附属が奪い去った。

「嫌な流れだな。このままじゃ呆気《あっけ》なく負けるぞ」

隣の由佳子に顔を近づけ、話しかける。しかし、妻が返事をすることはなかった。試合が始まったというのに、まださっきの泰介の発言を根に持っているようだった。

妻はいつも、気持ちの切り替えが遅い。泰介がすっかり忘れていたことを引きずっていたり、翌朝になっても前の晩の出来事を持ち出してきたりする。

まったく困るな、と小さくぼやきながら、泰介はコートへと向き直った。

流れが銀徳高校に来たのは、四ポイント目だった。リベロがサーブカットをし、ボールがセッターの手に渡る。その瞬間に、レフトアタッカーの萌子が助走を開始した。やや速いトスが上がり、宙に舞った萌子が長い腕を思い切り振り下ろす。

相手のブロックにかすりもせずに、萌子の鋭いスパイクは相手コートへと吸い込まれていった。ボールが床にぶつかって跳ね返った瞬間、泰介は思わず腰を浮かせた。

今度は、こちら側の観客席がわっと盛り上がる。

「萌子！　よくやった！」

泰介は大声で叫び、できるだけ大きな音で拍手をした。

ちらりと見えた萌子の顔には、満面の笑みが浮かんでいた。チームメイトの先輩たちからハイタッチを求められ、次々と応じている。

それからしばらくは、両チームによる点の取り合いが続いた。銀徳が一ポイント取ると、豊島大附属が二ポイント連取する。奮起した銀徳が、さらに二ポイントを奪い返す。

両チームともサーブやサーブカットのミスがないことに、泰介は感心した。男子の試合と比べてサービスエースが少ないのは少々物足りない気もするが、高校トップレベルの女子選手によるスパイクの応酬も十分見応《みごた》えがあった。

銀徳高校のアタックの要《かなめ》は、やはり萌子だった。相手の豊島大附属はライトとレフトの攻撃を上手く使い分けているが、銀徳の場合はアタックがレフトに寄りがちだ。それだけ萌子のスパイクが点に繋がりやすいということだから、親としてはとにかく誇らしい。しかし、その状態で去年の全国覇者を打ち破れるのかという点については、少々不安が残った。

泰介の予想に反して、銀徳高校は豊島大附属に食らいついたまま、なかなか離れようとしなかった。

レシーブが成功し、レフトへと綺麗なオープントスが上がると、高速かつ正確無比なスパイクで萌子がほぼ確実にポイントを取る。いったん相手が萌子のスパイクを警戒し始めると、今度はフェイントで相手を出し抜く。二枚ブロックが成功したときや、リベロが腹ばいになって相手の強打を拾ったとき、そして相手の浮いたレシーブに対して萌子が華麗なダイレクトアタックを決めたとき、銀徳高校側の観客席は歓声の渦に包まれた。

一見、銀徳が攻めているように見えた。しかし、青いユニフォームから繰り出される柔軟なスパイクや時間差攻撃への対応が追いついていないのも事実だった。

最初に取られた三ポイントの差を縮められないまま、カウントは二十一対二十四になった。最後は、相手のスパイクを止めようとした銀徳がブロックアウトを取られ、豊島大附属が最初のセットを制した。

「センターを上手く使えてないよな。もっと積極的にクイックを打たせればいいのに」

「そういう戦術ではないんでしょう」

泰介の分析に対し、由佳子が淡々と言葉を返す。

「萌子、頑張ってるわね」

その言葉には、泰介も無言で頷いた。先月の国体からたった一か月半しか経っていないのに、萌子はさらに上達しているように見えた。相手コートの状況を的確に読み取ってボールを打つ判断力も、ブロックに飛んだ選手を巧妙にかわす技術も、そしてスパイクそのものの威力も、エースアタッカーとしての理想形に近づきつつあった。

いや、近づきつつある、などという表現は控えめすぎるかもしれない。萌子の得点率は、明らかにこの会場の中で群を抜いていた。高校バレー界の有名選手を幾人も有する豊島大附属は、銀徳高校以上に粒ぞろいでバランスの取れたチームだが、エースアタッカーの実力だけを比べると、誰がどう見ても萌子に軍配が上がる。

去年も、萌子はこの東京都代表決定戦に出場した。一年生アタッカーとして、春高バレーでのベスト4入りにも一定の貢献をした。しかし、当時はまだエースどころかスタメンでさえなかったし、これほど目を引くプレーをしていたわけでもなかった。

たった一年で萌子がこれほどの成長を遂げるとは、泰介はまったく想像していなかった。

だからこそ、スカウトだとかプロ入りだとか、ユースやジュニアの日本代表候補合宿だとか――最近になって急に由佳子や萌子の口から発せられるようになった言葉には、どうも敏感に反応してしまう。

束《つか》の間《ま》の休憩を挟み、二セット目が始まった。

ネット際で何度も跳び上がる萌子を、泰介はいつの間にか、かつての自分の姿と重ねていた。

泰介のポジションは、ライトアタッカーだった。一九〇センチある身長と昔から強かった脚力を活《い》かして、高い打点からスパイクを打つのが得意だった。セッターからどんなトスが上がっても、勇猛果敢に飛び込んでいき、振りかぶった腕に全体重を乗せてボールを叩き込んだ。フェイントなどの小手先の技術に逃げず、相手が反応できないほどの速さでスパイクを打ってこそ、自分がコートにいる意味があると信じていた。

全力で打ち込んだスパイクが決まったときの快感は、相当なものだった。しかし、中高時代の顧問や大学時代の監督からは、「正確性を欠く」と言われ続けた。

力任せに打つだけじゃダメだ。相手コートの状況をきちんと見ないと。

跳び上がるタイミングが違う。もっとセッターと息を合わせないと。

言われることはいつも同じだった。もちろん、直そうと努力はした。しかし、劇的な改善には至らなかった。「力はあるのにもったいない」と惜しまれながら、泰介はバレーボールというスポーツから卒業した。

卒業――いや、脱落だったかもしれない。

泰介とは反対に、同じ大学の女子チームにいた由佳子は、状況判断や協力プレーの技術はあるが、跳躍力やスパイクの威力が足りないと指摘され続けていた。身長が一六六センチと、アタッカーとしては小柄すぎたこともマイナスに働いた。

たぶん萌子は、泰介と由佳子の遺伝子の〝いいとこ取り〟をしたのだろう。

手に汗を握りながら試合の行方を見守っていると、不意に後ろのほうから「佐藤さん」という単語が聞こえた。保護者同士の会話に、耳を澄ませる。

「二年生の佐藤さん、あんなに上手だったっけ？　高校生離れしてる気がするんだけど」

「今年に入ってめきめきと頭角を現したらしいよ。他の強豪校も慌ててマークし始めてるって」

「へえ、すごい！　別に、全日本ユース代表ってわけでもないのにね」

その佐藤萌子の両親が目の前に座っているとは気づいていないのだろう。背中がむず痒くなってきて、泰介はもぞもぞと身体を動かした。

「うちの娘によると、今回の代表候補合宿には早々に招集がかかったそうよ。しかも、明日から五日間だって。超ハードスケジュール」

「あら、やっぱり？　ってことは、来年はアジアや世界で大活躍かしら」

「でしょうね。早生まれだから、ユースの年齢制限にも引っかからないみたいだし」

「ラッキーじゃない。銀徳からそういう子が出るの、ちょっと久しぶりね」

保護者たちは、泰介の動揺にも気づかず、いっそう興奮した様子で会話を続けている。

「あれよね。このまま春高バレーでもいい成績を収められれば、まず優秀選手賞は間違いないんじゃない？　最優秀選手賞もいけるかも」

「それどころか、もしかしたらもしかするわよ」

「というと？」

「どうやらね、お偉いさん方が注目してるらしいのよ。今の佐藤さんの実力なら、ユースやジュニアを飛び越えて、来年の全日本代表にも招集されるんじゃないかって噂」

「うわあ！　そしたら、東京オリンピックの代表メンバー？　もし実現したらすごいね、木村沙織《さおり》や古賀紗理那《こがさりな》に続くスーパー女子高生じゃない」

「そうそう。うちの娘も期待してた」

その言葉を聞き、うっと息が詰まる。

——東京オリンピック？

予想外の単語が飛び出たことに動揺し、泰介はそわそわと上半身を揺らした。いやいや、そんな夢のようなことが起こるわけがない――と自分に言い聞かせ、目の前の試合に集中しようとする。

そもそも萌子は一七四センチしかないし、エースを務めるのも今年が初めてだ。中学のときも、全国大会には出場したものの、チームとしては二回戦負けを喫している。ようやく注目され始めたのは、今年の夏のインターハイで優秀選手に選ばれてからだ。あれからまだ、四か月も経っていないではないか。

そんな娘が――オリンピック代表？

「ああもう」

声を出して、泰介は今聞いた会話を無理やり頭から振り払った。ちょうどコートでは萌子がアタックを決めたところで、観客席は叫び声に包まれていたため、泰介の声は誰にも聞かれなかったようだった。

泰介が一人で家に帰りついたのは、十三時過ぎのことだった。本当は十二時過ぎには着くはずだったのだが、途中腹いせにラーメン屋に寄っていて遅くなったのだ。

萌子の試合がまだ残っている中、泰介だけ先に帰宅したのは、万津子に昼食をとらせるためだった。調子がいいときは自分で冷蔵庫から出して食べることもあるが、そうなるかどうかはその瞬間まで分からない。準決勝が終わったら帰らなくてはならないことは、昨夜萌子にも伝えてあった。

普段、万津子の世話をするのは由佳子の仕事だ。だから当然、妻が率先して帰り支度を始めるものだとばかり思っていた。それなのに、由佳子は準決勝が終わっても応援席でぐずぐずとしていた。それどころか、「おい、帰るんだろ」と促した泰介に、「そうね、残念。本当は最後まで見たいんだけど」と恨めしそうな目を向けてきたのだ。

その瞬間、泰介は激怒した。「その目は何だ。俺のお袋を邪魔だと思ってるのか？」と詰め寄ると、由佳子は驚いた様子で「そんなこと全然思ってないわよ」と弁解し、周りの目を気にしながら慌てて荷物をまとめ始めた。そんな妻に苛立ちが募り、一人で会場を出てきたのだった。

由佳子は追いかけてこようとした。だが、「お袋の命より萌子の試合なんだろ？　全部終わるまで絶対に帰ってくるなよ」と泰介が声を荒らげると、悲しそうな目をして引き下がった。今頃は、複雑な気持ちで萌子の活躍を見守っていることだろう。

結婚して会社を寿退社し、娘が生まれてからというもの、由佳子が萌子の英才教育にすべてを懸けてきたことはよく知っている。

萌子が小学生の頃から強豪クラブに通わせ、片道四十分の道のりを毎日車で送り迎えしていた。普段の食事にも細やかな配慮をして、必要な栄養やカロリー量を常に把握し、萌子の身体づくりを支えてきた。

由佳子の生活の中心には、常に萌子とバレーボールがあった。萌子をバレーボール選手として育て上げた功労者は誰かと問われたら、泰介は言い返すことができない。

しかし、専業主婦の本分を忘れられるのは困る。彼女から見れば義理の母とはいえ、万津子の介護は由佳子の仕事だ。萌子の大事な試合を最後まで親が見ないのはかわいそうというのなら、自分が居座ろうとするのではなく、手が空いている泰介に依頼すればいい話ではないか。萌子のこととなると、家庭での役割を投げ出しがちになる妻には腹が立つ。

「ただいま」

家の奥へと呼びかけ、玄関で靴を脱ぐ。耳を澄ませると、リビングからテレビの音が聞こえてきた。朝食のときに点《つ》けてから、そのままになっているようだった。

そっとリビングに続く引き戸を開けて、中の様子を窺う。万津子はソファに腰かけて、何やら歌を口ずさんでいた。

――おどま盆ぎり盆ぎり、盆から先きゃおらんと……

うら寂しい短調のメロディだった。演歌か昔の歌謡曲かと見当をつけたが、どうも違うようだ。どこかで聞き覚えがあるように思えるのは、気のせいだろうか。

泰介が帰ってきた物音は耳に届いているだろうに、万津子がこちらを振り返る気配はなかった。しばらくすると、歌は止《や》み、不明瞭な独り言が始まった。

「大松……一色にも来んかなあ」

また意味不明な言葉を、と泰介は大きくため息をついた。万津子が東京オリンピックのスポンサーのCMを見て「私は東洋の魔女」などと言い始めた日から一か月が経過したが、万津子の支離滅裂な発言は日に日に増えているようだった。万津子の声は小さく、聞き取れない言葉も多い。

「風速……彼岸花」

「サックドレス……みつ豆、アイス」

「アヤちゃん……ツネちゃん」

「七夕……」

「手紙、書くけんね」

泰介は冷蔵庫から昼食を取り出した。由佳子が用意した介護用の食事を、熱くなりすぎない程度に電子レンジで温める。

出かける前は調子がよさそうだったのにまたこれか、と陰鬱《いんうつ》な気分になった。今朝は、自分で進んで着替え、近所に散歩に行って帰ってきたではないか。新聞を読んで、「突然マラソンなんかすることに決まって、札幌の人たちも大変だねえ」などと話していたではないか。朝早く出ていく萌子に、「萌ちゃん、頑張って」とエールを送っていたではないか。一日の中で認知レベルが上下するのは脳血管性認知症のせいだと分かっていても、こうも変動が激しいと、なんともやりきれない気持ちになる。

「ほら」

昼食のトレーを持っていって、ローテーブルの上に置いた。万津子は濁った目でこちらを見上げ、「ああ」と言ってテレビへと視線を向けた。テレビでは、八十歳の老人が到底興味を持てそうもない、アメリカのアクション映画の予告編が放送されていた。

母の丸まった背中を眺めながら、泰介はふと昔のことを思い出した。小学生の頃、近所の小さな公園で、万津子とバレーボールの練習をしたときのことだ。

万津子が高いトスを上げ、泰介がブロック塀に向かってボールを打つ。タイミングが合わないと、万津子はむきになって何度もトスを上げる。もう嫌だよ、と飽きっぽい泰介が弱音を吐くと、じゃあレシーブの練習にするけんね、と万津子は容赦なくスパイクを打ち込み始める。たまにボールが顔や胸に当たって、泰介は大泣きする。そうすると、万津子が近づいてきて抱きしめてくれる。しかし、練習中に不真面目な態度を取ったら最後、今度は鬼のように叱られる。

万津子は毎日、手を替え品を替え泰介に練習を続けさせていた。自ら練習の指揮を執っていたという意味では、萌子に対する由佳子以上に熱心だったかもしれない。

母にあれほど厳しく指導されながら、泰介は芽が出なかった。一方、由佳子や信頼できるコーチに支えられて、萌子は順調に才能が花開いていった。

娘のバレーボール選手としての成長を目の当たりにするたびに、父親としてはある一定の誇らしさを感じ、実業団入りを夢見ていた元選手としては古傷を抉《えぐ》られる。

もともと泰介は、萌子にバレーボールをやらせたくなかった。自分が伸び悩んで苦労したため、似たような思いを味わわせたくないと考えていたのだ。

だが、由佳子は違った。自分の叶えられなかった夢を、生まれた一人娘に託した。泰介はそれを黙認した。よくも悪くも、子どもの教育に関心がなかったのだ。子育ては専業主婦の仕事だと思っていたから、一切を妻に任せ、彼女の好きなようにやらせた。

萌子にバレーボールの才能があると判明してからも、泰介はしばらく呑気《のんき》に構えていた。スポーツ推薦で早稲田《わせだ》や慶應《けいおう》といった難関大学を狙うのも悪くない、そうすれば立派な学歴が手に入るしな、などと気楽に考えていたのだ。萌子が銀徳高校に入ることを許可したのも、そういう進路が選べるようになればと思ってのことだった。

それが——もし、オリンピックなどということになってしまったら。

娘がどこか遠いところに行ってしまうのではないか、と不意に怖くなる。膨れ上がった嫉妬心の手綱を離してしまいそうになる。自分の正直すぎる心の動きを感知しては、娘に対する罪悪感と劣等感に苛《さいな》まれる。

その気持ちを紛らわそうと、泰介はソファに座る母に無理やりスプーンを持たせた。万津子はようやく昼食の存在に気がついたのか、ローテーブルへと近づき、味噌汁の椀《わん》へと手を伸ばした。

そういえば、チロルへの餌やりも頼まれていたことを思い出す。慣れない手つきでキャットフードを用意していると、匂いを敏感に察知したのか、チロルが二階から降りてきた。「ほら」と器を床に置いた途端、チロルは泰介に見向きもせずに餌を食べ始めた。

この猫は、由佳子や萌子にはなついているが、泰介にはすり寄ろうともしない。そういうところが可愛げがなく、あまり好きにはなれなかった。

ダイニングの椅子に腰かけ、アクション映画の宣伝を垂れ流すテレビを眺めながら、泰介は日曜午後の時間をぐだぐだと過ごした。萌子の試合でもなければ、土日はだいたいこうやって家で休息を取ることにしている。

由佳子がようやく帰宅したのは、十五時近くになってからだった。

リビングに入ってきた由佳子は、「代表、決まったわよ」と遠慮がちに報告した。

「都立中央《とりつちゆうおう》は、準決勝でフルセットを戦ってたから、だいぶ消耗してたみたい。萌子のスパイクが相変わらず絶好調でね、二十五対三、二十五対八で圧勝したのよ」

「ふうん、そうか」

「ちなみに決勝は、やっぱり豊島大附属が勝ったわ。だから、第一代表が豊島大附属、第二代表が八王子女子《はちおうじじょし》、第三代表が銀徳」

午前中の準決勝では、銀徳高校は二セット目を落として豊島大附属に敗れていた。二十一対二十五、二十三対二十五と猛追していたとはいえ、負けは負けだ。試合終了後、萌子たちレギュラーメンバーは意気消沈していたようだった。

「都立高校に勝って、三枠目に滑り込みか。とても喜べない結果だな。伝統校が聞いて呆れるよ。開催地枠がなかったら落ちてるじゃないか」

「まあ、そんなこと言わずに。春高バレーに出場できるだけ、まずはよかったと思いましょうよ。あ、お義母さん、ご飯食べ終わった？」

「まだだ」

そっけなく言葉を返し、さっきから放っておいた万津子のほうを見やる。万津子は、最初に味噌汁を一口飲んだ後、残りのおかずに口をつけようともしていなかった。

礼の一つも言わない妻と、意思疎通がままならない母への苛立ちが入り混じる。

「おい、食べてしまえよ」

万津子に向かって声をかけた。しかし、母は身じろぎもしない。

「食器を片付けられないだろ。食べろって」

席を立ち、ぐるりとソファの前へと回り込む。「はい」とまだ残っている味噌汁の椀を突き出すと、万津子は嫌そうな顔をして、勢いよく泰介の手を押しのけた。

弾みで、味噌汁が泰介のシャツへとこぼれる。

「おい、何やってんだよ！」

泰介が怒鳴ると、ソファの片隅で寝ていたチロルが毛を逆立てて飛び退《の》いた。由佳子が慌てて近づいてきて、泰介の手から味噌汁の椀を取り上げる。

「ちょっと、お義母さんに対して感情的にならないでって何度も言ってるでしょ。チロルもびっくりしてるじゃない」

「何だ、俺より猫かよ」

「そういうことじゃないの。そういう声を出すから、チロルがいつまでもあなたになつかないんじゃない」

「猫なんかどうでもいい。俺はお袋にむかついてるんだ」

「飼いたいって言いだしたのはあなたでしょう」

由佳子の声が甲高く尖った。「いつもそうよね。チロルを飼い始めたときも、萌子のために七段の雛《ひなかざ》飾りや大きなクリスマスツリーを買ったときも、世話や組み立ては俺がやるからって最初だけ言っといて、結局全部私がやってるじゃない。お義母さんの自宅介護だって、あなたが――」

そこまで言って、由佳子は目の前に座っている万津子をちらりと見やり、顔を背けてキッチンへと向かってしまった。戻ってくると、水に濡らした布巾を泰介に押しつけ、「シャツは洗面所に置いといてくれたら洗うから」と冷たい声で指示を出した。

そんなに怒らなくても、とぶつぶつ愚痴を言いながら、泰介は洗面所へと向かった。

味噌汁がこぼれたところが、生ぬるくべたついていた。幼少期に、よくこうやって服を汚して、万津子に洗ってもらっていたことを思い出す。

きっと、あのときの母は、もう戻ってこない。


「今日、萌子が春高バレーへの進出を決めたんですよ」

夕飯を食べながら、由佳子がゆっくりとした口調で万津子へと語りかけた。食卓を囲んでいるのは、泰介、由佳子、万津子の三人だ。夕方から調子を取り戻し始めた万津子は、今度はきちんとダイニングテーブルについて食事をとっていた。

しかし、万津子の返事は時たま要領を得ない。今も、孫娘の萌子が銀徳高校のバレーボール選手であることを思い出したり忘れたりしているようだった。

「萌子が、バレーねえ」

「そうですよ。今日も大活躍だったんです。テレビ放送もあるので、お義母さんも一緒に見ましょうね」

「萌子は女工かね」

「え？」

「バレーの選手ちゅうこつは、女工やろ」

「ええっと、そうじゃないんですよ」

「女学生にはなれんかったか。うちにもっとお金があったらねえ」

普通に話しているようでそうではない万津子に向かって、由佳子は困ったように微笑んだ。

「何と勘違いしてるんだ。今は二〇一九年だぞ」

泰介が冷ややかに言い放つと、万津子は途端にしゅんとした顔をした。身を小さく縮め、ごめんなさい、と繰り返す。

「ああ、そうだったね。ごめんなさい、忘れっぽくて……」

認知症患者が失敗をしたときに頭ごなしに叱ってはいけない、と以前医者に教えられた。そのせいか、由佳子が「ちょっと、あなた」と責めるような目でこちらを見た。

夕食後、万津子は「ここにいても迷惑だから、もう部屋に帰る」と言い出した。自分が正常でない状態にあることを自覚しているときの万津子は、やけにマイナス思考になる。「迷惑なんてことないですよ」と由佳子が引き留めたが、万津子は一人でリビングを出ていってしまった。

「もう」

由佳子がこちらを見て、大きくため息をつく。二人だけのリビングが急に狭く感じられ、「ちゃんと一人で着替えられるか、見てくるよ」と泰介は廊下へと逃げ出した。

万津子の部屋は、リビングから一番近いところにある。もとは収納スペースに入りきらない雑多な物を置いておくスペースだったのだが、万津子と一緒に住むことになり、断捨離をして部屋を空けたのだった。

部屋のドアは大きく開いていた。そこから覗くと、ちょうど万津子が服を脱ごうとしているところだった。泰介は目を逸《そ》らし、しばらく廊下を行ったり来たりした。いくら自宅介護をしているとはいえ、実の母親の着替えはできれば見たくない。

しばらく経って、もう一度部屋を覗いた。万津子は介護ベッドに寝転がって目を閉じていた。電気を消そうと、泰介は部屋の中に一歩足を踏み入れた。ドアの脇にあるスイッチを押そうとして、その隣に貼られているものにふと目が奪われる。

古い新聞記事の切り抜きだった。『かつて栄えた〝女工の街〟』と見出しがついている。

セロテープがぐちゃぐちゃによれているところを見るに、万津子自身が貼りつけたもののようだった。昨夜はこんなものはなかったし、今日作業しているところを見た覚えもないから、おそらく泰介と由佳子が萌子の試合を見に行っている間に貼ったのだろう。

気になって近づき、文字を読んだ。記事の内容は、矢島《やじま》文子という元工員の女性へのインタビューだった。愛知県一宮市で最大の広さを誇った工場の閉鎖から丸二十年経ったことを記念した記事のようだ。

『私はもともと鹿児島の出身なんですけどね、近くの鉄鋼工場で働いていた同郷の男性と結婚して、結局一宮でそのまま暮らすことになったんですよ』

『女工時代は大変だったけど、楽しかったですよ。集団就職で新しく来る人も、大阪かどこかの紡績工場から移ってくる人も、みんな仲良くやってました』

『もちろん、縁談があって帰っていく人も、逆に大阪へ移ってしまう人もいたりして、そういうときは寂しかったですけどね。出会いも別れも多い五年間でした』

そんなことが書いてある。文子、という名前が少々気になった。最近、万津子は萌子のことをよく「アヤちゃん」と呼び間違える。もしかすると、この記事に出ている矢島文子というのは、万津子が紡績工場に勤めていた頃の仲間なのかもしれなかった。

万津子が働いていたのは、愛知県一宮市にある紡績工場だったのか。

そう考えてから、首をひねる。だとすると、「私は東洋の魔女」という万津子の発言が不可解だった。もしかして万津子はオリンピック選手六名を輩出した大阪の日紡貝塚に勤めていたのではないかと思っていたが、違ったのだろうか。

もう一度記事を読み、『大阪かどこかの紡績工場から移ってくる人も』『逆に大阪へ移ってしまう人も』という二か所に目を留める。

これだ、と直感した。

万津子は、愛知で働いていたこともあるし、大阪にもいたのではないだろうか。もちろん、東洋の魔女のメンバーに宮崎万津子という名前はないわけだから、近いところまで行ったが落選したとか、在籍していた時期がもっと前だったとか、記録に残っていない補欠メンバーだったとか、そういう事情があったのかもしれない。だがきっと、万津子のバレーボールの素養は、大阪にある日紡貝塚という企業の中で育まれたのだ。

そこまで推測して、なんとなく腑に落ちた。もし母にそういう経験があったのだとしたら、あれほど厳しく泰介にバレーボールを叩き込んだ動機も想像がつく。妻の由佳子と一緒だ。母は、自分が達成できなかった夢を、息子に託そうとしたのだろう。

その期待に応えられなかったことを思うと、少しだけ胸が痛んだ。

「ただいまぁ」

玄関のドアが開く音と、萌子の間延びした声が聞こえた。泰介は慌てて万津子の部屋の電気を消し、そっと扉を閉めて廊下に出た。

「おかえり」

ローファーを脱ぎ捨ててリビングに向かおうとする萌子に、後ろから声をかける。萌子はこちらを振り向き、「おばあちゃん、もう寝ちゃったの？」と尋ねてきた。

「うん。今さっきな」

「そっか、残念。今日の試合結果を報告したかったのに」

「また明日話せばいいよ。さすがに部活はオフだろ」

「ううん、午後から練習。今日の試合のフィードバックだって」

そこまで会話をしてから、萌子にねぎらいの言葉をかけていなかったことに気がついた。

「代表内定、おめでとう」

「ありがとう！　一月の春高バレーも頑張るね」

エナメルバッグを肩にかけたままの萌子が、とびきり嬉しそうな表情をする。もともと細い目が線のようになり、口元には愛らしい八重歯が覗いた。

娘の喜びは、父の喜びであるべきだ。そう思い込もうとする自分がいる一方で、再びあの複雑な感情が胸の中に渦巻き始める。

「でもさ、大学にはきちんと行けよ。今も昔も、なんだかんだいって学歴は大事だ。というか、最重要だ」

自分でも意識しないうちに、舌がペラペラと回り始めた。劣等感など存在しないかのように取り繕う。本音と建前の、建前でしかない部分が、とりとめもなく口から流れ出る。

「俺は大した学歴がないばっかりに、会社で苦労し続けてるんだ。スポーツクラブの運営会社なのに、スポーツで評価してもらえないなんて悲しいよな。でも、それが現実だ。だから萌子には、スポーツ推薦で偏差値の高い大学に行く道を選んでほしい。な、どうだ？　興味はないか」

大学、という単語とともに萌子の笑顔が消えたことに、泰介は話しながら気づいていた。そのせいで余計に焦ってしまい、ついつい説教めいた口調になる。

喋り始めてから後悔するのはいつものことだった。取り繕うように「他の道を考えてるなら、しっかり相談してもらわないと」と付け足したが、萌子の表情は曇ったまま元に戻らなかった。

「考えておくね」

萌子は短く言うと、方向転換して二階へと上がっていってしまった。「チロルぅう、どこ？」というい つもの声が聞こえる。

リビングのドアが開いて、エプロン姿の由佳子が顔を出した。ゴム手袋をつけている。洗い物をしていたようだった。

「萌子は？」

「部屋に行ったよ」

「あら、どうしてこっちに来ないのかしら。お義母さんがもう寝ちゃったからかな」

首を傾げる由佳子の脇を通り過ぎ、泰介はリビングへと戻った。まだ夕飯を食べていないというのに、そのあと萌子はなかなか二階から降りてこなかった。

その夜、泰介は夢を見た。

泰介は、水の中で必死に泳いでいた。何かをつかもうと手を伸ばすのだが、どんどん身体は沈んでいく。自分の身体はとても小さく、水は広大な海のようだった。流れが泰介を押し、転がし、回し、引きずり込もうとする。泰介は懸命に抗《あらが》い、水面へと浮き上がるため手を伸ばし続ける。そして、急に光が差し、汗だくの状態で目が覚める。

昔からよく見る夢だった。どうしてそんな夢を見るのかは分からない。

由佳子の寝息を聞きながら、原因をつらつらと考えた。職場の人間関係や、上手く進まない仕事のこと、そして萌子の実力や進路のことが、頭の中に次々と思い浮かぶ。

知らないうちに、泰介は再び眠りに落ちていた。今度は、もう夢は見なかった。

一九五九年　八月

煤《すす》で曇った窓の、上半分が開いている。吹き込んでくる生温《なまぬる》い風が、汗ばんだ首筋をなぞる。真夏の晴れやかな空と、青々とした田畑が、車窓に広がっていた。昨日一宮の駅で乗り込んだときはまだ夕飯時だったのに、視界はもうすっかり朝の光で満たされている。

三等車の硬い座席で過ごし始めてから、すでに十六時間が経過していた。それなのに、疲れや眠気は不思議と感じない。むしろ、朝八時過ぎに汽車が関門《かんもん》トンネルを通り抜けて小倉《こくら》駅に停車してからは、心が浮き立って仕方がなかった。駅に停《と》まり、扉が開いて客が乗り降りするたびに、自分を取り巻く空気が故郷のものに近くなっていく。

荒尾の実家から、切符の同封された手紙が送られてきたのは、先月の中旬のことだった。ちょうど一宮では七夕まつりが行われている日で、万津子はあやちゃんやつねちゃんと三人で街に出かけていた。遊び疲れて帰ってくると、いつもと違う丁寧な字で書かれた手紙が届いていた。

『大切な話ですので、文が達者な小夜子に代筆してもらいます。大牟田の伯父さん夫婦から、万津子に見合いの話が来ております。伯父さんの家のご近所の方で、小さな建設会社を経営していらっしゃる家のご長男だそうです。いったん工場の仕事は辞めて、こちらに帰ってきませんか』

寮の薄暗い明かりの下で、万津子は手紙を何度も読み返した。次に切符に書かれた『大牟田』という三文字を見て、涙がぽろりとこぼれた。生まれ育った故郷にようやく帰れるのだという実感が初めてわいたのだった。

あやちゃんとつねちゃんに手紙を見せると、手放しで喜んでくれた。

「こんなに早く見合いの話が来るのは、まっちゃんがべっぴんさんだからだべ」

つねちゃんは顔を上気させ、よがったなぁ、よがったなぁ、と何度も繰り返した。自分より色白で器量よしのつねちゃんに言われるのは、ちょっぴり気恥ずかしかった。

「じゃっどん、これからバレーボールが一緒にでけんごつなったぁ悲しかね」

あやちゃんは万津子を祝福しつつも、しきりに寂しがっていた。たくさん手紙を書くと約束し、

「あたいもいつか鹿児島《かごんま》に帰っで、そしたら会おうな」と目に涙を浮かべながら万津子の手を握ってくれた。

一宮の七夕まつりが、三人の最後の思い出になった。一色紡績に入社した年に始まった盛大なお祭りは、今年でもう四回目を迎えていた。宣伝のため空を舞ったという飛行機は見られなかったが、頭上にいくつも垂れ下がる大きな七夕飾りを眺めながら一緒にべっこう飴《あめ》を舐《な》めただけでも、特別心に残る一日になった。

そして昨夕、一宮の駅であやちゃんとつねちゃんに見送られ、万津子は汽車に乗り込んだ。もう蒸し暑い工場で綿ぼこりまみれにならなくて済むのは嬉しかったが、二人と離れなくてはいけないと思うと心臓が破れてしまいそうだった。窓越しにそう伝えると、あやちゃんは「何言うちょっと。まっちゃんには、もっとよか未来が待っとるんじゃっで」と泣きながら笑っていた。

ガタゴトと走り出す汽車を追って、あやちゃんとつねちゃんはホームの端まで駆けてきてくれた。小さくなっていく二人に向かって、「手紙、書くけんね」と万津子は声を限りに叫んだ。最後まで

両手を大きく振っていた二人の親友の姿は、長旅の間中、まぶたの裏にずっと貼りついていた。

汽車は昼前に大牟田駅に滑り込んだ。大荷物を抱えながらホームに降り立ち、人のひしめく改札を出ると、すぐに「万津子ぉ」という懐かしい大声が聞こえた。

麦わら帽子をかぶり、薄汚れた野良着のまま手を振っている女性がいた。三年半前と変わらず真っ黒に日焼けしている母の顔を見て、万津子は荷物が重いのも忘れて走り出した。

「お母ちゃん！」

「あらぁ、大人らしゅうなったねえ。ばってん、背丈はいっちょん変わらん。もっと大きゅうなっとるかて思うたばい」

母は一方的に、早口でまくしたてた。相手に喋る隙を与えない口達者さは相変わらずのようだ。多感な中学生の頃などはしばしば閉口したものだが、今はそれさえも懐かしく、声を聞くだけで涙腺が緩みそうになる。

「荒尾ば離れたときゃもう十五やったけん、とっくの昔に成長期が終わっとったとやろか。今は十九ね？　ああ、そうそう、今日はお母ちゃん一人で迎えに来たとばい。バス代がもったいなかけんね。お父ちゃんも悟も実も小夜子も、みんなうちで待っとっとたい」

ほとんど娘に口を開かせないまま、母は万津子を急かした。バスの出発時間が近いのだという。再会を存分に喜ぶ暇もなく、荷物を半分持ってもらい、駅前の乗り場へと走った。母と万津子が乗り込むと、荒尾行きのバスはまもなく動き始めた。

宮崎家が農家を営んでいるのは、福岡県大牟田市から県境を越えたすぐ先、熊本県荒尾市の北の外れだった。家の近くまではバスが通っていないから、二十分ほどで降りて、残り二十分は歩かなくてはならない。

太陽がじりじりと照りつける中、万津子の隣を速足で歩く母は、ひっきりなしに喋り続けた。

「手紙にも書いたばってん、万津子にはほんなこつ良かお見合いの話が来たとよ。大牟田の伯父さんには感謝せんといかんね。お相手は、佐藤満《みつる》さんちゅうて、小さか建設会社のご長男。歳《とし》は二十五で、三井《みつい》鉱山《こうざん》に勤めよんなはるげな」

「三井鉱山？　ちゅうこつは鉱員さんかね」

万津子が尋ねると、母は途端に得意げな顔をした。

「鉱員じゃなく、職員たい。熊本大学の工学部に行っとんなはったげなけん、頭のよか人なんやろねぇ。うちみたいな貧乏農家にはもったいなか縁談たい」

「職員さん？　熊本大学ぅ？」

万津子は素っ頓狂な声を上げた。母の口から飛び出る単語は、それくらい思いもよらないものばかりだった。

福岡第二の都市である大牟田は、昔から炭鉱で栄えてきた街だ。三井鉱山という巨大企業が、街に大病院や銀行を作った。大規模な社宅を大牟田や荒尾のいたるところに整備し、三池《みいけ》炭鉱の坑口《こうぐち》と社宅を繋ぐ炭鉱電車まで敷設した。文字どおり、三井鉱山によって作られた街といえる。

万津子が通っていた荒尾第三中学校も、生徒の七割方は炭鉱関係者の子どもだった。中学校のそばに、三井鉱山の緑《みどり》ヶ《が》丘《おか》社宅があったからだ。ただ、彼らの父親のほとんどは、坑内で肉体労働をする鉱員だった。

正社員である職員ともなると、鉱員とはわけが違う。

小さな農家の三女で、中学を卒業してすぐ集団就職で遠方に働きに出ていた自分に、なぜこのような縁談が来たのだろう。高卒どころか、国立大学を出た大企業の職員と見合いをするなんて、すぐには信じられそうになかった。

期待に胸を膨らませながらも、万津子は半信半疑で問いかけた。

「その縁談、嘘やなかと？　職員さんのお嫁さん候補が、ほんなこつ私なんかでよかと？」

「嘘やなかよ。伯父さんが、あんたのことば昔から買《こ》うとってね。気立てが良うて、愛想も良うて、しっかり者《もん》で、て向こうさんに紹介したとよ。そしたら、息子さんがあんたに会《お》うてみたいって言いなはったげな」

「そうばってん……その佐藤満さんて、二十五なんやろ。香代子《かよこ》姉ちゃんや千恵子《ちえこ》姉ちゃんのほうが、私より歳が近かやなかと？」

「伯父さんが、うちの家族写真ば見せたとよ。それで、満さんがあんたば選びなはったげな」

母の言葉を聞いた途端、耳がかっと熱くなった。

分かりやすい話だが、それだけに恥ずかしかった。自分の知らないところで、佐藤満という相手の男は万津子の写真を見ていたのだ。しかも、二人の姉も横に並んでいる中で、万津子がいいとわざわざ指名した。そのおかげで、三女の自分だけが女工の仕事を辞め、一宮から戻ってくることを許されたというわけだ。

自分より何年も前に集団就職で家を出ていった姉たちのことを思うと、複雑な気分だった。だが、胸が高鳴るのは抑えきれなかった。

高学歴の男性に見初められ、結婚する。実現するわけがないと思いながらも、毎日糸を取りながらずっと夢見ていた瞬間が、まさに今訪れようとしているのだ。

見合いは盆明けの予定だと母は説明した。先方の希望で、大牟田駅近くにある料亭で行うことになったという。

生まれてこの方、万津子は料亭などという場所に足を踏み入れたことがなかった。夢のような話に、畦道《あぜみち》を歩く足がふわふわと浮いた。

ようやく、懐かしい家が見えてきた。田んぼの脇に建っている、どっしりとした古い木造の平屋だ。屋根はまだトタンや瓦をかぶせておらず、昔ながらの茅葺《かやぶ》きのまま。贅沢なほど広い前庭にはびっしりと雑草が生え、その間から乾燥した土が覗いている。

わあ、と思わず声が漏れた。記憶と何も変わらない生家を前に、万津子は耐えきれずに駆けだした。

「万津子姉ちゃん！」

真っ先に家から飛び出してきたのは、妹の小夜子だった。中学二年生になった小夜子は、背がすっかり伸びて、母や万津子と同じくらいになっていた。それなのに勢いよく飛びついてくるものだから、万津子はよろけて荷物を地面に落としてしまう。

「おう、万津子。久しぶりやねえ」

頼もしい一番年上の悟兄ちゃんをはじめ、病気がちと聞いていた一つ年上の実兄ちゃんや、気難しい顔をした父までもが家からぞろぞろと出てきた。農作業は休みにして、万津子のことを今か今かと待っていてくれたのだ。

どの顔も、消灯した寮で手紙を書きながら、何度も思い浮かべた顔だった。

ただいま――と、大きな声で叫ぶ。

小夜子と顔を見合わせて笑い、昔のようにじゃれあいながら、万津子は家族の輪の中へと飛び込んでいった。

佐藤満と宮崎万津子の見合いが行われることになったのは、八月下旬に入ったばかりの暑い日だった。

万津子は、慣れない正装をした両親とともに、真新しい藤色の着物を着て料亭へと向かった。街を歩いていると、立ち並ぶ店のガラス戸に映る自分の姿に、はっとして立ち止まりそうになる。ついこの間まで工場で髪や睫毛を真っ白にして働いていたのが嘘のように、今日の自分の装いは華やいでいた。

見合い用の着物を買いに松屋に行こう、と言い出したのは母だった。

「そげんかお金、どこにあるとね」

母から提案を受けたとき、万津子はひっくり返りそうになりながら訊き返した。安い布を買ってきて縫うか、古着屋で手頃な値段のものを手に入れるか。そうやって節約を徹底していた母が、庶民の憧れである大牟田の松屋デパートで娘の着物を買おうと言い出すなど前代未聞のことだった。

「あんたが送ってくれたお金があるけん、それば使うたい。実の肺炎の治療で少し使うてしもうたばってん、まだだいぶ残っとるけんね」

「仕送りのお金？　それは使えんよ。あれは全部、小夜子ば高校に行かすためのお金やけん」

「小夜子は高校へ行かんよ」

「え？　なんで？」

「三人のお姉ちゃんが、全員働きに出たやろ。妹の自分だけ高校に行くとはずるかけん、中学ば卒業したら自分も愛知に行く、て」

聞いたときは驚いた。何のために三年半ものあいだ給料の半分を家に仕送りし続けたのか、分からなくなりそうになった。

だが、そんな万津子を救ったのは、他でもない小夜子の言葉だった。

「私のために、ほんなこつありがとう。ばってん、私、万津子姉ちゃんが稼いだお金は、万津子姉ちゃんが幸せになるために使ってほしか」

十四歳とは思えない気遣いと優しさに、万津子は思わず目を潤ませた。六人兄弟の末っ子として育った小夜子は、誰よりも立派だった。

小夜子の決断に胸を痛めながら、万津子は母とともに大牟田の中心地にある松屋へと赴き、着物を選んだ。「お見合いですか。よかですねぇ」といろいろな着物を出してきてくれたお姉さんは、制服と帽子がとてもよく似合っていた。

高校を卒業しないと、デパートガールのような人気の職業には就けない。彼女の恵まれた境遇が羨ましく思えたが、そんな浅ましい気持ちは色とりどりの着物を見ているうちに吹き飛んでいった。

これからの人生を——幸せになれるかどうかを決める、大切な着物。

天にも昇る心地で、万津子は生まれて初めてデパートで晴れ着を選んだ。買って帰った上品な藤色の着物を見て、小夜子は手を叩いて喜んでくれた。

「ほんなこつ綺麗かねえ、ほんなこつ。きっと、お相手の方も気に入んなはるばい。よか縁談がまとまるやろねえ。万津子姉ちゃん、お幸せにねえ」

「小夜子、気が早すぎたい」

そう苦笑しながらも、小夜子の言ったとおりになるのではないかと思えた。

この着物はきっと、幸せな生活への架け橋になる。蒸し暑い工場で綿ぼこりまみれになりながら働いた日々も、すべてはこの着物を手に入れるためにあったのだ——と。

見合いを行う料亭には、仲立ちをしている伯父夫婦もやってきていた。母の兄である伯父は、大牟田で小料理屋を営んでいる。佐藤満の父親がそこの常連で、息子についての相談を伯父に持ちかけた、というのが事の経緯だった。

木の引き戸を開けて中に入ると、小ぢんまりとした個室に通された。窓の外には緑豊かな日本庭園があり、鹿威《ししおど》しが小気味のいい音を立てている。万津子はピンと背筋を伸ばし、緊張している両親とくつろいでいる伯父夫婦とともに、佐藤家の三人を待った。

いったい、どげんか人やろか。

見合い写真や釣書《つりがき》などは事前に渡されていなかった。遠方にいた万津子のあずかり知らぬところで母が見合いを承諾し、まず一度顔を合わせることが前提で話が進んだからだ。向こうには伯父が宮崎家の家族写真を渡したというが、万津子のほうには情報が何もない。一方的に知られているというのはどこか気恥ずかしく、不安でもあった。

それからしばらくして、ふすまが開いた。万津子は慌てて立ち上がり、会釈をしてから顔を上げた。

ふすまの向こうに見えたのは、鼻の下に髭《ひげ》をたくわえた体格のいい父親と、線が細く真面目そうな母親、そして凜々《りり》しい顔つきをした背の高い若者だった。紺色のスーツに身を包んだ佐藤満は、鴨居《かもい》をくぐって入ってくるなり、万津子を一目見て笑みを浮かべた。

「お、写真以上のべっぴんさんやなあ」

頰がかっと熱くなり、思わず目を伏せる。

佐藤満は、万津子が想像していたよりもずっと男前だった。

眉は濃く、顔の彫りは深く、大きな口と白い歯が印象的に映る。首は太く筋肉質で、肌は少し日に焼けていた。

何より、女にしては背が高い万津子より、ずっと高身長だ。天井の照明に頭がぶつかりそうになり、苦笑しながら身を屈めている。

まるで映画に出てくる俳優さんのようだ――と、万津子は密《ひそ》かに考えた。

「満さん、さっそく気に入ったと？　万津子も恥ずかしがらんで、顔ば上げんね」

伯父が陽気な声で話しかけてくる。まもなく酒や料理が運ばれてきて、伯父の進行で互いの自己紹介が始まった。

佐藤満の経歴は、ほぼ事前に聞いていたとおりだった。

実家は大牟田駅の北にある新栄町《しんさかえ》で小規模な建設会社を営んでいる。繁華街のそばにある地元の明治《めいじ》小学校、白光《はっこう》中学校を卒業し、大牟田で一番優秀な三池高校を卒業して熊本大学工学部に進学。大学を中退後、三井鉱山に職員として採用され、現在は機械調査係員として働いている。

「三池高校に、熊本大学ですか。すごかですねえ」

万津子が小さな声で呟くと、佐藤満は豪快に笑って首を左右に振った。

「全然、すごくなかばい。学問が性に合わんで、大学は半年も経たずに中退したけんね。おかげで配属は事務部門やなくて、業務部門。鉱員と一緒に、毎日坑内で煤まみれたい」

煤まみれと聞くと、綿ぼこりまみれになっていた紡績工場での仕事を思い出す。

炭鉱と紡績。まったく業種も地位も違うものの、きっと苦労は同じなのだろう。そう考えると、途端に親近感が増した。

次に、伯父に促されて万津子のほうから自己紹介をした。荒尾市の平井《ひらい》小学校、荒尾第三中学校卒。その後は愛知県一宮市の一色紡績で働いていた。そう話すと、「荒尾三中か。ちゅうこつは緑ヶ丘社宅の奴《やつ》らが大勢おったやろ」と佐藤満は満足げに目を細めて頷いた。

同年代の満はともかく、その親は万津子が元女工であることをよく思わないのではないかと気になった。今ではずいぶん改善されたものの、女工というと、戦前の劣悪な労働条件や、結核などの病気持ちの印象が根強いからだ。

しかし、彼らがその話題に踏み込むことはなかった。「ご兄弟が多かけん、苦労されましたねえ」と満の母が呟いただけだった。佐藤家の三人は先進的で文化的な考えの持ち主なのだろうと、万津子は心から安堵《あんど》した。

「そういえば、満さんはご長男やろ。お父さんの会社ば継ごうと思わんかったと？」

万津子の母が、いつもの調子でずけずけと尋ねた。すると、佐藤満の父親が「こいつにゃ無理ですたい」と可笑しそうに腹を揺らした。

「こげな小さか会社はいっちょん好かん、俺はもっと大きか企業で働く、て昔からわがままばかり言うとりましたけんな。会社は次男の仁《ひとし》に譲る予定ですたい」

「ああ、そうですか。そんなら、満さんは今、三井鉱山の社宅にお住まいで？」

「はい。新港町《しんこうまち》の社宅におります」

佐藤満がかしこまって答えた。それから万津子へと向き直り、「鉱員用やなくて、ちゃんと職員用の家をもらっとりますよ」と片目をつむって付け足す。

「新港町ちゅうと、海のほうやねえ」

満足げに頷く母の隣で、万津子は期待に胸を膨らませつつ、将来の暮らしを思い浮かべた。

もしこの人と結婚したら、有明海《ありあけかい》のそばの職員社宅に住むのだ。

大牟田の海はよく知らないが、南荒尾の海水浴場には小学生の頃に何度か行ったことがある。潮の匂いが心地よく、水も綺麗で、砂浜ではたくさんの小さなカニが横歩きしていた。実家の近くを流れる関川《せきかわ》でばかり遊んで育った万津子にとって、海の近くに住むというのは憧れだった。

青い海と、石塀に囲まれた豪華な家。そのまま絵本の挿絵にできそうな美しい光景が、まぶたの裏に浮かぶ。

「しっかし、三井鉱山は大変やなあ」

不意に、伯父が腕組みをして顔をしかめた。

「今は希望退職ば募集中んごたるばってん、近かうちに数千人の指名解雇ば計画しとるとやろ。組合から反発が起きとるて聞いたばい」

「指名解雇?」

結婚した途端、夫が無職になってはかなわない。不安になって尋ねると、「俺んごたる職員は関係なかよ。解雇の対象は鉱員だけたい」と佐藤満は口元に笑みを浮かべたままひらひらと手を振った。

伯父と佐藤満の話を聞いていると、三井鉱山についての現状がなんとなく窺い知れた。燃料の主流が徐々に石炭から石油へと移り変わり、今や炭鉱は斜陽産業化しつつある。一時は日本の石炭の三割近くを掘り出していたといわれるかの三池炭鉱も、会社再建のために人員削減を実行せざるをえない状況に置かれている。

そのせいで、会社側と炭鉱労働者の組合が一触即発状態になっている。六年前にも同じような経緯でストライキが発生したが、今度はさらに大規模な労働争議が起きるかもしれない——。

長くこの地を離れていた万津子は、三井鉱山をめぐる最近の情勢をまったく知らなかった。といっても、荒尾にいた頃も農家の中学生だったから、もともと炭鉱周辺の事情には詳しいわけではない。

不穏な話を聞くにつれ、知らず知らずのうちに険しい顔をしていたらしい。母に脇を小突かれ、万津子ははっと姿勢を正した。

「ばってん、満さんは職員さんやけん、万津子も安心やね。指名解雇ちゅうても、満さんは解雇される側やなくて、解雇する側やろ」

万津子の懸念を解消したのは、母の単純で無責任な一言だった。

落ち着いて考えてみれば、それもそうだった。三井鉱山は、大牟田の街をこれほどまでに繁栄させた巨大企業だ。一時よりは勢いがなくなっているとはいえ、さすがに正規の職員の地位は安泰だろう。

やはり――目の前にいるこの素敵な男性と結婚できたならば、想像もしていなかったような明るい人生が開けるに違いない。

舞い上がっているのが表に出ないよう、懸命に努めながら会話をした。目の前の佐藤満は、男らしい強さや荒っぽさも持ちながら、終始言葉の端々に知的な雰囲気を醸し出していた。

幸い、満は万津子のことを気に入っているようだった。品のいい懐石料理を食べ、和やかにお酌をするうちに、二人の仲は急速に深まっていった。

それから先は、とんとん拍子に物事が進んだ。見合いから一か月のうちには正式に婚約が決まり、万津子は入籍までの間、実家で農作業を手伝いながら過ごすことになった。

それから数か月が経ち、宮崎万津子は佐藤家に嫁いだ。

十九歳の冬のことだった。

季節が巡り、次の夏がやってきた。万津子は二十歳になっていた。

新港町社宅の広大な敷地の片隅にある、三棟の職員社宅。二軒続きの木造長屋が二棟と、四軒続きが一棟。その古ぼけた四軒長屋の端から二番目に、佐藤満と万津子が暮らす部屋があった。

簡単な朝食を済ませた後、万津子は土間に置いてあった竹箒《たけぼうき》を手に取り、木の扉を開けて表に出た。潮風にさらされてすっかり錆《さ》びた蝶番《ちょうつがい》が、ギイ、と耳障りな音を立てる。

じりじりと照りつける日差しを浴びながら、万津子は長屋を囲んでいる排水溝を掃き清め始めた。五分ほど経ち、額や脇が汗ばんできた頃、隣の家の扉も不快な音を立てて開いた。

ひょこりと顔を出した割烹着《かっぽうぎ》姿の女性が、「おはよう」と明るく声をかけてくる。

「ひゃあ、今日も朝から暑かねえ」

「暑かですねえ」

隣の古賀さんの奥さんは、万津子より一回り年上だった。川の向こうにある諏訪《すわ》小学校に通う子どもが三人、ランドセルを背負ったまま次々と飛び出してくる。

その子どもたちも、各々排水溝の掃除を手伝い始めた。こうやって毎朝長屋の周りを囲む溝を掃き清めるのは、社宅に住む家族の日課になっている。

「ねえねえ佐藤さん、昨日のラジオ聴いた？　また『三池海戦』が起こったげなねえ。怖か、怖か」

「はあ……そうやったとですか」

「あら、知らんかったと？　また旧労《きゅうろう》が船ば出して、会社の荷揚げば阻止したげな」

万津子は愛想笑いを浮かべ、その場をやり過ごそうとした。

最新のニュースを知らないのは、佐藤家にはラジオがないからだった。

昨日の夜、満がトランジスタラジオを壁に投げつけて壊してしまったのだ。夫が激怒した理由は、ごく単純なものだった。「俺ん稼ぎで飯ば食いよるお前が、ラジオば聴きながら手抜きの家事ばすっとが気に入らん」のだという。

「ちょっと、佐藤さん。その二の腕の傷、どげんしたと?」

古賀さんが尋ねてくる。悪い人ではないが、大きな声で喋るのはやめてほしかった。万津子は後ろを振り返り、家の中を気にしながら、「なんでもなかです」と小声で答えた。

隙間風だらけのおんぼろ社宅で隣同士に住んでいるのだから、こちらの事情は薄々感づいているだろうに——と、ため息をつきたくなる。

古賀さんの奥さんが言った、三池海戦という言葉が気になった。確か、会社と組合がすぐ近くの海上でぶつかり合うのはもう三回目だったはずだ。

結婚して以来、周りでは信じられないような事件が起こり続けている。三井鉱山をめぐる労働争議が激化したのは、佐藤満と万津子がここに住み始めたその月のことだった。

それは、全国の注目を集めるほどの大事件となった。

大量指名解雇に反発して二十四時間ストライキや大規模デモを繰り広げていた炭鉱労働者の組合を弱らせるため、会社側が自ら事業所を閉鎖し、ロックアウトという手段に打って出たのだ。就労を拒否された組合側も、対抗して無期限全面ストライキを宣言し、労働争議は長期戦へと突入した。

その後、賃金がもらえず生活が苦しくなる中で、炭鉱労働者の中でも全面対決路線に疑問を持つ人が現れた。彼らが第二の組合を作り、組合は過激派の旧労と協調派の新労の二つに分裂した。旧労に裏切り者と罵られながらも、新労は会社と話し合いを持ち、三月下旬には操業再開へと踏み出した。

しかし、状況は好転しなかった。新労の組合員が炭鉱に入ろうとするのを邪魔したり、この社宅のすぐ近くにある貯炭場を乗っ取って輸出を阻止したりと、旧労が実力行使による抵抗をし続けたのだ。現場では、警官隊との衝突や、騒ぎに便乗した暴力団による殺人事件まで起きた。

こうした事の経緯を、万津子は新聞記事や近所の噂でしか知らない。争点になっているのは労働条件なのだから、本来、主婦や子どもを巻き込むような性質のものではないはずだ。だが、ここで暮らしている以上、日常生活への影響は計り知れなかった。

社宅の空気は、常にピリピリと張り詰めていた。

新港社宅に住むのは、大半が鉱員だ。食料や日用品を売店に買いに行くときや、共同風呂に入るときは、必ず鉱員やその家族と顔を合わせなければいけない。さすがに女湯では喧嘩は起こらないが、当事者たちの集う男湯では、旧労と新労の言い争いや取っ組み合いがしょっちゅう起こっていると聞く。

肩身が狭いのは、新労に鞍替《くらが》えした鉱員だけでなく、職員も一緒だった。

旧労の恨みの目は、満のような会社側の人間にも向けられる。職員と鉱員の間には上下関係があるから、鉱員の妻たちが直接喧嘩を吹っかけてくることはめったにない。ただ、「職員さんは働かんでも毎月お給料がもらえるけん、よかねえ」と売店で陰口を叩かれているのを耳にしたことはあった。

いってきます、と子どもたちが元気よく駆け出した音で、万津子は我に返った。慌てて竹箒を握り直し、いってらっしゃい、と古賀さんの奥さんと声を合わせる。

子どもたちの姿が見えなくなると、「あ、そうそう」と古賀さんの奥さんが話しかけてきた。

「今日も、売店にはみんなで一緒に行こうね。家の掃除が終わったら、声かけるけん。十時くらいでよかかと？」

「はい、大丈夫です。お願いします」

万津子が頭を下げると、「じゃ、またあとで」と古賀さんの奥さんは快活に言い、家の中へと戻っていった。

三棟しかない職員社宅に住む主婦たちは、身の安全を守るため、毎日集団行動を取ることにしていた。買い物をするときも、風呂に行くときも、常に一緒に動く。それ以外のときは、むやみに外に出ない。「そういう取り決めになったけん、守ってね」と、職員婦人会の役員をしている池田《いけだ》さんの奥さんに釘《くぎ》を刺されていた。

炭鉱社宅での生活は、想像以上に窮屈だった。

嫁いだ時期も悪かった。三井鉱山という会社のことも、大牟田の土地や情勢のことも、何一つ知ろうとしないまま結婚してしまったのだと反省する毎日だった。

本当は、このままずっと、外で掃き掃除をしていたかった。社宅の敷地内や大牟田の街を自由に歩き回りたいし、一人で買い物にも行きたい。だけど、池田さんの奥さんに見つかったら怒られてしまう。

ふう、と大きく息を吐き、覚悟を固めた。

扉を開け、家の中へと戻る。土間の片隅に竹箒を置いた瞬間、奥の六畳間から雷のような怒鳴り声が飛んできた。

「まぁた隣近所に俺の悪口ば言いふらしよったやろ！」

万津子は身をすくめる。ごめんなさい、と即座に頭を下げ、歯を食いしばってその場に固まる。

大きな足音が近づいてきて、思い切り横面を張られた。

弾みでよろけ、板張りの床に倒れ込む。

朝になって繁華街から帰ってきた満は、目を真っ赤にして万津子のことを見下ろしていた。まだ酒が抜けていないのか、足がふらふらとしている。

「俺がこげんなったのは俺のせいやなか。全部会社と旧労のせいたい」

また意味もなく、満が拳を振り上げる。万津子は顔を覆い、床にうずくまる。

「俺は板挟みになっとるだけ、職場闘争の被害者たい」

後頭部に激痛が走る。まぶたの裏がチカチカと光り、意識が遠のきかける。

やはり、古賀さんの奥さんが万津子の腕の傷を心配する声が、満の耳に届いてしまっていたのだ。長屋の壁は薄い。この怒鳴り声だって、隣近所に筒抜けになっているだろう。

あなたの悪口なんか言ってません、と否定するのは簡単だ。しかし、それでは火に油を注ぐだけだということを、万津子はこれまでの数か月で身に染みて実感していた。

外よりも、中のほうが危険なのではないか――と、思える。

満は結婚当初、毎日真面目に職場の三川坑《みかわこう》へと出かけていた。しかし、一月下旬にロックアウトと全面ストライキが始まると、朝から晩まで家にいるようになった。

三月下旬以降、徐々に操業が開始されてからも、いったん出勤してからすぐ家に帰ってくる日が多かった。警官隊の助けがないと、坑内にも入れない状態が続いているのだと愚痴を言っていた。

そのうちに満は、夕方から街に出て酒を浴びるように飲み、翌日は朝食もとらずに家で寝ているようになった。

昼過ぎに起きてきたかと思うと、怠慢だ、のろまだ、といちいち家事に難癖をつけて万津子を殴る。これほど長い間会社に行かなくて大丈夫なのかと心配になって問うと、「女子《おなご》が仕事のことに口ば出すな」と思い切り万津子のことを蹴る。

そうして、夕方にはまた金を持って繁華街へと出かけていく。帰ってくるのは深夜か翌日の朝で、いつも泥酔状態だった。酔っ払って倒れていたところを、警官に運ばれてきたこともあった。

初めに殴られたのは、結婚二か月目のことだった。争議が激化する中、鉱員の家族が大勢いる共同風呂に行くのが恐ろしくて、社宅の外にある銭湯を使うことを提案したときだ。就寝前に話を切り出した瞬間、分厚い掌《てのひら》が万津子の頬へと勢いよく飛んできた。

「バカやろう、主婦のくせに無駄な金ば使うな。お前、貧乏農家の娘やろ。そんならもっと節約せんか」

やっぱりそのときも、満はひどく酔っ払っていた。「なんでそげんかひどかことばすっとね」と頬を押さえながら言い返すと、今度は「女子は黙っとけ」と突き飛ばされた。

それからというもの、満は酒を飲むたびに万津子に手を上げるようになった。

仕事に行けない日が続けば続くほど、満が酒を飲む量は増え、罵声を浴びせたり暴力を振るったりする回数も増えた。

仕事さえ元通りになれば、夫の蛮行は収まると思っていた。しかし、春過ぎに機械調査係員としての仕事に復帰してからも、仕事帰りや休みの日に酒を飲む習慣は続いた。

酒、女、賭博、映画——炭鉱の街・大牟田には、ありとあらゆる娯楽施設が揃っている。夫が繁華街で何をしているのか、家で一人待つ新妻には知る由もなかった。

万津子は、ようやく気がついた。

結婚前はひた隠しにしていたのかもしれないが、これが満の本性だったのではないか、と。

繁華街育ちの遊び人で、周りへの思いやりを持たない人間だったのではないか。

大学の勉強をたった半年で投げ出したのも、親の建設会社を継がずに三井鉱山に就職したのも、本社の事務員の仕事を与えてもらえなかったのも、そういう性格が災いした結果だったのではないか。

だからこそ、育ちのいい理想的な女性は満と結婚しようとせず、万津子のような農家の三女にまで順番が回ってきたのではないか。

自分はバカで、世間知らずだった。早い話が、騙されたのだ。見合いのときに彼が見せたよそゆきの顔と、ろくでなしの息子にどうしても嫁を取らせたかった佐藤家の義両親に。

「まったく、旧労はいつまでストば続けるつもりか」

万津子にはまったく非のないことで、また拳が飛んできた。

それから、何の前触れもなく、着物へと手が伸びてきた。その手を押さえようとすると、「夫を拒むとか。俺の金で生活しとるくせして」と今度は首を絞められる。こうなるといつも、万津子は満のなすがままに任せるしかなかった。

佐藤満は、確かに万津子が思い描いていた理想に近い人物だった。

九州大学卒ではないものの、同じ国立の熊本大学を中退している。顔立ちもハンサムで、見上げるほど背が高く、俳優のようにかっこいい。事務職ではないものの大企業の職員として働いていて、生活するのに困らない程度の収入はある。

しかし、いくら手をかけて食事を作っても、満が美味しいと褒めてくれることはない。それどころか、米が硬い、味噌汁が辛いと文句を言ってちゃぶ台を思い切り拳で叩く。酒や遊びには金を湯水のように使うくせに、万津子が少しでも楽をするための電気冷蔵庫や洗濯機は買ってくれようともしない。

女工だった頃に夢見ていたのは、こういう生活ではなかったはずだ。

職員社宅といっても、ここは実家よりずっと狭かった。地下を通る坑道のため地盤沈下が起き、古い木造平屋は歪《ゆが》み傾いている。敷地は廃水で汚染された灰色の海と物々しい塀に囲まれて逃げ場がなく、風向きによってはむっとするような潮と養豚場の臭気が流れてくる。閉鎖的な家の中で、万津子はひたすらに耐えていた。

やがて、冬がやってきた。

今日は母が訪ねてくる予定になっていた。大牟田の街に用事があるから、ついでにここへ寄るのだという。

万津子は鏡に向かっていつもより念入りに白粉《おしろい》をはたいていた。顎に薄く残っている青痣《あおあざ》は、なけなしの生活費を持って街へ出ていこうとする満を止めたときのものだ。

結局お金は持っていかれてしまったから、ここ数日間、万津子は味噌汁と米だけを食べる生活を続けている。殴られた痕を隠すために厚化粧をするのは、一日の中で最も虚《むな》しい時間だった。

「ああ、寒か寒か。ここは海のそばやけん、風が強かねえ」

つぎはぎだらけの綿入れ羽織を着た母が勝手に扉を開けて入ってきたのは、万津子がちょうどお茶を淹《い》れようとして、やかんをガスコンロにかけた頃だった。

「この扉、建てつけが悪かねえ。あんたら、いつまでこげんか狭か長屋に住むつもりね。会社に言えばもっと豪華で大きか職員住宅に住めるやろ。満さんももう二十六。所帯ば持って一年やけんね」

入ってくるなりペラペラと喋り、上がり框《がまち》に腰を下ろす。

母がここを狭く感じるのも無理はなかった。農家が住む家は部屋も土間もだだっ広く、造りもしっかりしている。長年の竈《かまど》での煮炊きで柱や梁《はり》は黒く煤まみれになっているものの、石炭の煤煙《ばいえん》にさらされて薄汚れているのは炭鉱住宅も一緒だ。せっかく三井鉱山という大企業の職員と結婚したのに、この長屋は実家よりずっとみすぼらしかった。

万津子自身、もっとどうにかならないものかと満に尋ねたことがあった。隣の古賀さんから、管理職になれば風呂付きの社宅に引っ越せると聞いたからだ。だが、満は見る見る不機嫌になり、

「ここば好かんなら出ていけ!」と唾を吐き散らした。

話を聞く限り、満が他の職員と仲良くしている様子はなかった。飲みに行くときも帰るときも、いつも一人だ。たぶん、勤務態度や人間関係が悪く、係長に昇進する見込みもないのだろう。それ以来、万津子は社宅に関する愚痴を、満の前で一度たりとも漏らさないようにしている。

先月の初めに、一年近く続いていた三池争議はようやく終わりを告げた。旧労と新労のしこりは残っているものの、反対運動を繰り広げていた鉱員たちは炭坑に戻り、万津子の住む新港社宅にもようやく平穏が見え隠れし始めた。

しかし、無事に職場復帰してもなお、見合いのときや結婚当初に満が見せていた優しさは戻る気配がなかった。相変わらず万津子は夫の所有物として扱われ、毎朝鏡を見ては新しい青痣に手を当ててため息をつく生活を送り続けている。

「お母さん。今日は報告があるとよ」

「何ね、改まって」

「私、子どもができた」

ガス台の前に立ったまま腹に手を当てると、母は「おめでとう」と目を丸くした。

「いつ分かったとね」

「先週病院へ行ったとよ」

「そんなら、満さんも知っとるとやね」

万津子は静かに首を左右に振った。母は呆然《ぼうぜん》とした顔で万津子を見上げていた。

「なんで報告せんと？　お母ちゃんより先に、満さんに言わんとでけんよ」

「言よごつなかったけん」

「何ば言いよっとね。今日満さんが仕事から帰ってきたら、はよ教えんね」

「お母さん。私――」

急に涙がこぼれそうになる。お腹に子どもがいると分かってからずっと心の中で渦巻いていた言葉が、堰《せき》を切ってあふれ出した。

「私、満さんとこの子ば育てていく自信がなかよ。満さんは毎日暴力ばっかり。ひどかこつばっかり私に言う。子どもが生まれたらどげんか父親になるか、今から心配でしょんなか。これ以上、もう耐えられんとよ。私、もう荒尾の家に帰りたか。満さんと一緒に暮らしとうなか」

組合のストライキは終わったのに、いつまでも繁華街で遊び歩き、酔っ払って帰ってきては怒鳴り散らし、万津子に手を上げる。そんな夫と、子どもなど育てられる気がしなかった。

しかし、母はひどく呆れた顔をした。「しっかりせんね」と厳しい声が飛ぶ。

「万津子、あんた、人の嫁さんになったんやろ。そんなら、覚悟ばせんといかん。家に帰りたかなんて簡単に言うたらでけんよ」

「ばってん、満さんは」

「旦那から暴力ば受けとる女の人なんか、世の中にいっぱいおるばい。何も暴力に限らん。一つ屋根の下で一緒に暮らす夫婦には、嫌なこつなんか数えきらんくらいある。そんでも、みんな耐えとる。簡単に別れる人なんかおらん。結婚ちゅうのはそげんかもんばい」

「ばってん――」

「あんたが子どもと逃げ帰ってきても、うちでは面倒みきらんよ。この話はもうおしまい」

強い口調でまくしたてられ、驚きのあまり涙も引っ込んだ。ちょうどお湯がわき、やかんを持ち上げて居間へと運ぶ。手がぶるぶると震え、ちゃぶ台にお湯が飛び散った。

結婚には、やり直す自由も与えられんとやろか。

茶葉を入れた急須にお湯を入れ、やかんを元の場所へと戻した。板の間に上がってきた母が、座布団に腰を下ろす。

「今夜、満さんにはきちんと報告せんね。普段のあんたらはあんまり仲良うなかかもしれんばってん、お腹に子どもができたちゅうたら、満さんだって絶対に喜ぶはずたい。夫婦ちゅうとはそげんかもんよ」

「そうかね」

「そうよ」

母は自ら湯飲みに茶を注《つ》ぎ、ずずと啜《すす》った。万津子も、冷えた手で湯飲みを包み込む。

この家に石油ストーブがあったらどんなに暖かいだろう、と想像する。だが、石炭を掘り出す会社で働く職員の妻として、石油ストーブが欲しいとはなかなか言い出せない。仕方がないから、どうしても寒い日は配給の練炭を使って火鉢に炭火をおこすことにしていた。

寒さも、胸を刺すような痛みも、今日は我慢することにする。

「そういや、小夜子はほんなこつ集団就職すっと?」

尋ねると、母は無言で頷き、「四月から愛知ね」と寂しそうな顔をした。

末っ子の小夜子は、あっという間に中学三年生になった。あと三か月で卒業を迎え、五年前の万津子と同じように見知らぬ世界へと旅立っていく。

「せっかく来年には甥《おい》か姪《めい》が生まれるやろばってん、小夜子はしばらく会えんね。残念がるやろなぁ」

お茶を飲み終わると、母は最後にそう呟き、そそくさと家を出ていった。顔を出したら、ひとしきり喋ってすぐに帰る。常にせかせか動き回るのは、昔からの母の癖だった。

母が帰った後、万津子は板の間の隅に置いてある引き出しから、昨日届いた手紙を取り出してきた。差出人の住所は、愛知県一宮市となっている。あやちゃんからの手紙だ。

『まっちゃん、お元気ですか。十二月の頭に、つねちゃんが二十才の誕生日をむかえました。これで、私たち三人ともりっぱな大人ですね。四月から、私は組長を任されることになりました。新しく入る子らの面倒を見なければならないので、つねちゃんとは部屋が分かれてしまいそうです。まっちゃんや弘子さんとすごした思い出の部屋でしたので、少しさびしいです』

標準語で文章を書くのはかったるいから嫌いだと言っていたのに、毎回あやちゃんは便箋を何枚も使って手紙を書いてくれていた。たまに漢字が間違っていることもあるが、一生懸命綴《つづ》った様子が文面から伝わってくる。

手紙には、最近つねちゃんと街に映画を見に行ったことが書かれていた。石原裕次郎が出ている日活映画を何本も見たのだという。あやちゃんが挙げているタイトルは、どれも知らないものだった。思えば、映画など、九州に帰ってきてから一度も見ていない。

『まっちゃんは、最近映画を見ましたか。おもしろい映画があったら教えてください。もうすぐケッコンして一年ですね。ご主人との生活は楽しいですか。子どもができたら教えてくださいね。私もつねちゃんも、いい縁談が来るのを今か今かと待っているのですが、まだ話はなさそうです。早くかごんまに帰りたい！』

便箋がなくなってしまったようで、手紙は中途半端な一文で終わっていた。

あやちゃんからの手紙を読んでいると、あまりにやるせなくて、涙がこぼれそうになる。

最近映画を見ましたか。

ご主人との生活は楽しいですか――。

女工時代のほうが楽しかった、とは思いたくなかった。

あやちゃんが最後に泣きながら言ってくれたように、自分は「もっとよか未来」に向かって進んでいなくてはいけないのだ。大企業の職員と結婚して主婦になった自分は、今も蒸し暑い工場で忙しく働いている彼女らよりも、ずっと恵まれているはずなのだ。

だから、あやちゃんへの返事に、満についての愚痴など書けるわけがなかった。

『あやちゃん、お手紙ありがとう。私は楽しく元気にケッコン生活を送っています』

真っ赤な嘘だった。握った鉛筆が震え、不格好な文字が並んだ。万津子はそれでも書くのをやめなかった。あやちゃんやつねちゃんが憧れている結婚生活への希望を持たせるのが、先に嫁に行った自分の役目のように思えた。

その夜、仕事から帰ってきた満に、万津子は恐る恐る伝えた。

「満さん。あのね、子どもができたよ」

満は例のごとく繁華街で飲んできたようだった。酔っ払っていて、足元がふらついている。

しかし、満は意外にもきちんと万津子と目を合わせ、「おお」と嬉しそうな声を上げた。

「そうか、そうか。とうとうできたか。男か女か、楽しみやなあ。最近寒かけん、暖かくせんね」

満はニカッと笑い、そのまま寝室の六畳間へと消えていった。しばらくして、ごうごうと響く大きないびきが聞こえてきた。

夫に体調を気遣われたのは、結婚してから初めてのことだった。

たったそれだけのことで一瞬でも深い喜びを覚えてしまった自分が、無性に悔しかった。一年半前の見合いの日、松屋デパートで買った藤色の着物に込めた願いは、こんなものではなかったはずだ。

いつの間にか、自分の思う幸せは、これほどに小さくなってしまっていた。

身体の火照《ほて》りを感じながら、お腹の下のほうに手を当てる。まだ三か月だから、こうやって触っても赤ん坊の存在はよく分からない。それでも、万津子の胸にはある大きな希望が芽生えていた。

夫には恵まれなかった。本性を隠され、半ば騙されて結婚したようなものだ。でも――。

「本当の幸せばもたらしてくれるとは、この子かもしれん」

万津子の小さな呟きが白い息となり、壁の隙間から吹き込む夜の風に流されていった。

二〇一九年　十一月

布団を撥《は》ね除《の》けて、ベッドの外に脚を出す。途端に、ひんやりとした空気がまとわりついた。首を傾げ、壁の時計を見やる。時刻はまだ朝の九時だった。

平日の朝と違って、由佳子の不機嫌な声が飛んでくることも、会社に遅刻する心配もない。だから本当は昼過ぎまで延々と寝ていたいのだが、こう寒いと尿意が勝ってしまう。特技は寝ること、苦手なのは起きることと昔から豪語していた泰介も、五十八という年齢には抗えないようだった。

階段を降り、用を足してからリビングへと向かう。キッチンに立っている由佳子が、目を丸くして泰介を迎えた。

「あら、早いじゃない。日曜なのに」

「自然と目が覚めたんだよ。寒いからさ」

「平日もこうやって勝手に起きてくれればいいのに——と思ったけど、この時間じゃいずれにしろ遅刻ね」

「何だ、朝から嫌味か?」

フライパンでスクランブルエッグを作っている由佳子を睨みつける。由佳子は泰介の顔をちらりと見上げ、小さくため息をついた。

「サラダから食べちゃってよ。卵はもう少しでできるから」

「ああ」

短く返事をし、妻の手元を見て首を傾げる。

「……あれ、萌子はまだ起きてないのか」

「とっくに出かけたわよ。今頃はもう練習中でしょう。どうして？」

「朝飯を今作ってるってことは、まだ食べてないのかと思って」

「冷えた朝ご飯は嫌だってあなたが言うから、こうやって別々に作ってるんじゃない」

恨めしげな目を向けられる。そういえばそうだった、とは口に出さず、「合宿が終わったばかりだってのに、萌子の体力は無尽蔵だなあ」と泰介はお茶を濁した。由佳子の不機嫌そうな顔を見ないようにしながら、キッチンカウンターの上に並べられた小ぶりのサラダボウルを一つ手に取る。

「あ、それはお義母さんの」

呼び止められ、手に取った皿の中身に目を落とす。入っていたのは、キャベツを細かくすりおろして作った介護食のサラダだった。

「お袋は散歩に行ってるんじゃないのか」

正しいサラダボウルと取り換えながら由佳子に尋ねると、困ったような声が返ってきた。

「それがね、いつまで経っても部屋から出てこないのよ」

「寝てるのか」

「ううん、目を覚ましてはいるの。でも、着替えもせずにぼーっとしていてね。朝ご飯食べましょう、とか、お散歩行かないんですか、とか、いろいろ声はかけてみたんだけど」

「認知症が進んできてるのかな」

「ちょっと心配よね。これまで、朝は調子がいいことが多かったのに」

「それだったら、一人で散歩に行かせるのはもうやめたほうがいいかもな。もしくは——そうだな、GPSで常に居場所が分かるようにするとか」

気の利いた提案のつもりで口にすると、由佳子が不機嫌そうに頬を膨らませた。万津子にGPS機器を持たせたいというのは他でもない妻の希望であり、その提案を一か月前ににべもなく却下していたことを今さらのように思い出す。

「ちょっと様子を見てくるよ」

なんとなく気まずくなって、泰介はサラダボウルを置いて廊下に出た。後ろで「卵、もうできたんだけど」という由佳子の声がしていたが、構わず万津子の部屋へと向かう。

部屋のドアは開いていた。中を覗き込むと、介護ベッドの背を起こしたまま、ぼんやりと虚空を見つめている万津子がいた。自力で着替えようとして途中でやめてしまったのか、上半身は肌着一枚になっている。

「おいおい、そんな格好じゃ寒いだろ。ほら」

ベッド脇に畳んで置いてあった着替えをつかみ、万津子の眼前へと無造作に突き出した。母は「ああ、ありがとうね」と受け取り、タートルネックのセーターを頭からかぶり始めた。

亀のようにのろい動作に苛立ちが増し、泰介は服を引っ張って着替えを手伝おうとした。だが、「ダメ、自分でやる」という子どもが駄々をこねるような声に拒まれ、黙って見守らざるをえなくなる。

五分以上かけて着替えを終えた母は、のそのそと介護ベッドから這《は》い出した。床に置いてあるスリッパに足を通そうともせず、靴下のまま廊下へと出ていってしまう。

「ああ、お義母さん、おはようございます。朝ご飯、一緒に食べましょうか」

リビングから由佳子が出てきて、にこやかに微笑んだ。調子のいいときであれば、母はきちんと挨拶を返し、恐縮したように礼を言いながら食事の席につく。しかし、今日は口をつぐんだままだった。由佳子を見上げるや否や、くるりと方向転換し、玄関の上がり框に腰かけて靴を履き始める。

「ええっ、お義母さん、どこへ行かれるんですか」

「……散歩」

「いつもは先に朝ご飯を召し上がるじゃないですか」

「今日は、散歩」

「いつものコースですか。公園まで行って戻ってくるんですよね」

「知らん」

万津子はぶっきらぼうに答えた。認知症になると情緒不安定になると聞くが、これほど自己中心的な態度を取る母はあまり見たことがない。泰介と由佳子は、思わず顔を見合わせた。

「おい、そんな状態で飛び出して、戻ってこられなくなっても知らないぞ」

泰介の怒りのこもった声にも、万津子はちっとも動じなかった。脇目も振らず出ていこうとする母を引き留めようと、泰介はその細い腕に向かって手を伸ばす。

だが、泰介が母の腕をつかむより先に、由佳子の手が泰介の肩にそっと置かれた。

「ねえ、ついていってあげてよ」

「は？　俺が？」

仰天して由佳子を振り返る。その間に、万津子は玄関のドアを押し開け、外へと姿を消した。

「ああ、行っちゃったじゃないか」と泰介は由佳子を責める。

「どうして俺が認知症患者の徘徊に付き合わなきゃならないんだ。日曜の朝だぞ。俺は休みたいんだ」

「お義母さん、私と一緒に散歩するのは嫌みたいなの。この間も、心配になってついていこうとしたら断られたから」

「じゃあ、俺が行ったたって一緒だ」

「そんなことないわよ、実の息子なんだから」

由佳子は懇願するような目をしていた。

「とにかく、お願い。今日のお義母さん、いつもと様子が違うんだもの。帰り道が分からなくなったり、途中で交通事故に遭ったりしたら大変」

「そんなこと言われても」

泰介は首を左右に振ってリビングへと戻ろうとしたが、由佳子はその場に佇《たたず》んだまま泰介のことをじっと見ていた。その静かな視線に耐えられなくなり、泰介は「ああもう」と声を荒らげる。

「行けばいいんだろ、行けば。散歩なんかさせずに、さっさと連れ戻してくるからな」

捨て台詞《ぜりふ》を吐いてから、庭用のサンダルをつっかけて玄関を飛び出した。

家の門を抜けて道路のアスファルトに降り立つと、冷たい風が首元に吹き込んだ。工場から立ち上る煤煙によく似た灰色の雲が、空一面をどんよりと覆っている。

歩き出しながら、泰介はぶるりと身体を震わせた。十一月下旬の気温を甘く見ていた、と後悔する。白い厚手のトレーナーに黒いスウェットパンツという部屋着のまま外に出てきてしまったが、せめて上にウィンドブレーカーかオーバーを羽織ってくるべきだった。

ゆっくりと前進する万津子の姿は、すぐそばに見えていた。もともと歩くのが速いほうだった母も、今ではすっかり衰えている。特に今日は、足を交互に踏み出すという単純な動作さえも、どこか億劫そうにしていた。時たま、突然電池が切れたように歩みを止め、すぐにまた我に返ったように足を踏み出し始める。

それなら、散歩になんか行かなきゃいいのに。

心の中で悪態をつきながら、泰介は母の後を速足で追いかけた。途中、前庭を掃いていた三軒隣の老人に声をかけられる。「おはようございます。今日はお母様とお出かけですか。いいですねえ」という能天気な声に気のない会釈を返し、泰介は万津子に追いついて彼女の腕をつかんだ。

その瞬間、強い力で振り払われた。もう一度試みたが、「やめて」と大きな声を出される。犬を散歩させている通行人から不審な目で見られたため、泰介は不本意ながら万津子の後ろをついていくことにした。

決まった散歩コースなのか、途中で母はいろいろな人に声をかけられていた。しかし、当の本人は戸惑った様子で首を傾げ、挨拶を返すこともない。怪訝《けげん》な顔をする相手に、泰介はすみません、すみませんと謝りながら歩を進めた。

おそらく、毎朝散歩をするうちに顔見知りになった近所の人たちなのだろう。

ただ、現在の母は彼らの顔も名前も忘れているようだった。

本当に、母の心はどこへ行ってしまったのだろう——と、丸まった背中を見ながら考える。

そのうちに、万津子は片側一車線の道路に出た。どうやら、駅とは反対方面にある大きな公園へと向かっているようだった。由佳子があれだけ心配していたわりには、道に迷うことも途中で混乱することもなく、着実にいつもの散歩コースを辿《たど》っている。泰介が普通に歩けば十分とかからない距離だが、万津子は十五分も二十分も費やしながらのろのろと進んでいった。

左右にマンションが立ち並ぶ道路をひたすらまっすぐ進んでいくと、川にぶつかる。橋を渡ったすぐ先が、母の目指す公園だ。

いったん、泰介は橋の手前で立ち止まった。少し離れて、母の様子を見守る。万津子はきちんと左右を確認してから手前の横断歩道を渡り、しっかりとした足取りで橋の上を歩き始めた。

もう、戻ってもいいよな。

泰介の助けがなくとも、万津子は特に問題なく散歩を続けている。何より、川沿いの道は突風が吹きつけて寒かった。明日からはまた会社に行かなければならないのに、こんなところで風邪を引きたくはない。

泰介が踵《きびす》を返した、その瞬間だった。

「ヨシタカくん！　そげんかこつしたらでけん！」

万津子の緊張を帯びた大声が響き渡った。

思わず、首をすくめて振り返る。見ると、橋の中間に差し掛かった万津子が、橋から身を乗り出していた二人の小学生に向かって怒鳴っているところだった。泰介は慌てて走っていき、必死の形相で叫んでいる万津子を後ろから抱きかかえる。

二人の男子小学生はぽかんとした顔をしていた。「君たち、何をしてたんだ」と問いかけると、彼らは不満げな顔で川を指差す。

「全然、何もしてないよ。ここの柵に足をかけて、川を見てただけ。そしたらこのおばあさんが突然怒りだしてさ。別に危なくなんかないのに。意味分かんない」

「っていうか、ヨシタカって誰？　俺ら、そういう名前じゃないんだけど。な、ヒロキ」

「な、ダイゴ」

二人は口を尖らせて主張すると、そっぽを向いて駆けだしてしまった。その背中に向かって、泰介の腕の中で身体を震わせている万津子がまた大声を上げる。

「私は、水は好かん。好かんよ！」

「おい、落ち着けって」

泰介は万津子の肩を強い力で揺すった。すると、母は我に返ったように泰介を見上げた。ぎょっとした顔をして、また歩き出す。

どうやら今の母は、実の息子の顔さえ忘れているようだった。

ヨシタカとは誰だろう、と首を捻《ひね》る。家の中ならともかく、綺麗な標準語を操れるはずの母が外で方言丸出しの喋り方をするのも変だった。

公園の敷地内に入ると、運動をしているジャージ姿の男女と多くすれ違うようになった。まだ朝の九時台だからか、家族連れは見当たらない。いつになったらこの散歩は終わるのだろう、と泰介が痺《しび》れを切らし始めた頃、万津子に再び異変が起こった。

ウォーキングをしていた若い男性が、すれ違いざまに「おはようございます」と声をかけてきたときのことだった。地面を見つめながら歩いていた万津子は、勢いよく顔を上げ、通り過ぎていった男性の後ろ姿を目で追った。

「……ミツルさん」

その場に立ち尽くした万津子の顔には、怯えの色が浮かんでいた。乾いた唇をわなわなと震わせ、お化けを怖がる幼児のように両手で顔を隠す。

そのまま、小道の真ん中にしゃがみこんだ。ジョギングコースを塞いでしまった万津子に、泰介は急いで駆け寄る。助け起こそうとしたが、万津子は激しく首を左右に振り、泰介の介助を拒んだ。

「ミツルさんはひどか。ほんなこつ、えずか」

「え？」

「もう、お願い、もう叩かんで」

「おい、どうした」

「お願いやけん、ラジオば壊さんで」

「何の話だよ」

強い口調で尋ねたが、万津子が平静を取り戻す様子はなかった。白髪を振り乱し、顔を覆ったまま声を張り上げる。

「私はバカ……ミツルさんに騙された」

「ん？　詐欺か何かか？」

「サヨコ、ごめん。ごめん、ごめん、ごめん」

「おいおい、今度は誰だよ」

「私が……殺したごたるもんばい」

「はあ？」

思いもよらない言葉にぎょっとする。「殺したって、何のことだよ」と肩を揺すってみたが、母はそれ以上何も喋ろうとしなかった。

しばらく考えてから、ミツルというのが二歳のときに死んだ父親の名前であることに思い当たる。といっても、万津子本人の口から父親の話を聞いたことはほとんどなかった。大学生の頃にパスポートを申請しようとして福岡から戸籍抄本を取り寄せたときに、初めて父の名前が『佐藤満』だと知ったのだ。

詳しくは知らないが、泰介が二歳のときに死んでいるということは、当時まだ二十代か三十代だっただろう。万津子は、朗らかに挨拶してきた若い男性ランナーに、その頃の父の面影を見てしまったのかもしれない。

泰介は呆気に取られ、すすり泣く母を見下ろしていた。やがて、あたりを行き交うランナーたちに怪訝な目を向けられているのに気づき、万津子の脇に手を差し込んで無理やり引っ張り上げた。

「おいおい、親父はとっくの昔に死んだんだろ。俺が二歳のときってことは、もう五十六年前だよ。聞いてるか？　五十六年前だ。ずっと前の話だよ」

そう耳元で言い聞かせると、万津子は意外にもすんなり立ち上がった。さっきまで嗚咽《おえつ》を漏らしていたのが嘘のように、すいっと泰介の手を離れて散歩の続きを再開する。

「いったい何なんだよ」

大きく舌打ちをして、泰介は母の後を追いかけた。

認知症になって以来揺らぎ続けていた万津子のイメージが、また違う方向にぐらりと傾《かし》ぐ。

万津子のことは、女手一つで単身上京して息子二人を育て上げた、強くて芯のある女性だとばかり思っていた。しかし、先ほど父のことを口にした母はずいぶんと弱々しかった。

叩かないで、壊さないで——と怯え切っていた母。騙された、殺したという物騒な言葉には、恨みや怒りというよりも、深い悲哀がこもっていたように聞こえた。

断片的な単語の組み合わせだけでは、想像もつかなかった。

いったい、母は、どんな人生を送ってきたのだろう。

木立の中を歩く万津子の、ベージュ色のセーターを着た後ろ姿を見ながら、泰介はかつての母と自分の関係に思いを馳《は》せた。

泰介にとっての母とは、バレーボールのコーチだった。それも、ただのコーチではない。鬼コーチだ。

物心ついたときから、泰介は毎日練習に駆り出されていた。母がトスを上げる。泰介がスパイクを打つ。母がサーブをする。泰介が受ける。母がスパイクを打つ。泰介が地面に転がる。母が怒る。泰介が泣く。

三歳の頃にはすでにそういう習慣ができあがっていたことを思うと、異常な親子関係だったのかもしれない。それでも泰介は、母に食らいつくことをやめなかった。勉強は弟の徹平よりもできなかったし、音楽も他のスポーツもからっきしだったが、幼い頃から母にしごかれていたおかげで、バレーボールだけはどこまでも上手くなれそうな気がしていた。

万津子は、何に対しても厳しいわけではなかった。普段は、無口で優しい母だった。練習中も、たびたび泰介の両肩をつかみ、じっと目を覗き込んでこう言った。

――泰介は、バレーの天才やね。絶対、世界に行ける。オリンピックに行ける。

小学生になると、地域のクラブチームに入れられた。生活は相当苦しかったはずだが、母は泰介がバレーボール選手になるための投資を惜しまなかった。母が一番怒ったのは、泰介が中学に入るときに「一緒の部活に入ろうぜ」という友達の意見に引きずられ、バスケットボール部に入部しようとしたときのことだ。

――本当に、自分の頭でよく考えた？　バスケのこと、バレーより好きになれる？

岐路は他にもあった。高校に進むとき。大学でも続けるかどうか悩んだとき。そんなとき、母は必ず断言した。

――大丈夫。泰介には、バレーの神様がついとる。

母に背中を押され続け、大学まで競技を続けた。半ば強制されていたようなものだったが、不思議とバレーボールを嫌いになることはなかった。やはり、バレーボールは泰介の唯一の特技であり、人間としての自信の源でもあったのだ。

しかし——泰介の成長は大学で止まった。

オリンピック出場など、遠く及ばなかった。十九年間続けたバレーボールをやめると決めたとき、泰介は母に文句を言った。

どうしてバレーボールなんかをやらせたんだ。

天才なんかじゃなかったじゃないか。

徹平みたいにまともに勉強でもしていれば、もっといい企業に入社できたかもしれなかったのに。

子どもの人生を何だと思ってるんだ。

今思えば、ただの腹いせだ。壁に行手を阻まれ、よじ登るための足がかりを最後まで見つけられなかった苛立ちを、そこにいた母にぶつけただけだった。

中学も高校も大学も、最終的にバレーボールを続ける道を選んだのは泰介なのだから、母ばかりが責められる道理はない。何より、途中までは、泰介自身も自分に期待していたのだ。そのことを棚に上げ、母一人を戦犯のように扱った自分は、どうしようもなく卑怯《ひきょう》だった。

母はそのとき、たった一言、ぽつりと呟いた。

——ごめんね。

それまでの入れ込みようが嘘のようだった。住居のすぐ下にあった喫茶店で昼も夜も働き、安い食材が手に入る遠くのスーパーまで出かけていって毎日の生活費を切り詰め、自分はろくに食べ物を口にせず、そういう努力を重ねに重ねてようやく泰介をバレーボールに集中させる環境を整えていた母が、あっさりと謝罪して引き下がった。

それで、泰介は何も言えなくなってしまった。

どうして自分にバレーボールをやらせたのか、という根本的な問いを、乱暴にぶつけることができなくなってしまった。

今も、魚の小骨のように、喉の奥に引っかかっている。

「あのさ」

公園をぐるぐると歩き回る母に追いつき、隣に並んで話しかけてみる。母のようでいて母でなくなってしまった今の万津子になら、訊けるような気がした。

「どうして、俺にバレーボールをやらせたかったわけ？」

返事はない。俯いたまま歩き続ける母に、泰介はさらに畳みかけた。

「お袋は、大阪の日紡貝塚って繊維会社で働いてたんだろ？　せっかく練習を頑張ってたのに、早々に結婚することになったせいで、『東洋の魔女』のメンバーになる機会をふいにしたんじゃないか？　だから、自分が叶えられなかった夢を俺に託したんだろ？」

東洋の魔女。日紡貝塚。認知症になった母が繰り返し口にしていた、意味深長な言葉。

万津子は泰介のほうを見ようともしなかった。落ち葉の上を、一歩一歩踏みしめるようにして進んでいる。

「それなら、どうして徹平にはやらせなかったんだ。あいつのほうが何かと効率的にこなすタイプだし、体格も同じようなもんだから、上手くいけば大成したかもしれないぞ」

弟の徹平は、勉強もよくできた。メガバンクに勤め、海外赴任も幾度か経験した。今では、泰介が想像できないくらいの年収を得ているはずだ。高校までは野球をやっていて、泰介とほぼ変わらない長身を活かして投手として活躍していたから、バレーボールだって同じように教え込めば上達したに違いない。

万津子は、はっとしたように顔を上げた。

質問にようやく答えるのかと思いきや、方向転換して公園の出口へと急ぎ足で向かい始める。そろそろ家に帰るつもりのようだった。

「……答えるつもりはないってか」

母は昔から秘密主義だった。認知症になる前から、自分のことを多く語らなかった。もしかすると、このまま死ぬまで答えてもらえないのかもしれない。

ぐるるる、と大きな音で腹が鳴った。そういえばまだ朝飯を食べていなかったことを思い出す。

「帰ったら、ちゃんと朝飯を食べるんだぞ。由佳子が心配するからな」

「はい、分かりました」

ケアマネージャーに言われたとでも勘違いしているのか、母が妙にかしこまった口調で返事をした。

灰色の空の下を、高齢の母と並んで歩く。

思えば、泰介は母の若い頃の写真さえ見たことがなかった。

八十年近い人生を、母は何を思い、何を大事にして生きてきたのか。

これまで知ろうともしていなかったことが、急に大きく膨らみ始め、十一月の風に乗って泰介の胸に突き刺さる。


せわしない平日の朝は、由佳子の刺々《とげとげ》しい声から始まる。

「あなた、もうそろそろ起きて」

「ねえ、まだ起きないの？　朝ご飯冷めちゃうわよ」

今朝も気温が低かった。目を覚ましてすぐに尿意を催したため、泰介は三回目の声が階段の下から飛んでくる前に、自力でベッドから起き出すことに成功した。

トイレで小便をしてから、寝室に戻ってワイシャツとチノパンに着替える。さらに上からウールのセーターをかぶり、クローゼットの中からコートを引っ張り出そうとした。最近使っていたものだと生地が薄いのではないかと気になり、厚手の冬用コートを物色する。

「あなた、もう起きてる？　時間、大丈夫なの？」

どのコートを着ようか迷っているうちに、回避したはずの三回目の声が飛んできた。手に持っていた一着を小脇に抱え、急いで階下へと駆け下りる。

リビングの手前の廊下で、ちょうど起きてきたらしい万津子と鉢合わせした。

「ああ、泰介、おはよう。今日は寒いのねえ」

「おはよう」

短く挨拶を返しながら、心の中で安堵する。昨日の母は一日中あの調子だったが、今朝は意識がはっきりしているようだった。息子の顔も認識しているし、着替えもすでに終わっている。このあと朝食をとってから、いつものように日課の散歩に出かけるのだろう。

リビングに入ると、万津子は由佳子にも丁寧に朝の挨拶をした。「毎日毎日、由佳子さんに頼りっきりで申し訳ないねえ」などと肩身が狭そうにしながら、きちんとダイニングテーブルで朝ご飯を食べ始める。そんな義母の様子を見て、由佳子も胸を撫で下ろしていた。

母の向かいに座り、泰介もトーストを食べ始めた。万津子はすりおろしたリンゴをスプーンで口に運びながら、ぼんやりとテレビを眺めている。五歳の女の子が父親から暴力を振るわれて虐待死した、という胸の痛くなるニュースが報道されていた。

今尋ねれば答えてくれるだろうか、と泰介はそっと万津子を見やる。

「親父もさ、暴力的な人間だったわけ？」

昨日の母の怯えようが目に浮かんだ。聞こえなかったのか、それとも意図的に無視しているのか、万津子はこちらに目を向けようともしなかった。

「俺も、悪さをしたときは殴られてたのかな。全然覚えてないけど」

大げさにテレビを指差しながらもう一度問いかけると、万津子は煩わしそうに首を左右に振った。

「……そんな昔の話、忘れた」

「そんなわけないだろ。昨日、あんなに怖がってたくせに」

「……何のことだか、さっぱり分からん」

やはりこうなるか、と泰介は失望する。調子がいいときの母は、それはそれで秘密主義者に逆戻りしてしまうのだ。死んだ父のことも、結婚前の仕事のことも、故郷の家族のことも、何一つとして語らない。

認知症という〝物を忘れる〟病気のせいで、知らなかった母の過去を垣間見る《かいまみ》ることになろうとは思ってもみなかった。

母は、症状が悪化しているとき、自分が秘密主義者であることを〝忘れる〟。

ふと、万津子が唇をわななかせ、テレビを凝視していることに気がついた。またオリンピック関連のＣＭにでも過剰反応しているのかと、泰介は画面を見やった。

予想に反し、流れていたのは緑茶のＣＭだった。上品な藤色の着物を着た美しい初老の女優が、縁側に腰かけて優雅にお茶を飲んでいる光景が映っている。

この映像のどこが、母の心を掻《か》き乱したのだろう――。

「ねえ、そろそろ出る時間じゃない?」

由佳子に急かされて、泰介は慌てて目の前の朝食を掻き込んだ。目玉焼きの黄身を喉に詰まらせそうになり、ゴホゴホと咳き込みながら立ち上がる。いってきます、と万津子に声をかけ、由佳子に見送られながら革靴を履いて玄関を飛び出した。


始業時刻に間に合うよう家を出たはずだったが、スマートフォンをダイニングテーブルの上に忘れたことに気がついていったん引き返した。結局、オフィスビルの四階に到着したのは、定時の午前九時半を三分ほど回った頃だった。

おはようございます、と小さな声で挨拶をして席につくと、はあぁ、と大きすぎるため息が隣から聞こえてきた。課長の北見賢吾は、今日もご立腹だ。

「佐藤さん。いつも言ってますよね」

「今日は確かに遅刻だったな。申し訳ない」

「勤怠表、きちんと『遅刻』で入力しておいてくださいね。この間、遅れてきたのに定時出勤したことになってましたよ」

細かい奴だな、と思う。それは、定時ぴったりに到着した日のことだ。三十秒遅れたとか何とか主張された気もするが、さすがにそれくらいの誤差は大目に見てほしい。

「あれは誤差だったろ」

自分でも意図しないうちに、口から言葉が出てしまっていた。

「今、何て言いました?」

「いや、別に」

「『誤差』って言いましたよね」

「聞こえてるじゃないか」

泰介がぼそっと呟くと、向かいに座っている若手社員の立山麻美と木村将太が失笑した。今の笑い声は泰介に向けられたものだろう。この二人は、課長の北見同様、不慣れなデータ管理業務に四苦八苦している六十手前の泰介のことをお荷物扱いしている。

怒りで顔を赤くしている北見を眺めながら、どうして口答えをしてしまったのだろうと少し反省した。泰介だって、何も自分の首を絞めたいわけではない。職場の雰囲気は良いほうがいいに決まっているし、上司の北見にはできれば好かれたい。それなのに、自分の衝動的な物言いをコントロールすることができず、毎回こうやって喧嘩になってしまうのだった。

「ちなみに、今日の遅刻の理由は何ですか」

「家にスマホを忘れた。手元にないと、かみさんから連絡が来たときに困るからな」

「個人の携帯なんて、なくても業務は進められるでしょう。佐藤さんの場合は家も近いんですから、どうしても必要なら昼休みに取りにいけばいいじゃないですか。もしくは、奥さんに持ってきてもらうとか」

「でも、家を出て三分くらいで気づいたからさ」

「それはもともとの時間がギリギリだったってことですよね」

また、向かいで立山と木村がくすりと笑う。泰介が肩をすくめると、北見は呆れ果てた顔をしてパソコンの画面へと向き直ってしまった。

周りを見回すと、近くに座っている幾人かの社員と目が合った。気まずそうに視線を逸らした彼らをしばらく睨みつけてから、泰介はパソコンの電源を入れた。

自動販売機で買ってきたコーヒーで一服してから、金曜に終わらなかった仕事の続きに取りかかる。各スポーツジムの契約者数とスポーツ教室の利用者数をまとめろ、という指示を受けたのだが、途中でやり方が分からなくなって投げ出してしまったのだった。

行と列の項目名称だけ記入してあるエクセルファイルを開き、さっそく島の向こう側へと移動する。画面いっぱいに細かいデータを並べて考え込んでいる様子の立山麻美に話しかけると、「何ですか」という無愛想な声が返ってきた。

「忘れちゃったんだけどさ、ブイルックアップ、ってどうやって書けばいいんだっけ」

「それ、この間も教えませんでしたっけ」

「だから、忘れたんだって」

「まずイコールを書きます。でないと、関数として認識されませんから。括弧の中は、手前から順に検索値、範囲、列番号、検索の型。もちろん全部半角英数字ですよ。範囲は、マウスでドラッグすれば自動で入力されます」

立山は面倒臭そうにメモ用紙を取り出し、『=VLOOKUP（検索値，範囲，列番号，検索の型）』と殴り書きした。それでも泰介が首を傾げているのを見ると、鼻から荒い息を吐き、さらに説明を書き足す。

「検索値っていうのは、どのデータをキーにして探すのか、ってことです。範囲は、検索する場所のこと。列番号は取り出したい情報が入力されている列が前から何番目かってことで、検索の型は基本的に『FALSE《フォールス》』でオーケーです」

なんとなく分かった気になって、「ありがとう」と返す。立山が書いてくれたメモを受け取り、自席に戻って教えられたとおりに数式を書いてみた。しかし、何度やってもエラーが起こる。

「あのさ、立山さん。木村くんでもいいんだけど」

「何ですか」

「言われたとおりに書いたんだけど、ところどころエラーが出ちゃうんだよね」

立山麻美が猛然と席を立ち、ぐるりと島を回って移動してくる。床を突き刺すようなヒールの音が近づいてきて、泰介のマウスとキーボードを奪った。白とピンクのグラデーションに塗られた長い爪が、目にもとまらぬ速さでキーを叩き始める。

泰介が金曜から二時間以上かけてもできなかったリスト作成作業が、立山の手によってたったの三分で完了した。

「ああ、そうやればよかったのか」

泰介が複雑な数式を見て感心していると、虫けらでも見るような視線を浴びせられた。

つくづく、やりがいのない毎日だった。

リスト抽出と突合を繰り返し、課長に提出するだけの日々。

苦労してまとめたデータは管理職に吸い上げられ、それがどうマーケティングに活用されているのかは一切平社員に知らされない。まるで、人間ではなく、機械として扱われているかのようだ。

泰介がかつて課長を務めていた店舗運営管理部は、ここよりはるかに活気のある部署だった。自分の仕事が現場に反映される手応えがあったし、朗らかで前向きな社員ばかりが集まっていた。店舗勤務をしていた若手の頃からずっと携わってきた業務だったため、積み上げてきた豊富な経験が活きることも多かった。

新入社員にスミダスポーツのイロハを教えるのも、昔からずっと泰介の仕事だった。

「知ってるか。この間スポーツジム運営本部の本部長に就任した、肥後太一《ひごたいち》。俺、実はあいつの教育係だったんだぜ。俺が六年目のときの新卒でさ——」

パソコン越しに立山と木村に向かって自慢話を始めると、「その話、もう三度目くらいですよ」という冷たいコメントが返ってきた。さらに、「佐藤さん、リスト作成は終わったんですか」と隣の北見にも突っ込まれ、泰介は泣く泣く話をやめてマウスに右手をのせる。

ようやくそれらしきリストができあがったのは、昼近くになってからだった。意気揚々と北見にファイルを送信すると、しばらくしてから「あの」と肩を叩かれる。

「さっきのリストの件です。確認したところ、僕が指示した内容とは違うようなんですが」

「あれ、送るファイルを間違えたかな」

「ではなくて、情報が足りません。各スポーツジムの現在の契約者数と、スポーツ教室の実施状況を突合してくださいとお願いしたんですよ。テニスやヨガといった個別の種目ごとに、実施有無のフラグを立ててほしいと具体的に依頼したはずです」

「そうだったのか。てっきり、全体の人数を入れればいいのかと」

「教室利用者の延べ人数も参考データとして入れておいたらいいかもしれない、とは確かに言いました。でも、それだけ引っ張ってきても意味がないでしょう。それから、今回も誤字脱字が散見されます」

「そんなにいっぺんに指示されてもな」

「話しながらメモを取ればいいじゃないですか」

そう言われても、北見の早口の指示は覚えられない。話しながらすべての指示を書き留められるわけもない。泰介に間違いなく一発でリストを仕上げさせたいなら、理解しやすいように説明する義務も上長にはあるのではないか。

「まったく……仕方ないですね。では、修正していただきたい点をメールで箇条書きにして送りますから、それを見ながら直してもらえますか。それが終わったらお昼にしてくださいね」

「はいはい」

どうせ急ぎの仕事じゃないんだから、昼休みの後でもいいだろうに。

本当に器の小さい奴だ。いい大学を出ているし、頭の回転も泰介の数倍速いのかもしれないが、部下を幾人も抱えるのは時期尚早なのではないか。

そんなことを考えながら、リストの修正に取りかかる。北見の見下したような物言いに腹が立ち、泰介は貧乏揺すりをしながら業務を進めた。

北見の下で使われ始めて二か月弱。データアドミニストレーション課の業務にも、神経質な若い課長とやりあうのにも、もうすっかり飽きていた。

昼休みに入った社員が増え始め、フロアに弁当の香りが立ち込め始める。木村が買ってきたコンビニのカルボナーラが強烈に匂ってきて、泰介は思わず顔をしかめた。

人工的なパルメザンチーズの匂いを振りまいている木村の隣では、立山がラインストーンで飾り立てられたスマートフォンを操作しながらケラケラと笑っている。

「木村くんもこれやってみなよ。今話題沸騰中の、超当たる性格診断だって。私は『冷酷無比の評論家タイプ』で、適職はエンジニア。何これぇ」

「それ当たってるんですか？　俺もやってみようっと」

「ねえねえ、北見課長もやりません？」

「ええ？　今さら適職を診断しても意味ない気がするけどな」

「いいじゃないですか、ただの遊びなんですからぁ」

「まあ、やるだけやってみるか。ＵＲＬ送って」

比較的年齢の近い三人が、泰介を除け者にするかのように、きゃいきゃいと騒ぎながらスマートフォンをいじり出す。

こうなると、もう我慢できなかった。泰介は席を離れ、トイレに行くふりをして非常階段へと向かった。

北見の命令を無視するわけではない。ちょっとタバコ休憩を取るだけだ。それくらいなら、許されてもいいだろう。

尻ポケットにタバコの箱が入っている感触を確認しながら、エレベーターホールを通り過ぎて非常階段へと続く銀色の扉を押し開けた。その瞬間、何者かによって扉が勢いよく向こう側へと引っ張られ、ドアノブをつかんだまま思い切りつんのめる。

「おお」

「びっくりした」

二人して声を上げ、すみません、と頭を下げようとする。非常階段から戻ってこようとしていた人物の顔を見て、泰介ははっと息を呑んだ。

「肥後！」

「佐藤さんじゃないですか」

三十年前と比べて腹回りが太くなった肥後太一が、目を丸くする。さっきまで自慢話に使っていた本部長兼役員の登場に、泰介は思わずうろたえた。

「今、四階にいるんですか。久しぶりですすねえ」

「あ、うん。肥後のほうこそ、少し見ないうちにずいぶんと昇進したな」

教育係をしていたとはいっても、一緒に仕事をしていたのは肥後が若手社員の頃だけだ。同じ本社に勤めているとはいえ、彼が経営戦略室や社長室に抜擢されてからは、泰介と肥後の距離はずいぶんと遠くなってしまっていた。

「あ、もしかして、タバコ休憩ですか」

「まあ……本当はダメなんだけどな。喫煙室は一階にあるわけだし」

「大丈夫です、バレませんよ。私もさっきここで一本吸いましたから」

「何だ、肥後もか」

敬語を使わなくて大丈夫だろうか、と心配になる。しかし、肥後が気にしている様子はなかった。彼も彼で、変に上から目線になることもなく、かつての後輩として泰介に接している。

「そういえば佐藤さんって、部署は今どこ——」

そこまで言いかけて、肥後は尻ポケットからスマートフォンを取り出した。

「はい、もしもし……はいはい。あー、その件ね。どの会議室？　……うん、すぐ行くわ。ちょっと待ってて」

いかにも会社の上層部らしいラフな口調で応答し、電話を切るなり、「すみません、失礼します」と彼は急ぎ足で非常階段を出ていった。

肥後のいなくなった非常階段の踊り場に足を踏み入れ、銀色の柵に両腕をのせる。至近距離に迫った隣のビルの壁面以外、何も見えない場所だった。少し身を乗り出すと、建物の隙間から、表通りを行き来する車や歩行者が見える。

「部署は今どこ——って、なあ」

肥後は、俺が自分の部下だということも知らないのか。

さっきの会話を思い出し、急に虚しくなった。仕方がない話だ。本部長兼役員の肥後には、数百名の部下がいる。部長や課長の顔を覚えるだけで手一杯なのだろう。役職を下ろされた定年間近の平社員のことなど、気にする暇もないに違いない。

「よく飲みに連れていったよなぁ……金曜の仕事終わりに、朝まで居酒屋を渡り歩いてさ。肥後が無茶して潰れて、俺があいつを背負ってタクシーに乗っけて」

灰色のビルの間から、同じ色の曇り空が見える。狭く四角い空を眺めながら独り言を呟き、尻ポケットからタバコの箱を取り出す。

「あの頃は仕事も楽しかったな。あいつがどんどん鋭いアイディアを出してくれるから、議論も燃えたし、それだけ結果も出たし」

五十三歳の肥後太一と、五十八歳の自分。二人の明暗を分けたのは、いったい何だったのだろう。対人関係スキルか、仕事への情熱か、持って生まれた頭のよさか、それとも学歴か。

肥後がバレーボール経験者だったことも、泰介が肥後と仲良くなった理由の一つだった。泰介のように大学までスポーツ一本で通したわけではないものの、中学の頃には関東大会に出場したこともあると話していた。

バレーボールコートつきのスポーツジムを作りたいよな、なんて飲みながら話したっけ。

その夢は、結局まだ叶っていない。実現する前に、泰介はデータアドミニストレーション課に追いやられ、肥後は泰介には手の届かない天上人になってしまった。

タバコを一本取り出し、ライターで火をつける。煙を吐き出しながら、もう片方の手でスマートフォンを取り出した。

立山がさっき話していたことがふと気になり、『性格診断』『話題沸騰』と打って検索してみる。

一番上に出てきたリンクをタップして、出てきた質問に一つずつ答えていった。

人の言葉を遮って、自分の考えを言うことがありますか。——はい。

他人を厳しく批判することが多いですか。——はい。

会話の途中でよく感情的になりますか。——はい。

待ち合わせ時間は厳守しますか。——いいえ。

自分の考えを通すより、妥協することのほうが多いですか。——いいえ。

表示されたのは、『猪突《ちょとつ》猛進の無法者タイプ』というゴシック体の文字だった。ポップなイノシシのイラストが描かれている。下まで読み進めていくと、目を疑うような診断結果が出てきた。

『あなたの適職はこちら！　——適職はありません。どこに行っても人とぶつかるでしょう』

ふざけるな、とスマートフォンを投げ捨てそうになる。その衝動を必死にこらえ、手を震わせながらスマートフォンをポケットへと戻した。

無理やりタバコをくわえ、落ち着きを取り戻そうとする。身体の奥の奥まで煙を吸い込んでから、ふう、と細く息を吐き出した。

久しぶりに買ったハイライトの煙が、ビルの隙間に溶けていく。

立ち上る白い曲線を、泰介は目を細めて見上げた。

一九六三年　十一月

霜月も八日目に入ると、日の差し込む角度がだんだんと低くなってくる。

よく晴れた昼下がりだった。陽光に照らされた六畳間の片隅で、万津子は横抱きにした徹平の背中を優しく叩いていた。

すでに徹平の両目はほとんど閉じている。あと五分も揺すっていれば、ぐっすり眠ってしまうだろう。

上の子の泰介と違って、徹平はとても寝つきがよかった。布団に下ろそうとした瞬間、サイレンのような切羽詰まった泣き声を上げ始めることもない。特に、柔らかいお日様の光に当てていると、ころりと眠ってくれる。こんなに育てやすい乳児もいるのか、と未《いま》だに驚かされることが多かった。

――おどま盆ぎり盆ぎり、盆から先きゃおらんと、
独り言のように小さな声で、万津子は中学時代に音楽の先生に教えられた懐かしい子守唄を歌う。

――盆が早よくりゃ早よもどる、
奉公に出された貧しい家の子が赤ん坊をおぶいながら歌ったというこの物悲しい詞は、本来我が子を寝かしつけるのには向かないかもしれない。だが、「眠れ眠れ　母の胸に」や「眠れよい子よ庭や牧場《まきば》に」から始まる外国の子守唄よりも、熊本の言葉を使った『五木の子守唄』のほうが、万

津子の耳にはよく馴染《なじ》むのだった。

――おどんがうっ死んだちゅうて、誰が泣いちゃくりゅか、裏の松山、蟬が鳴く
三番まで歌い終えた頃には、徹平はすっかり寝息を立てていた。そっと布団に寝かせて毛布をかけ、音を立てないように気をつけながら立ち上がる。

そのとき、外から癇癪《かんしゃく》を起こしたような大きな泣き声が聞こえてきた。

慌てて窓の外を覗く。隣の二軒長屋に住む中村《なかむら》さんの息子たちと山下《やました》さんの娘の三人が、大声で泣く泰介の手を無理やり引っ張っているのが見えた。外に干していた洗濯物の下をくぐり、憤然と万津子のほうへと近づいてくる。

万津子が慌てて窓を開けると、泰介の泣き声が耳をつんざいた。せっかく寝かしつけた徹平が目を覚まし、一緒になって泣き始める。

徹平を抱き上げた万津子に、泰介の右手を引いている勘太《かんた》が訴えた。

「おばしゃん、聞いて。今日も泰ちゃんが洋二《ようじ》のことば叩いたとばい」

「もう泰ちゃんはかててやらん」

左手をつかんでいた芳子《よしこ》が、泰介を仲間外れにして突き放す。すると泰介の泣き声はいっそう大きくなった。

中村さんの上の息子の勘太と、山下さんのところの芳子は、ともに諏訪小学校の一年生だった。今日は学校が早く終わったため、勘太の弟である三歳の洋二とそろそろ二歳半になる泰介を連れ出して、近くの広場で遊んでくれていたはずだ。

「まあ、泰介が何ばしたとね」

「だるまさんが転んだで洋二が鬼ばやっとってね、片脚で立っとった泰ちゃんがよろけたったい。

それを言うたら、泰ちゃんが急に怒りだして、『動いとらん！』て怒鳴って、洋二の頭ば思い切り叩いたとばい」

「ごめんなさい洋二くん、痛かったやろねぇ」

万津子はその場に屈みこみ、頭を押さえて突っ立っている洋二に謝った。それから泰介の顔を覗き込み、「泰介、洋二くんに謝らんね」と厳しい声で叱る。しかし、大音量で泣き続けている泰介の耳には入っていないようだった。

「ごめんねも言わん子とは、もう一緒に遊ばん」

芳子がそっぽを向き、「あっち行こ」と勘太の袖を引く。勘太が頷き、一年生の二人は洋二を連れて隣の長屋の向こうへと駆けていってしまった。後には一番小さい泰介だけが残される。

万津子は徹平をいったん布団に下ろし、窓の外でギャアギャア泣き声を上げている泰介を抱き上げた。靴を脱がせ、中に入れて窓を閉める。これで少しは音が漏れなくなるはずだが、隣の古賀さんの部屋には十分筒抜けになっているだろう。

まずは泰介を泣き止ませないと、布団の上でぐずり始めた徹平をもう一度寝かしつけることもできない。万津子は泰介を抱いたまま身体を縦に揺らし、なんとか二歳半の息子をなだめようとした。

泰介の重さを腕に感じながら、そっとため息をつく。

まだ徹平が生まれて七か月しか経っていないが、万津子は早くも二人の息子の明確な違いに気がついていた。

徹平はとても穏やかで、あやすとよく笑う。もちろん新生児期は苦労したが、朝と晩の区別がつくのが比較的早く、夜泣きも少なかった。授乳や食事のときも大人しく、口に何かを入れているときは大抵機嫌がよさそうにしている。

だが、泰介は――。

この間も、古賀さんのところの小学四年生の息子が、「パチで遊んどったら泰ちゃんにぐちゃぐちゃにされたとばい」と苦情を言いに来た。「俺の独楽《こま》ば壁にぶつけて壊した」とさっきここに来た勘太が怒っていたこともあったし、「髪の毛ば引っ張られて抜かれた」と芳子が大泣きしながらやってきたこともある。

歳の近い洋二のことは、しょっちゅういじめているようだった。泰介のほうが半年遅く生まれているというのに、ちょっとぶつかっただけで激怒して身体を押し返したり、積み木で遊んでいるとわざと崩したりと、嫌がらせばかりしているらしい。

中でも特に真っ青になったのは、万津子が徹平をおぶって泰介と洋二を諏訪川のほとりまで連れていったときのことだった。

落ちていたラムネン玉を洋二が拾い、それを泰介が無理やり取り上げようとして喧嘩が始まった。すると激昂《げっこう》した泰介が洋二の肩を強く押し、危うく濁った水の中に転落させそうになったのだ。すんでのところで万津子が引っ張り上げたから無事だったものの、洋二はいつまでも泣き止まなかった。万津子はその足で中村さんのところへ謝りに行った。中村さんの機嫌は、その後三、四回ほど饅頭《まんじゅう》や羊羹《ようかん》を持っていくまで直らなかった。

おかげで最近は、同じ新港町の職員社宅に住んでいる主婦たちに泰介を預けることができなくなってきた。

たまにどうしても用があってお願いしようとすると、古賀さんにも中村さんにも山下さんにも、「泰ちゃんはわんぱくやけんねぇ」と遠回しに嫌味を言われてしまう。子ども同士は一晩経つと後腐れなく遊び出すからまだ助かっているが、それもいつまで続くか分からない。

万津子の腕の中で身を大きくよじらせた泰介が、窓の外を指差して叫んだ。

「外、行く！」

「うんと遊んだけん、もう今日は終わり。勘太くんと芳子ちゃんば怒らせたんはあんたよ」

「嫌だぁ！　行く！」

そしてまた火のついたように泣く泰介を、万津子は辛抱強く揺すり続けた。

泰介の喚《わめ》き声に対抗するように、万津子も強引に、声を張り上げて歌う。

——おどま盆ぎり盆ぎり、盆から先きゃおらんと、

——盆が早よくりゃ早よもどる、

——おどま勧進勧進、あん人たちゃよか衆、

——よか衆ゃよか帯よか着物、

——おどんがうっ死んだちゅうて、誰が泣いちゃくりゅか、

——裏の松山、蟬が鳴く
ようやく泰介が泣き疲れて寝たのは、それから一時間ほどが経ってからだった。布団の上に放っておいた徹平も、いつの間にか目をつむって穏やかな寝息を立てていた。

並んで寝ている息子たちを見下ろし、泰介のセーターがほつれているのに気づいて肩を落とす。このあいだ編んだばかりなのに、もうどこかに引っかけてしまったようだった。

大きな物音を立てないように注意しながら、流しで皿を洗った。それから、箒で家の中を掃き始める。

万津子が静かに手を動かすたびに、細かい塵《ちり》が宙に舞い、やがてひとところに集まっていく。太陽光に照らされる無数のほこりを眺めながら、万津子はまたため息をついた。

「なんで泰介は……こげん育てにくかつやろか」

泰介のことを、やんちゃ、悪戯坊主などと呼ぶ近所の人もいる。だが、そういった可愛らしい言葉で一括《ひとくく》りにするのを、万津子はどうしてもためらってしまうのだった。

赤ん坊の頃は、夜泣きがすごくて苦労した。いったん泣き始めると、乳房を差し出しても興奮しきっていてなかなか咥《くわ》えられず、一回の授乳に一時間以上かかることもざらにあった。物音にもやけに敏感で、寝つきも驚くほど悪く、とにかく手がかかった。

歩けるようになってからは、さらに大変だった。夕食の買い物をしようと敷地内の売店に出かけるとき、ほんの少しでも目を離すと視界から消えている。買う予定でなかった野菜を箱から取り出して地面に投げ捨てていたこともあったし、練炭を載せたガラ箱を押している中学生の前に飛び出して怒鳴られていたこともあった。

家の窓から飛び降りて足を挫《くじ》いたことや、実家の田んぼに落ちて身動きが取れなくなったこともある。共同風呂でも、泰介が急に走り出して人にぶつかったり転んだりしないかと心配で、万津子はろくに自分の身体も洗えない。

そのたびに、万津子はこっぴどく泰介を叱った。もちろん、泰介もその場では大声で泣く。ただ、十分後には忘れたかのようにニコニコしているのだから、どうにも張り合いがなかった。

あまりにも危機感が薄いのではないか、と不安になって実家の母にそれとなく相談したことがある。しかし、母は「男ん子はそげんかもんよ」と取り合ってくれなかった。あのしっかりした悟兄ちゃんや病気がちな実兄ちゃんが、泰介のように乱暴で落ち着きがなかったはずはない、と言い返したくなったが、二人の兄の幼少期を知るはずもない万津子に反論できるだけの材料はなかった。

泰介と徹平を起こさないようにそっと外へ出て、洗濯物を取り込む。夫のランニングシャツや下着を畳みながら、ふと考えた。

悟兄ちゃんも香代子姉ちゃんも、千恵子姉ちゃんも実兄ちゃんも、そして万津子も妹の小夜子も、こういう子どもではなかった。

では泰介は、やっぱり夫の満に似たのではないか——と。

——空をおえて　ラララ星のかだた　ゆくじょアトム　ジェットのかびり
狭い板の間を駆け回りながら、泰介が音程の外れた声で歌っている。徹平をおぶったまま土間でガスコンロを使っている万津子は、たびたび居間を覗いて泰介の様子を確認しなければならなかった。

「出たな！　化《ば》き物！」

泰介が一人芝居をしている。ピーピー、フィーンフィーン、という効果音の声真似の後、「えーい！」という威勢のいい甲高い声と床に着地する音が聞こえた。アトムと敵の戦闘シーンを再現しているつもりらしい。

今年の頭から放送が始まった鉄腕アトムは、子どもたちの間で大人気となっていた。

毎週火曜日の午後六時十五分になると、それまで表から聞こえていた賑《にぎ》やかな声がふつりと途絶える。鉱員はともかく、今や職員社宅にテレビを持たない世帯はないから、子どもたちはそれぞれの家に戻って、大好きなテレビマンガに熱中するのだった。

夫の満がテレビと電気冷蔵庫を購入することを許したのは、去年の暮れのことだった。

三年前の三池争議の頃からずっと、満は毎晩大牟田の繁華街に飲みに出ていた。その浪費により家計が逼迫《ひっぱく》していることに、最近になってようやく気づいたらしい。そこで満が始めたのが、酒屋で酒を買ってきて電気冷蔵庫で冷やし、テレビを見ながら家で晩酌するという習慣だった。

それが理由であるわけだから、万津子が欲しいと願っている電気釜や洗濯機は未だに買ってもらえなかった。専業主婦が楽をするために払う金はない、というわけだ。時代は先に進んでいるというのに、万津子は今でも毎日鍋で米を炊き、冷たい水を桶《おけ》に張って洗濯板で服を洗っている。

ただ、テレビと電気冷蔵庫が導入されただけでもずいぶんと助かっていた。泰介がアトムの真似をして箪笥《たんす》や徹平にパンチをしようとするのはいただけないが、落ち着きのない息子が五分でも十分でもテレビに見入ってくれると、その間に大急ぎで家事を片づけることができる。電気冷蔵庫のおかげで氷屋さんから氷を買う手間も省けるし、買い物の頻度も以前より減っていた。

「ママ、今日アトムは?」

身体を縦に揺すって背中の徹平をあやしながら、二把十五円で買ってきたほうれん草を土間の流しで洗っていると、ぺたぺたと歩いてきた泰介が尋ねてきた。

「今日は金曜日やけん、なかねえ」

「ええー」

上がり框から泰介が転げ落ちないように、子の身体を押し戻しながら万津子は微笑んだ。泰介に癇癪を起こされると夕食の支度が止まってしまうため、接し方には細心の注意を払わなくてはならない。

「土、日、月、火。あと四日待っとったら、アトムが見らるっとよ」

「よっか?」

「四つ寝たら、ね」

すると泰介は納得したのか、居間に戻って鉄腕アトムごっこの続きをし始めた。

万津子が手早くほうれん草を茹《ゆ》でて冷水に当てていると、外から足音が近づいてきた。

ギイ、と不快な音を立てて木の扉が開く。

酒の入った袋を片手に抱えている満が、ぬっと顔を出した。万津子は身をすくめ、「おかえんなさい」と恐る恐る声をかけた。夫はただいまも言わずに、万津子の手元にぎょろりと目を向けた。

「まだ飯はできとらんとか」

「ごめんなさい、もうすぐできますけん」

満は舌打ちをしてから靴を脱ぎ、家の中へと上がった。最近坑内の保安を担当する部署へと異動した満は、新しい部署の仕事が慣れないのか、いつにも増して機嫌の悪い日が続いている。上着と鞄《かばん》を受け取ろうとしたが、満はふんと鼻を鳴らして奥の和室へと消えてしまった。

三池争議の頃に比べれば、ここ新港町社宅の雰囲気はずいぶんと落ち着いていた。しかし、あれから三年が経過した今でも、炭坑ではたびたび旧労による職場闘争が起こっているようだった。

会社側も、争議による生産の空白を取り戻そうと焦っていて、現場に無茶な指示を出し続けているらしい。採掘に関わる人員を少しでも増やすため、鉱員の中から出していた現場保安委員を廃止したのもその一つだ。そのせいで坑内の清掃や点検が行き届かなくなりつつあると、満が酒をあおりながら愚痴を吐いていた。

夫が連日不機嫌なのは、そのぶん保安担当の職員にしわ寄せが来て、仕事の負担が増えているからなのだろう。そういえば、共同風呂の女湯で、「坑道に、指で字が書けるくらい塵が積もっとるげな。危なかねえ」と鉱員の妻たちが噂しているのを聞いたこともあった。

――空をおえて　ラララ星のかなた　ゆくじょアトム……

調子っぱずれの大きな声で、泰介がまた歌い始めた。万津子は蒼白《そうはく》になり、慌ててガスコンロの火を消して板の間へと上がろうとした。

しかし、間に合わなかった。

満の怒鳴り声が、薄い壁を震わせる。

「ああ、やかましか！　静かにせんか！」

その瞬間、鉄腕アトムの歌がぴたりと止んだ。直後、泰介のヒステリックな泣き声が響き渡る。

万津子の背中で、徹平も弱々しく泣き始めた。

満が泰介に八つ当たりするのも、もはや日常茶飯事と化していた。泰介の難しい気質も災いして、満の暴言や暴力の対象は、このごろ妻の万津子だけにとどまらなくなっている。

お願いやけん、子どもば殴るとはやめて――。

怒りの矛先が自分に向くのを分かっていながら、万津子はこれまでに何度も抗議した。

しかし、夫の悪癖は治る気配がなかった。それどころか、酒がしこたま入ると、泰介のみならず、何も悪くない徹平の泣き声にまで過敏に反応し、拳を振るおうとすることがある。

そのたびに、万津子は身を挺《てい》して息子たちを守っていた。おかげで、顔や身体にできた青痣の数は、子どもが生まれる前よりもずっと増えている。

ガシャン、と大きな音がした。

上がり框に片足をかけたまま背中の徹平を揺すっていた万津子は、板の間へと跳び上がった。

「おい、泰介！」

奥の和室から、満が大声を出しながら、鬼のような形相で飛び出してくる。気が立っている満を止めようと、万津子は夫に追いすがった。

半分気が遠くなりかけながら、居間を覗き込む。

満がたった今買って帰ってきた酒瓶が、泰介の足元に転がっていた。瓶の口が無残に割れ、酒が板の間に流れ出している。

泰介が手を突き出した状態で泣き続けているところを見るに、父親に怒鳴られたことに腹を立て、わざとちゃぶ台から落としたようだった。

「何ばしよっとか！」

満が泰介の胸倉をつかみ、パンと大きな音を立てて横っ面を張った。

続けてもう一度、力任せに叩く。さらに泰介を引き寄せ、思い切り腹を蹴った。

「やめて！」

思わず叫んで止めに入ろうとする。しかし、強い力で突き飛ばされた。後ろに倒れそうになった万津子は、かろうじてそばの間仕切りに手をつき、背中の徹平が下敷きになるのを防いだ。

泰介は蹴られた腹を押さえながらえずいていた。喉に何かが詰まったような声を出し、顔を真っ赤にしている。

「もうやめて、満さん！」

万津子は悲鳴を上げる。泰介のもとに駆けつけようとして、また満の太い腕に払われる。

いつもこうだった。

満は一時の感情に任せ、泰介の頭をげんこつで殴ったり、尻を蹴ったりする。相手が二歳児だからといって、容赦はしない。

ただ、腹を狙ったのは初めてだった。

満はそれから何度も泰介を殴った。泰介が板の間に尻もちをつき、こぼれた酒でズボンが濡れる。幼い息子が小さな両手で顔を覆ってもなお、満は何かにとりつかれたように拳を振るい続けた。

「こんバカやろうが！」

お願い満さん、と万津子が肩にかけた手は、無情にも振り払われる。

「お前んごたるやかましか子はもう要らん！」

今すぐ川さん捨ててこんか、と満は吼《ほ》えた。床に倒れた泰介は身体を丸め、咳き込みながら泣き叫んでいる。

満が右脚を大きく後ろに振って、反動をつけるのが見えた。

このままでは、泰介が死んでしまう——。

万津子は無我夢中で割って入り、満の右脚を自分の腰で受け止めた。衝撃と痛みに息が止まりそうになりながらも、泰介を抱え上げ、そのまま土間へと走る。

もう限界だ、限界だ——と、頭の中でもう一人の自分が叫んでいた。

今日会社で何があったのかは知らない。

また現場の保安要員が減らされたのかもしれないし、旧労と新労の喧嘩がまた勃発したのかもしれない。

ストライキの余波を受けたのかもしれないし、再び不本意な異動を申し渡されたのかもしれない。

だが、そんなことはどうだってよかった。

万津子は一日中この狭い社宅に閉じ込められている。帰ってくる夫は酒を飲んでは荒れ狂う。満は息子たちをちっとも可愛がろうとせず、それどころか泰介に目くじらを立てては虐待を繰り返す。

結婚してから、四年の月日が経っていた。ギリギリのところで食い止めていた怒りが、とうとう心の堤防を決壊させ、抑えきれなくなる。

万津子は土間用のサンダルをつっかけるや否や、台所に置いてあった買い物用のがま口財布をひっつかみ、外へと飛び出した。「おい、飯は！」という満の怒声が表にまで響いてきたが、脇目も振らずに社宅の出口へと走った。

夜の道路は寒く、暗かった。胸と背中に触れる息子たちの体温が、やけに高く感じられる。

二人の乳幼児の重さにあえぎながら、万津子は大牟田駅の方向へと懸命に脚を動かした。遠くの暗闇に、三川坑の石炭ホッパーの巨大な輪郭が、うすぼんやりと浮かび上がっている。

新港町社宅を出てすぐに、諏訪川が万津子の行く手を阻んだ。養豚場と濁った川のすえた臭いが混じり合い、万津子の呼吸を止める。

諏訪川には、貯木場から三川坑に資材を運搬する機関車用の坑外運搬軌道、通称ガタガタ橋がかかっていた。鉄板が渡されただけの歩道は、人がやっとすれ違うくらいの幅しかなく、歩くと下には川面《かわも》が見え隠れする。あたりが暗くなりかけているこの時間に、幼子を二人抱えて通るのには勇気が要った。

「泰介、しっかりつかまっとって」

まだ泣いている泰介を右手に抱え、突然暴れられても押さえ込めるように強い力で引き寄せた。徹平がおんぶ紐の中にすっぽり収まっているのを確認してから、万津子は左手を鉄製の手すりに這わせ、慎重にガタガタ橋を渡り始めた。

川の流れる音に、神経をすり減らす。

鉄板を踏む足がぶるぶると震え、サンダルを落としそうになる。

息子たちが腕の中や背中でもぞもぞと動くたび、脇から冷や汗が噴き出す。

無事に橋を渡り切ったときには、身体中から力が抜けそうになった。へなへなと座り込みたくなるのを我慢して、万津子は再び前進を始めた。

ようやく泣き声を上げなくなった泰介を左手へと移し、貯木場の横を抜けて速足で大牟田駅へと歩く。幸い、後ろから満が追いかけてくる様子はなかった。

優に三十分以上かけて大牟田駅に辿りつくと、そこから荒尾方面行きのバスに乗った。さらに停留所からは、真っ暗な田んぼの畦道《あぜみち》は避け、遠回りをして歩いた。こんな夜に限って、空には月が浮かんでいなかった。

ようやく実家に辿りついた頃には、外気はひんやりしているというのに、全身が汗まみれになっていた。

とっくに夕飯を食べ終えて寝る準備をしていたらしい両親と二人の兄が、目を丸くして万津子を迎えた。悟兄ちゃんの嫁の諒子《りようこ》も、生まれたばかりの薫《かおる》を抱えて奥の座敷から出てきた。

「ちょっとあんた、どげんしたつね」

土間に下りてきた母が尋ねてきた。その場にくずおれそうになりながら、万津子は泣きながら事情を話した。すると、母は呆れた顔をして言った。

「そんで、勝手に逃げてきたと？　みっともなかね」

その言葉に耳を疑う。

「なんで？　悪かとは、泰介のお腹ば蹴った満さんやろが」

「うんにゃ、あんたが悪か」

母はきっぱりと言い切った。背中の徹平をおんぶ紐ごと抱きあげながら、「まったく、あんたは」とため息をつく。

「主人の三歩後ろば慎ましくついていくのが九州の女ばい。仕事から帰ってきた旦那にご飯も食べさせんで家を飛び出すごたるこつば、嫁がやったらいかん。今日はもう遅いけん泊めてやるばってん、明日には帰って満さんに謝らんとでけんよ」

母の言い分に不満と疑問を覚えながらも、今夜だけは、と頭を下げて泊めてもらった。久しぶりに母の手料理を食べ、懐かしい匂いのする布団に潜り込んだ。腹を蹴られたときの恐怖を思い出したのか、泰介は「パパが蹴った、パパが」と泣き出し、なかなか寝つこうとしなかった。

どのくらいの時間が経っただろう。

いざなわれた夢の世界で、万津子はあやちゃんやつねちゃんと三人でバレーボールをしていた。ネット際で、白いボールが空高く上がる。思い切り助走をつけ、跳び上がって右手を振りかざす。爽やかな気分で得意のスパイクを打とうとした瞬間、ボールが跡形もなくひょいと消える。

何度試しても、ボールには触れられなかった。


ママ、ママ、という泰介の声で目が覚めた。

両親や兄家族はまだ起きていなかった。古い茅葺きの屋根から朝の光がかすかに差し込んでいるものの、長年にわたって囲炉裏や竈の煙を吸い込んだ黒ずんだ柱と煤だらけの太い梁が、その白い色を吸収している。

そうだ、実家に帰ってきとったつやった。

珍しく夜泣きをした徹平に添《そ》え乳《ぢ》をした後、しばらく夢でも見ていたのか、社宅に戻ったような錯覚を起こしていた。馴染みのある高い天井は、万津子をほっと一安心させる。

暗い板の間で身体を起こすと同時に、底冷えがして身体をぶるりと震わせた。茣蓙《ござ》の上から布団を敷いて暖を取ったつもりだったが、土間と繋がっている板敷きの広間はやはり寒い。

「どげんしたつね」

ちょこんと掛け布団の上に座っている泰介に、声を潜めて尋ねる。泰介は、二歳半の子どもにしてははっきりとしている眉を寄せ、家の中を見回して何かを探しているようだった。

「ママ、テレビは？」

「ここにはなかよ」

「アトムが見られん」

「今日はまだ土曜日。あと三つ寝たら、ね」

「おうちに帰ろごたる」

早朝だというのに、もうすっかり覚醒してしまったようだった。乳児の頃から、泰介は睡眠時間が短く、環境の変化に敏感だ。こうやって実家に連れてくると、夜も遅くまで寝つかないし、必ず早く起きてしまう。徹平の出産でしばらく里帰りしていたときには、「もう少しちゃんと寝かせられんもんかね」と毎日のように母に苦情を言われていた。

「外《そと》さん、行こうか」

泰介を抱き上げ、土間の端に置いてあるサンダルをつっかけた。広い土間を横切り、木の引き戸をそろりと開けて、朝陽《あさひ》に照らされた薄明るい外の世界へと踏み出す。

すがすがしい郷里の匂いが鼻をついた。

刈り取り後の茶色い田んぼが見渡す限り広がっている。その向こうにぽつりぽつりと立つ家の屋根は、江戸や明治の面影を残した茅葺きのものもあれば、トタンや瓦を上からかぶせたものもある。どこかで鳴く鳥の声に紛れて、家のすぐ後ろを流れる小川の流れる音が聞こえる。その音に耳を澄ませながら、万津子は肺に大きく息を吸い込んだ。

ここには、むっとするような養豚場の匂いも、廃水に汚染された海の匂いもない。社宅と外《ガイ》を隔てる門や塀もなければ、旧労と新労のいがみあいもない。人もいない。ガタガタ橋を渡る貨物機関車の騒音もない。三川坑のホッパーや、貯木場やボタ捨て場から切り離された、緩やかな時間が流れている。

「ずっと、ここにおられたらなあ」

万津子の小さな呟きは、「あ、バッタ!」と地面を指差した泰介の声に消された。下ろしてやると、泰介は跳んでいく虫を興奮した様子で追いかけ始めた。

満と離縁したいと言い出したら──母は何と言うだろうか。

昨夜の母の態度からして、答えは分かり切っていた。

──あんた、人の嫁さんになったんやろ。そんなら、覚悟ばせんといかん。家に帰りたかなんて簡単に言うたらでけんよ。結婚ちゅうのはそげんかもんばい。

三年前、泰介を身ごもったときに浴びせられた、母の厳しい言葉が耳に蘇る。

嫁いだ女には、所詮《しょせん》、自由も未来もないのだ。

夫が死にでもしない限りは、すべてを放り出して逃げることも、最愛の子どもを守りたいと願うことすらも、何も許されない。

走り回る泰介を見ながらぼうっとしている間に、一人、また一人と家族が起き出してきた。嫌がる泰介をなだめすかして中へと戻り、ちょうど泣き出した徹平のおしめを新しい布に替え、また乳を与えた。財布以外何も持たずに家を出てきてしまったが、兄夫婦に徹平と同じ年頃の娘がいたのは幸いだった。

外の蛇口でおしめの下洗いを終えてから、朝食の煮炊きを手伝おうとすると、母が怖い顔をした。

「万津子、いつまでここにおるつもりね。満さんの朝ご飯はどげんすっと?」

「満さんは朝ご飯ば食べんとよ。それに、一番方の鉱員に合わせて朝早いうちから出勤しよるけん、今から帰ってもしょんなか」

口から出まかせを言って、無理やり食卓に加えてもらう。満が朝食を取らないことがあるのは本当だが、早朝からすでに出勤しているというのは嘘だった。今日は、万津子が帰ってこないことに怒り狂いながら、腹を空かせて仕事に出かけるのだろう。

今夜帰宅したときには、きっと満は万津子を半殺しにするに違いない。

万津子が悲鳴を上げるまで、身体中を打ち、嬲《なぶ》るのだ。

恐ろしい光景を見なくて済むよう、それまでに泰介と徹平を寝かせておかなくては——と、憂鬱になりながら味噌汁を作った。朝食は、鉛でも呑み込んだかのように、まるで味がしなかった。

帰りたくない。夫と顔を合わせたくない。

できることなら、このままずっとここにいたい——。

土間をせっせと掃き清めたり、編み物の内職を手伝ったりと、昼過ぎまではなんとか滞在時間を引き延ばした。しかし、泰介がたびたび「テレビ、テレビ」と大声で騒ぎ立てることもあり、だんだん両親や兄家族からの視線が痛くなってきた。

「テレビねぇ」

あまりに連呼されて耳についてしまったのか、流しで洗い物をしていた母が、土間で遊んでいる泰介にちらりと視線を向けながら言った。

「吉田《よしだ》さんとこは、こないだ買うたげな。来年は東京オリンピックやろ。そやけん、その前にって。うちも貯金ばはたいて、そろそろ買おうかね」

世の中の動きに疎い母の口から、東京オリンピックという言葉が出たことに驚いた。

テレビのニュースで耳にすることはあるし、社宅でもたまに話題に上るが、子育てに追われている万津子はそれどころではなかった。そもそもここは東京から遠く離れた九州だから、みんながみんな興味津々というわけでもない。

ふと、バレーボールに興じていた女工時代に、あやちゃんが東京オリンピックの到来を予言していたことを思い出した。

あのときは、あやちゃんの話を笑って受け流した。実現するとしても、遠い未来の話だと思っていた。

昭和三十九年のオリンピックが東京で開かれることが決まったのは、その翌年のことだった。万津子が一宮を離れ、結婚の準備を進めていた頃だ。月日は飛ぶように過ぎ、開催はあれよあれよという間に来年に迫っていた。

それだけではなく、あやちゃんはバレーボールがオリンピック種目になることまで見事に当てた。万津子らが憧れていた大阪の日紡貝塚は、二年前の欧州遠征で大活躍した際に『東洋の魔女』という異名をつけられ、今では金メダルの大本命として、日本の全国民の期待を背負っている。

――あたい、まっちゃんにゃ、オリンピックに出てほしか。

ある日の親友の言葉を思い出し、鼻がつんと痛くなった。

到底手の届かん夢だったよ、あやちゃん――と、遠い一宮の地に思いを馳せる。

万津子はこれから一生、女の幸せという名の目に見えない縄に縛られ、生きたまま死んでいくのだ。

「万津子、そろそろ帰らんね」

母に叱咤《しった》され、万津子はようやく腰を上げた。二人の息子を抱きかかえ、後ろ髪を引かれる思いで、昔懐かしい家を後にした。

どどおん、という凄《すさ》まじい地響きがしたのは、万津子がちょうど大牟田駅に降り立ち、新港町社宅へと歩き始めたときだった。

長く伸びる轟音《ごうおん》に、背中の徹平が泣き出した。近所の家の窓ガラスがビリビリと震えた。泰介がぴょんぴょんと飛び跳ね、花火、花火と興奮した様子で騒いだ。

爽やかな秋晴れの青空にもうもうと立ち上った長い黒煙を、万津子は口をぽかんと半開きにして眺めた。

終戦のときに五歳だった万津子は、ほとんど戦争を知らない。それなのに、頭に浮かんだのは、広島や長崎に原子爆弾が落ちたときのキノコ雲の写真だった。

身を伏せろ、と通行人の誰かが叫んだ。万津子は泰介を引き寄せ、道端にしゃがみこんだ。

空襲か、と近くにいる老人が声を荒らげる。違うばい、とまた誰かが叫び返す。飛行機の音はせんやった。あれは三池港《みいけこう》の方向たい。船の炎上でもあったのかもしれん。

「うんにゃ、もっと近か。諏訪川のすぐ向こうばい」

「三川坑じゃなかと？」

誰かの言葉に、背筋が凍りついた。

人々が口々に騒ぎ出す。万津子も恐る恐る立ち上がり、行く手に広がる青黒いキノコ雲を眺めた。

時刻は十五時過ぎ。三川坑に勤務する満は、今日も地下深くに潜っているはずだ。

万津子は泰介の手をしっかりとつかみ、黒煙の方向へと走り出そうとした。その瞬間、前方にいた中年男性が行く手に立ちはだかる。

「奥さん、どこさん行くとね」

「新港町社宅です。あすこに住んどりますけん」

「新港町ちゅうと、川の向こうやろ。ほんなら、今は近づかんほうがよか。状況が分かるまで、もう少しここで待っとかんね」

「ばってん――」

「子どもば二人も抱えて、無茶したらでけん！」

振り切ろうとしたが、強い力で押し戻された。途方に暮れて、万津子はまた空を見上げた。キノコ雲は、風になびいて横に広がり、先ほどよりも色が薄くなっていた。

「ママ、雲！　大きかねえ」

無邪気に空を指差す泰介の手を引き、万津子は仕方なく大牟田駅の方向へと戻った。空を見上げながら、おろおろと駅の周辺を歩き回る。

三川坑に原爆が落ちたばい、と商店の赤電話に向かって叫んでいる男性がいた。和菓子屋とタバコ屋の店先に集まり、不安げに空を見ている売り子たちがいた。必死の形相でどこかへ駆けていく会社員たちがいた。万津子と同じように川の向こうへ帰れずにいるのか、道端に座り込んでいる子ども連れの母がいた。

三池鉱業所に赴いて状況を尋ねることも考えたが、泰介と徹平を連れたままではそれもできなかった。悶々《もんもん》と三十分も一時間も待ち続けた後、ようやく万津子の耳にも情報が聞こえてきた。

目を血走らせている筋骨隆々の男たちが、三川坑だ、炭塵《たんじん》爆発げな、と叫び合いながら諏訪川の方向へと走っていった。一目見て鉱員だと分かった。三番方の勤務で深夜から朝まで働いていたため、ちょうど寝ていた時間だったところ、急遽《きゅうきょ》叩き起こされたのだろう。

中には、煤も落とさず、真っ黒な身体で駆けていく男たちもいた。近くにいくつもある他の炭坑で働く鉱員も、同じく救助隊として組織され、三川坑へと送り込まれているようだった。

大きなテレビカメラや機材を抱えて走る報道陣も見た。坑内にはガスが来とる、マスクばしとらんととても入れん、という声が万津子の耳に届く。

原子爆弾でも、船の炎上でもない。

地中深いところで起きた大爆発が、あの轟音の正体だった。夫の働く炭坑から空高く打ち上げられた粉塵が、黒いキノコ雲となって、大牟田の住民の視線を空に集めたのだ。

まさか、信じられん、という声を周りでいくつも聞いた。

北海道の炭鉱では戦前から頻繁に炭塵爆発事故が起こっていたが、それに比べて三池は安全だといわれていた。ここでは事故は起きない、炭坑とはいえ安心して働ける。それが三井三池炭鉱の魅力であり、働く職員や鉱員の誇りでもあった。

しかし、現場に出入りする人々が、ここ最近不安を覚えていたのは事実だ。会社の労働強化により炭坑の清掃や整備が行き届かないと満が愚痴を言っていたことや、坑道には塵が深く積もっているという噂話を社宅の共同風呂で耳にしたことを思い出す。

決心がついて、万津子は新港町社宅を目指し歩き始めた。

諏訪川へと向かう幅の広い十三間道路は、驚くほどごった返していた。市内の消防団や、救急車や、鉱員によって構成された救助隊や、三井鉱山の会社の人や、新聞記者やテレビ局の社員といった報道陣が、人も車も一緒くたになって三川坑へと押し流されていく。その様子を、道端に立ち並ぶ居酒屋の店員や家の住人が、呆気に取られた顔で眺めていた。

まっすぐ進めば三川坑だったが、途中で右へと道を外れ、社宅へと向かった。

どこかで建物が燃えたのか、焦げ臭さが鼻をついた。坑口から近いところでは、爆音の衝撃で窓ガラスが割れている家もあった。

壊れてやしないかと心配していたガタガタ橋には、幸い異変がなかった。泰介をしっかりと抱き、鉄板の上を急ぎ足で渡った。

新港町社宅の門を通り、すぐそばの職員用の長屋へと走る。すると、「佐藤さん！」と大声で名を呼ばれた。

声の主は古賀さんの奥さんだった。長屋の前に職員の家族が集まっている。普段賑やかな子どもたちまでしんと押し黙り、みな蒼白な顔をしていた。その様子が可笑しかったのか、泰介だけがきゃっきゃと楽しそうな笑い声を上げた。

「佐藤さん、どこさん行っとったつね」

「すみません、実家に行っとりました」

「ご主人は？」

「分かりません。ばってん、今日も坑内に下りよるはずです」

万津子が答えた途端、奥さん方が沈痛な面持ちになり目を伏せた。

新港町の職員社宅に住む六世帯のうち、古賀さんや山下さんら三世帯のご主人は、本社や事業所で勤務をする事務部門に所属していた。だが、残りの三人の夫は業務部門の所属で、特に中村さんのご主人と満の二人は、この社宅からほど近い三川坑で、機械調査や保安などの坑内業務に従事している。

主人の無事を知る四人が、中村さんと万津子を懸命に励ました。万津子はただ呆然としていたが、中村さんはかわいそうなほど泣き崩れていた。勘太と洋二が、そんな母の両手を強く握りしめていた。

「会社の電話も繋がらんし、救助の情報も入ってこん。会社や消防は何しとるとやろか」

中村さんの背中をさすっている古賀さんが、義憤に駆られて吐き捨てた。

こんなときでも、子どもは排泄《はいせつ》し、お腹を空かせる。万津子はたびたび家に引っ込んで、徹平のおしめ替えや授乳をし、昼寝をさせ、冷蔵庫にあった残り物で泰介に夕飯を作りながら、続報を待った。自分は握り飯を一つ食べただけで、それ以上物をほおばる気力が起きなかった。

三川坑の通用門に死亡者と負傷者の名前が貼り出されているらしいという情報を聞きつけたのは、あたりがすっかり暗くなってからだった。すでに社宅には爆発事故の死亡者を納めた棺《ひつぎ》が運び込まれ始めていた。

小さな子どもがいない古賀さんや山下さんが、何度も三川坑へと歩いていって、通用門の掲示を確認してくれた。二十一時頃になって、中村さんのご主人が落盤による怪我で天領《てんりょう》病院に運ばれていることが判明した。目を真っ赤にした中村さんは、勘太と洋二を山下さんに預け、古賀さんに付き添われて徒歩で病院へと向かった。

一方、満の生死はまだ分からなかった。

深夜になっても、社宅の敷地内は騒がしかった。到着する棺の数は一向に減らない。いったん病院に運ばれた怪我人も、家族に支えられながら続々と帰ってくる。天領病院は怪我人で溢れかえり、他の病院への移送も間に合わず、道端にまで人が寝かされているという話だった。

社宅に帰ってきた、一見軽傷の怪我人の中にも、突然奇声を上げたり、幻覚を見て走り回ったりと、頭をやられているらしい者が幾人もいた。

それがCOガス中毒のせいだと万津子が知ったのは、ずいぶん時間が経ってからのことだった。

うつらうつら布団で寝てしまった明け方に、「佐藤さん、ごめんください」という男性の声と、扉を強く叩く音で起こされた。

はっと飛び起き、サンダルをつっかけて表に出る。朝靄の中に、煤まみれになった二人の男性が佇んでいた。

職員組合の役員だと名乗る彼らの声も、万津子の耳にはほとんど届かなかった。

その後ろの地面に置かれた、俄作《にわかづく》りの木の棺に駆け寄った。棺は、まだ木の匂いが新しく、角に打たれた釘は不格好に曲がっていた。

「あの、これ、開けてもよかですか」

あまりに実感がわかず、菓子箱か弁当箱でも前にしているかのような、軽い調子で尋ねてしまう。男性らは鎮痛な面持ちをして、無言で頷いた。

万津子は震える手で、棺の蓋を開けた。

中に、満がいた。

職員組合の人が事前に煤を洗い流したのか、夫の身体は思ったより綺麗だった。目を閉じたその顔に、洗浄したときの水滴がいくつかついていた。

それが涙に見え、ドキリとした。

――俺が死んだとは、お前のせいばい。

夫が喋るはずはないのに、そう責められているような気がしてならなかった。

万津子は、満との毎日から逃げ出したかった。夫が死ぬまでこの生活を抜けられないのだと、深く絶望していた。

息子二人を連れて実家へと遁走《とんそう》した後、社宅に戻って満と再び顔を合わせるのが恐ろしくてたまらなかった。満と会いたくない、もう別れてしまいたいと願った。

まるで、神様が万津子の祈りを聞き入れたかのようだった。

もう二度と万津子や泰介に乱暴を働くことができない身体になって、満は仕事から〝帰ってきた〟。

「……ごめんなさい」

遺体を前に、思わず声がこぼれた。

満に対して、ではない。自分の身勝手な願いのせいで昨日の爆発事故が起こり、何百人もの人を道連れにしたように錯覚したからだった。

頭上から、男性の声が降ってくる。

「奥さん、ほんなこつ申し訳ありません。救助が遅れて、助からんかったとです。死因はガス中毒ですけん、ご遺体は綺麗でした」

私が殺したごたるもんばい。

――と、万津子は満の死に顔を眺めながら考えた。

昭和三十八年十一月九日は、〝魔の土曜日〟と呼ばれた。

十五時過ぎに、大牟田の三井鉱山三池炭坑で炭塵爆発事故が起こり、少なくとも四百五十名の死者を出した。同日二十一時半過ぎには、横浜市鶴見で国鉄列車の多重衝突事故が発生し、百五十人以上が亡くなった。

連日、テレビではその二つのニュースを交互にやっていた。どちらかというと、列車が大破した鶴見事故の映像のほうが多く流れているようだった。炭塵爆発は地中深くで起きたもので、ガスの充満する現場まで報道陣が立ち入れるわけがないから、テレビ局が大したシーンを撮影できなかったのかもしれない。

こっちでは三倍ほどの人間が死んでいるのに、おかしなことだ——と、満の葬式を執り行った次の日の朝、万津子は横浜で起きた列車事故のニュースをちらりと見て思った。

葬式の準備は、幼子を二人抱える万津子の代わりに、満の両親や兄弟がほとんどやってくれた。会社や職員組合の弔問や協力も少しはあったが、今回の事故で亡くなった職員は二十名以上いたらしく、葬式の大渋滞が起こっていた。

職員でさえこの状態なのだから、死んだ鉱員の家族はさぞやりきれない思いで朽ちていく遺体を見守っていたことだろう。

おとといの夜から昨日にかけて自宅で通夜と告別式を行い、その後火葬場で遺体を焼いた。読経を上げてくれたお坊さんも、霊柩車《れいきゅうしゃ》を運転する葬儀屋も、ここ数日はあちこち引っ張りだこのようだった。

誰も彼も、泰介と徹平を連れた万津子の姿を見つけるなり目頭にハンカチを当て、「このたびは……」と声を詰まらせた。若くして未亡人となった万津子が悲嘆に暮れていると、信じて疑わない様子だった。

「ねえ、ママ」

舌足らずの声で呼ばれ、我に返る。いつの間にか泰介がそばに来て、テレビを指差していた。

「今日アトム?」

いいえ、と答えようとして、今日が火曜日であることに思い当たった。泰介が待ち望んでいたテレビマンガの放映日は、彼の父親が死んだ後でも、いつもと変わらず訪れる。

「そうよ」

頷くと、泰介は「やったぁ！」と叫んで居間を走り回った。

二歳半の泰介は、父親が永久にいなくなったということに、まだ気がついていないに違いない。きっと数日後に、「パパは？」などと家の中を捜し始めるのだろう。そして、ほどなく、満という父親の存在は泰介の中から消えていく。

万津子には、泰介と徹平をたった一人で育ててきたという自負があった。酒や麻雀《マージャン》に溺れ、妻や幼い子どもに手を上げる夫など、いないほうがましだと思っていた。

だが、いざ一人になってみると、一抹の心細さが胸に宿る。自分が長いあいだ望んでいたものは、この果てしない孤独感だったのかどうか、不意に自信がなくなってくる。

泰介と徹平には、もう、万津子しかいない。

この社宅からも、出ていかなくてはならない。

自由には大きな責任が伴うということを、夫が亡くなってから三日、万津子はようやく理解し始めていた。

徹平に乳をふくませ、卵焼きとふかしたさつまいもという簡単な朝食を泰介に与えてから、万津子は竹箒を手に取って外へ出た。あんな事故の直後だからか、古賀さんは日課の排水溝掃除を休んでいるようだった。自分の家の前だけ手早く掃き清め、万津子も家の中へと戻った。

それから、いつものように洗濯に取りかかった。衣服を一枚ずつ取って洗濯板にこすりつけながら、その中に成人男性のものがないことを、今さらのように不思議に感じた。

暖かくも寒くもない日だった。表情のない曇り空が、濡れた衣服を抱えて外に出た万津子を静かに見下ろす。

窓ガラス越しに息子たちを眺めながら、物干し竿《ざお》に洗濯物を吊《つ》るした。畳の上をゆっくり這い回っている徹平と、弟を真似てハイハイをする泰介の姿は、いつにも増して微笑ましかった。

途中、背後の二軒長屋から男性の叫び声が聞こえてきた。ちゃぶ台をひっくり返したような大きな物音と、妻や子どもたちの悲鳴が表に響く。

中村家だ、とすぐに分かった。

爆発事故から軽傷で生還したご主人は、帰ってきたその夜から幻覚を見て叫び続け、すっかり廃人のようになっていた。坑内に充満したCOガスが、真面目で気の優しいご主人を化け物へと変えてしまった。連日連夜、奥さんや勘太や洋二に物を投げつける音や、大きな怒鳴り声が聞こえていた。

まるで、死んだ満が中村さんのご主人に祟《たた》っているかのようだった。自分はあの苦しみをずっと味わっていたのだと思うと、全身に震えが走った。

うちの夫は、ぽっくり死んでくれてよかった。

人の苦しみを他所《よそ》にそんなことを考えてしまうのは、自分の心が醜いからだろうか。

中村さんのご主人の声を掻き消そうとしたのか、万津子はいつの間にか歌を口ずさんでいた。昨年大流行した坂本九《さかもときゆう》の曲だった。

——上を向いて歩こう、涙がこぼれないように、
いや、と万津子は思う。

上など向かなくても、もともと涙など一滴も出ない。夫と過ごした四年間で、涙はもう尽きてしまったのだから。

満が生きていても、死んでも、どちらも茨《いばら》の道だ。

それなら自分は、二人の子の母として、ひたすらに前を向いて歩こう。

——思い出す秋の日、一人ぽっちの夜

曇り空から、ほんの一瞬、太陽が覗いた。白いタオルに映った一筋の光が、万津子の胸を貫いた。

二〇一九年　十二月

万津子が病院に救急搬送されたのは、十二月に入ったばかりの寒い朝だった。

五月にくも膜下出血を発症後、順調に回復したように見えていたが、やはり身体は弱っていたらしい。医師によると、喉の筋肉が衰えたために嚥下《えんげ》障害が起こり、気管に異物が入って肺炎になったということだった。

高熱を出して顔を真っ赤にしている母の喉からは、常にかすれた音が漏れていた。由佳子は忙しく家と病院を往復した。泰介も、仕事帰りに毎日病院に寄った。萌子や弟の徹平夫婦も、忙しい日々の合間を縫って見舞いにやってきた。

たまに目を開けたとき、万津子の目は虚《うつ》ろだった。見ているこちらが恐ろしくなるほど空っぽの瞳に、泰介は自分の姿を見出すことができなかった。

このまま今生の別れを迎えるのではないか、と考えた。

身体が生き永らえたとしても、だ。万津子は二度と、泰介を息子だと認識しないかもしれない。肉体という檻から逃げ出した母の心は、もう戻ってこないかもしれない。

幸い、その覚悟は杞憂《きゆう》に終わった。

一週間ほどで肺炎の症状は改善し、熱も下がった。万津子の瞳に光が戻る時間が増えていった。

「いつもごめんなさいね」と謝られ、由佳子は胸を撫で下ろした。「部活はお休み?」と尋ねられ、萌子は泣きそうに顔を歪めた。「泰介」と息子の名を呼んだ母のまなざしに、泰介はえもいわれぬ懐かしさを覚えた。

もちろん、これは一日の中で調子がいいときの話だ。朝から夜に近づくにつれて、万津子の心は気まぐれに、またふらふらとどこかへ出かけていく。

会社が休みの土曜日に、由佳子が家事を片付けに家へ帰り、母と二人だけになる時間があった。由佳子の目がないのをいいことに、泰介は一日中、母に質問を繰り返した。

「あのさ、ヨシタカって誰?」

「知りません」

「どうしてあんなに怒ったんだよ、知らない小学生に」

「何のことかねえ」

調子がいいときの母は、不機嫌な顔をしてしらばっくれた。その目には後悔の色が混じっていた。息子には話すまいという強い決意を、他ならぬ自分自身が忘れていたことに、ひどく失望している様子だった。

——ヨシタカくん! そげんかこつしたらでけん!

三週間前に万津子と散歩をして以来、ずっと気になっていた。ただ、意識がはっきりしているときの母の態度からして、その背景を泰介に隠したがっていることは明白だった。

だから泰介は、卑怯とは自覚しつつも、調子が悪いときの母に付け入った。

物忘れの激しい時間帯になれば、万津子の口は幾分軽くなる。

「お袋って、そんなに水が嫌いだったっけ」

ちょうど、母は夕方のニュース番組を見ながら震えているところだった。テレビには、京都の観光地にかかる古い橋と、幅の広い川が映し出されていた。

入院してからも、万津子はたびたびおかしな言動をしていた。若い男性医師にかつての夫の影を見て怯え、テレビに映る川や橋の光景にあからさまな嫌悪感を示した。一方、「私は東洋の魔女」という不可解な言葉や、「アヤちゃん」「ツネちゃん」といった紡績工場の同僚と思われる女性の名前は、ここのところ口にしなくなっていた。

「水は、怖かけんねえ」

万津子はテレビ画面を凝視しながら、細い肩に力を入れた。

「怖かけん、子どもは近づいたらでけんよ」

「ヨシタカくんとかいう子が、川でどうかしたわけ?」

「あんた、知らんとかね」母が目を見開いた。「大変なことよ……ほんなこつ」

「事故とか?」

万津子は無言のまま答えない。

「いつ?」

「東京オリンピックの前。昭和三十九年八月二十九日」

泰介が呆気に取られるほどの早口で、万津子がまくし立てた。泰介は慌ててその日付を頭に刻みつける。

昭和三十九年というと、泰介がまだ三歳のときだ。その頃のことは、ちっとも覚えていない。母に話を聞かされた記憶もなかった。

「何があったんだ」

「何って」

言いかけてから、万津子は我に返ったように口を閉じた。目が合うと、途端に厳しい表情になり、

「泰介か。あんたには、絶対に言わん」と首を左右に振る。

「俺には言わないって――徹平ならいいのかよ」

万津子の言葉に苛つき、言葉尻を捉えて食ってかかった。それでも万津子は頑固な態度を崩さなかった。

「何でもダメ。泰介には絶対に教えん」

「話してくれたっていいだろ。ヨシタカってのは誰だ」

「もう忘れた」

母はいつまでも口を割らなかった。ちぇっ、と泰介は小さく舌打ちをする。この状態の母にも、わずかながら理性が残っていたようだった。

しばらくすると由佳子が病室に戻ってきて、泰介の尋問タイムは終わりを告げた。万津子が疲れた顔をしているのにいち早く気づいた由佳子が、「あなた、お義母さんに何か言った？」と厳しい目を向けてきた。

「いや、さ」

急に居心地が悪くなる。泰介はソファに座ったまま、床から踵《かかと》を浮かせ、膝を揺らした。

「由佳子は……自分が小さい頃のことって、知ってるか」

「小さい頃のこと？　何よ、突然」

「ちょっと気になっただけだよ」

母と長時間話すうちに、気になり始めていたことだった。

「思い出話か何か、親から聞かされたことはあるか」

「それはもちろん。ある程度はね」

由佳子は顎に手を当て、蛍光灯のともる天井を見上げた。

「二歳のときに団地の階段から転げ落ちて大きなたんこぶを作ったとか、せっかく買ったリカちゃん人形に見向きもしないで近所の男の子と公園で遊んでばかりいたとか。女の子なのに、ズボンはいつも継ぎだらけだったらしいわ」

「活発な子どもだったんだな」

「ええ。他にもいろいろ、耳にタコができるほど聞いたわよ。今でも帰省すると、お父さんがすぐにアルバムを引っ張り出してくるし」

「アルバム、か」

傍らのベッドに横たわる母を横目で見る。そういえば、泰介は自分の幼い頃の写真をほとんど見たことがなかった。東京に出てきた後のものは残っていた気がするが、福岡に住んでいたという三歳以前の写真は目にした記憶がない。

「親っていうのは大抵、昔話が好きなものでしょう？　私たちだって、萌子の小さい頃の話をよくするじゃない。お風呂に入った後にすっぽんぽんで踊ってたとか、サ行が上手く言えなくて幼稚園の佐々木《ささき》先生のことを『たたきてんてい』って呼んでたとか」

「ああ、確かに」

言われてみればそうだ。泰介自身、特に酒が入ったときには、つい娘の幼い頃の話をしたくなる。あまりに饒舌《じょうぜつ》になり、「やめてってば、恥ずかしいよ」と萌子本人に怒られることもしばしばだった。

普通の家庭ではありえないことだったのだろうか——と、今更のように疑問が首をもたげる。

親が子どもの幼少期について一切語らないことも。

当時の写真を収めたアルバムが存在しないことも。

顎に手を当て、じっと思いにふけった。半世紀以上、一度も気にしたことのなかった過去が、今になって泰介の好奇心をくすぐり始める。

ふと、鼻歌が聞こえ、顔を上げた。見ると、枕に頭をのせ、目をつむっている万津子が、泰介もよく知る有名なメロディを口ずさんでいた。

鉄腕アトムの主題歌だ、とすぐに思い当たる。

あれはおそらく、小学校に上がる前のことだ。泰介は毎週、アニメの放送を心から楽しみにしていた。

いつから見ていたのかは定かでないが、なぜだか、母が働いていた喫茶店内にある小さな白黒テレビで見ていた印象が強い。それは、当時、自分たちの部屋にテレビがなかったからなのだろうか。

「あら、お義母さん……泣いてる?」

由佳子が口元に手を当て、驚いたように呟いた。

言われて初めて、母の頬に一筋の涙が伝っていることに気づく。

どうやら万津子の心は、病室にいながらにして、どこか遠い過去をさまよっているようだった。

静かに泣きながら国民的アニメの主題歌を歌う老いた母の顔を、泰介は何とも言えない気持ちで眺めた。

ちょっとトイレ、と席を立ち、由佳子のもとを離れる。

そして、ぼんやりと考えた。

どうやったら、万津子の頭の中を覗けるだろうか——と。

翌日の日曜日、泰介は家の近くの図書館へと足を運んだ。

読書とは無縁の泰介がここを訪れるのは、およそ十年ぶりのことだった。萌子が小さい頃、休みの日に何度か連れてきて、絵本を読ませたりビデオを見せたりしたのが最後だ。幼い萌子よりも泰介のほうがきまって先に飽きてしまい、いつも早々に退散していた覚えがある。

「新聞を見せてもらいたいんだけど」

カウンターの女性職員に声をかけると、「はい、いつの新聞でしょう」というテキパキとした声が返ってきた。昭和三十九年と答えそうになってから、女性職員の年齢が若いことに気づいた。以前、家で昔の思い出話を語っていたときに、「昭和で言われても分からないよ」と萌子に苦言を呈されたことを思い出す。

「一九六四年。できれば九州の新聞がいいな」

「古い新聞の縮刷版は、朝日新聞しか置いていないんですが」

「ああ、ならとりあえずそれで」

もっといろいろな種類の新聞を置いているのかと思っていたが、そうでもないらしい。母は確か、オリンピックの後に東京に出てきたと言っていた。つまり、一九六四年の八月時点では、まだ福岡で暮らしていたはずだ。だから九州の地方紙を読むつもりだったのだが、初っ端《しょぱな》から当てが外れてしまった。

新聞の縮刷版が置いてある書庫は一般に公開されていないらしく、泰介が読みたいと伝えた一九六四年八月の巻だけを女性職員が持ってきてくれた。慣れない図書館の雰囲気にそわそわしながら、泰介は案内された雑誌閲覧コーナーの席に座り、古いページをめくり始めた。

母が隠している過去や自分の幼少期について気になり出してから、一晩が明けた。脳内にぽっかりと開いたその〝穴〟は、時間が経つごとに、どんどん存在感を増していた。どうして今まで平然と見過ごせていたのだろう、と疑問にすら思う。

佐藤泰介という人間がこれまで生きてきた、そのスタート地点ともいうべき時期が、ずっと闇に包まれていたのだ。窓際に追いやられつつある定年目前の会社員、娘が自立して羽ばたいていくのを素直に喜べない父親。そんな今の自分ができあがるまでにどんな物語があったのか、泰介はその全容を知らない。

〝穴〟の中には、いったい何があるのか。

残された時間が少ない今だからこそ、その中身を明らかにしなければならない気がしていた。――やがて死にゆく母のためにも、人生に行き詰まりつつある自分自身のためにも。

真面目に図書館で調べ物をするのは、学生時代以来のことだった。

泰介は、活字を読むのがそもそも嫌いだ。新聞は一応取っているが、母が認知症になった今は、おそらく由佳子くらいしか目を通していない。

それだから、ページを開くや否や、まず活字の量に辟易《へきえき》した。黒い羽虫が紙の上を這い回っているように見える。このごろ老眼が進んでいるせいか、焦点もしばらく合わなかった。

八月二十九日から三十一日までの一面と社会面を、見出しだけ拾って読んでみる。だが、それらしき記事は見つからなかった。

「やっぱり、全国紙じゃ無理か」

がっかりして呟くと、近くに座っていた若い男性が迷惑そうにこちらを振り向いた。別にそんな顔をしなくてもいいじゃないか、と苛立つ。図書館で大声を出したらマナー違反になるのは分かるが、ちょっと独り言を漏らしたくらいで責められる道理はない。

いったん本を閉じ、また受付へと向かった。先ほどの女性職員を見つけ、声をかける。

「やっぱりこれには載ってないみたいでさ。九州の地方紙ってどこで読めるか分かる？　探してるのは福岡の記事なんだ」

「福岡というと……西日本《にしにっぽん》新聞とかでしょうか」

女性職員は困り顔で首を傾げる。泰介も詳しくなかったが、「たぶんそう」と頷いた。職員は手元のパソコンを操作し、うーんと唸《うな》った。

「西日本新聞の縮刷版は、ないみたいです」

「どこにもないのか。区内だけで十館くらいあるだろう」

「そのすべての蔵書を検索できるようになっているんですが」

「じゃあどこに行けばいいんだ。都立図書館か」

「どうでしょうね。都立図書館になければ、国立国会図書館ならデータベースがあると思いますけど」

女性職員の歯切れの悪い返答を聞き、急に面倒臭くなってきた。手元のページに目を落とす。八月三十日の社会面のページが開きっぱなしになっていた。

「ん？」

ふと、その片隅の小さな記事に目が留まった。

分かりやすい見出しなのに、なぜかすっかり見落としていたようだった。『川に流され小学生男児死亡』という文字が見える。

受付カウンターの前で、そのまま記事を読み始めた。

『二十九日午後三時頃、熊本県荒尾市を流れる関川に男児が二人転落し、橋本良隆くん（七）が死亡した。もう一人の男児（三）は近所の住人に救出され軽傷。二人は川辺で遊んでいて、誤って共に転落したとみられる。現場の水深は一メートル程度で、比較的流れの速い場所だった』

橋本《はしもと》良隆。ヨシタカ、と読むのだろう。福岡ではなく熊本というのが予想と違ったが、万津子が隠そうとした水難事故と見てまず間違いない。

気になるのは、二行目以降の文章だった。

もう一人の男児——。

「あの、複写されますか？」

カウンターを挟んで向かい合っている女性職員のことをすっかり忘れていた。泰介の背後をちらちらと気にして、迷惑そうな顔をしている。後ろに他の利用者が待っていたようだ。

「ふくしゃ？」

「コピーです。もし気になる記事があるなら、一枚十円でできますが」

「ああ、いいや。これ、戻しておいて」

泰介は分厚い本を女性職員へと返し、その場を離れた。後ろに並んでいた同い年くらいの男性が、泰介を一睨みしてからカウンターへと進んでいく。

手に持っていたコートを羽織り、そのまま図書館を後にした。

冷たい風が首元に吹き込み、思わず身を縮めた。空に太陽はなく、厚い灰色の雲がかかっている。

そんな中で、泰介の脳内には、真逆の光景が浮かんでいた。

蒸し暑い夏の日。どこまでも晴れた空と、入道雲。近くの林から聞こえる蝉の声。

泰介は、生温い水の中で、必死に泳いでいる。自分の身体が小さく、岸は遠い。手がばちゃばちゃと水面を打ち、呼吸が苦しくなる。自分の涙と、鼻水と、涎《よだれ》と川の水が、すべて一緒くたになる。するると突然、目の前に光が見え――。

そうやって水の中でもがく夢は、昔からよく見ていた。一か月ほど前にもうなされた覚えがある。あの光景は、現実の記憶の断片なのではないだろうか。

一九六一年六月生まれの泰介は、当時三歳だ。亡くなった橋本良隆という七歳の子どもと一緒に水難事故に遭って死にかけたのは、もしかすると自分だったのかもしれない。そう考えると、万津子が頑《かたく》なに泰介に水難事故のことを隠そうとするのも納得がいく。

幼い泰介は、川に転落して怖い思いをしたことで、大きな心の傷を負った。ましてや、遊び仲間だったもう一人の男児は亡くなっている。事故の記憶がトラウマとなり、しばしば癇癪を起こすこともあったかもしれない。そんな息子が事故のことを早く忘れるよう、万津子は懸命に努めていた――。

「まさか、新聞に載ったことがあるなんてな……この俺がな」

記事の内容を思い出し、神妙な気分になる。当時ならともかく、今はもう五十代後半だ。三歳の頃に溺れて死にかけたことがあると今さら聞かされても、夢の理由がはっきりするくらいで、泰介にデメリットは何もない。

万津子が事故のことをあれほど頑なに隠そうとするのは、過去と現在を混同しているからなのだろう。来年の東京オリンピックを一九六四年のものと勘違いすることもあるくらいだから、泰介を小さな子どもだと思い込む瞬間があったとしても仕方がないことだった。

泰介には、福岡にいた頃の記憶がない。

幼少期のことで覚えているのは、万津子と徹平と三人で身を寄せ合うようにして長年暮らしていた、喫茶店の二階にある古びた板張りの部屋だけだ。

神田《かんだ》駅の近くにある、『純喫茶モカ』。

その昭和レトロな店名と、当時から白髪交じりだったマスターの姿を思い出す。

ふと立ち止まり、空を見上げた。太陽は見えないが、まだ日は高いはずだ。どうせ家に帰っても、ぼんやりとテレビを眺めるくらいしかやることはない。

それなら——。

久しぶりに、訪ねてみようか。

珍しく、そんな気になった。

図書館を出たその足で、JRの駅へと歩き、神田駅を目指した。着いたときには、午後三時を回っていた。昼に食べたインスタントラーメンがちょうどよく消化され、コーヒーの香りに惹かれ始める時間帯だ。

駅の西口を出て、泰介はふと立ち止まった。馴染みのある街のはずが、記憶と違って見えたからだ。こんなにカラオケ店がいくつもあっただろうか。インターネットカフェらしき派手な外装のビルも。知らない寿司屋や居酒屋の看板も。

立ち止まって街並みを眺めている泰介を、営業マンらしきスーツ姿のサラリーマンが、スマートフォンで通話をしながら追い越していった。日曜だというのに、休日出勤だろうか。それとも、平日休みの不動産屋か何かだろうか。会社も飲食店も多いこの雑多な街は、昔も今も、いつでも人に埋め尽くされている。

前回ここへ来たのは、いったいいつだろう。

物心つく前から暮らし始め、高校卒業と同時に家を出た。二年後に弟の徹平が地方の国立大に進学することになり、母も墨田区の手狭なワンルームマンションへと引っ越したため、神田が実家というわけでもなくなった。

その後、大学を出てスミダスポーツに入社するときに、万津子にしつこく言われて就職の報告に来た覚えがある。

となると、今から三十六年前か。

いくらなんでも、それが最後ということはないはずだ。だが、このあたりにスポーツクラブの仕事で来ることはないし、近くに錦糸町《きんしちょう》があるのにわざわざ足を延ばして神田で飲むこともない。

マスターの金沢実男《かなざわさねお》とは、祥子《さちこ》夫人の葬式で一度顔を合わせているが、あれもまだ萌子が三歳くらいの頃だった。しかも、あのとき足を運んだ葬儀会場の最寄り駅が神田だったかどうかは定かでない。

手繰り寄せようとした記憶はあまりにあやふやだった。五十八という年齢を、今更のように憂う。

そもそも、あの喫茶店は、今も営業しているのだろうか。

衝動に突き動かされるようにして神田まで来てしまったが、まったく確証はなかった。祥子夫人の葬儀のとき、つまり今から十五年近く前に、まだ同じ場所で看板を出していると聞いて驚いたのが最後だ。

頭の中で計算してみる。金沢実男は、確か昭和一ケタ生まれだった。となると、もう九十前後だ。息子の孝《たかし》から連絡がないということは今も存命ではあるだろうが、健康だという保証はない。年賀状のやりとりをしていたのは万津子だけだから、泰介はちっとも金沢家の近況を知らなかった。

電話の一本でも入れてから来ればよかったか、と反省する。その間も、足は自然とかつての住居への道のりを辿っていた。

街並みは変わっても、高校時代までを過ごした場所だ。加齢により記憶力が衰えつつあるとはいえ、道を間違えるはずがなかった。

商店街から一本外れた、幅の狭い通りに入る。オフィスや飲食店、カラオケ店などが立ち並ぶ大通りと比べ、時代錯誤なスナックやシャッターの閉まったタバコ屋など、見るからに年季の入った建物がちらほら残っていた。

タイムスリップでもしたような感覚に囚《とら》われながら、泰介は目的の場所へと歩を進めた。

やがて、道端に見覚えのある電飾看板が見えてきた。ほっと息をつき、思わずそばに駆け寄る。『純喫茶モカ』という角ばった書体の文字と、シンプルなコーヒーカップのデザインが、妙に懐かしい。

小ぢんまりとした店の外観は、昔とほとんど変わらなかった。店名が白い字で書かれたえんじ色の日よけに、外に並べられている植木鉢。窓には白いレースカーテンがかかっていて、中はよく見えない。ただ、明かりはついているようだった。

よかった。まだ営業していた。

ずっしりとした赤茶色の木製ドアの前で、泰介は緊張で胸を高鳴らせた。「大人のための場所だから、急ぎのとき以外は勝手に入ってきてはいけません」と母に厳しく言い含められていた少年時代の記憶が、不意に脳裏に蘇る。

大きく深呼吸をしてから、金色のドアノブを引き、中に足を踏み入れた。

内装も、まるで時が止まったかのように変化がなかった。案外奥行きのある、広い店内。どっしりとした木製のテーブルと、品のいい革張りの椅子。古きよき昭和の時代の香りが、ここにはそっくりそのまま残っている。

「いらっしゃいませ。お好きな席へどうぞ」

カウンターの中で、白いエプロンをつけている同年代くらいの女性がぺこりと頭を下げた。

昔の万津子と見間違えそうになり、泰介は目を瞬く。

「あの……ここのご主人は？」

女性店員に話しかけると同時に、カウンターの下から白髪交じりの頭がひょこりと覗いた。

「はい、私ですが——って」

泰介の顔をまじまじと見て、店主が目を丸くした。

「ん？　ちょっと待てよ。もしや……泰介？」

突然名前を呼ばれ、面食らいながら相手を見つめ返す。貫禄《かんろく》のある口髭のせいで一瞬分からなかったが、外国の血が入っているようにも見えるはっきりとした目鼻立ちが、泰介の記憶をくすぐった。

「ああ、孝か！」

思わず大声を出すと、他の客の視線が集まった。やや声を潜め、「そうか、そういうことか」と腕を組んで頷く。

孝は、金沢実男の一人息子だ。歳は泰介の四つ上だから、今は六十二。ここの二階に住んでいた頃は、よく遊び、よく喧嘩をしたものだ。

「孝がここの店主、ってことは——実男さんは引退して、孝が店を継いだんだな」

「そうそう。十年前にね。さすがに八十を超えると、フルタイムで働く体力はないってさ」

まあそうだろうな、と泰介は頷いた。代替わりでもしない限り、老いたマスター一人ではこの店の営業を続けられないだろう。

「でも、親父はまだ、引退したつもりはないらしい。しょっちゅう店に顔を出して、コーヒーの淹れ方に口出ししてくるよ」

「もう九十なのに？　元気だな」

「おかげさまでね。大きな病気はゼロ、かかっているのは歯医者と眼医者くらいだ」

孝は白い歯を見せて笑い、「今日はどうした？」と尋ねてきた。

「ええっと、確か泰介とはお袋の葬式以来だから……十四年ぶり、ってことになるのかな。このへんで用事でもあったのか」

「いいや」説明が難しく、泰介はお茶を濁した。「久しぶりに、美味いコーヒーでも飲みたいなと」

「どういう風の吹き回しだ。ここにいた頃だって、そんなに飲んでないくせに」

「あの頃はガキだったからさ。社会人になってから克服したんだよ」

「じゃ、親父直伝のハンドドリップでいいか」

「ああ、そうだな」

孝はカップを準備しながら、傍らにいた女性店員に声をかけた。

「親父を呼んできてくれないか。懐かしいお客さんが来たぞ、って」

「はい」

彼女は小さく頷き、すぐに裏へと消えた。親密そうな口調と、外見から窺える年齢からして、女性は孝の妻のようだ。

「実男さん、今もここの三階に住んでるのか」

「そうだよ。どうせテレビを見てるだけだから、すぐ降りてくると思う」

「エレベーターもないのに、よく平気だな」

「足腰は強いんだ。さすが、昭和一ケタ生まれは頑健だね」

「今、二階は？」

「俺とかみさんの二人で住んでる。五年前まではもっと広いマンションに住んでたんだけど、子どもたちが巣立って部屋が余るようになってさ。なら、いっそのことここでいいかって。人生百年時代には、金がいくらあっても足りないからさ」

孝は朗らかに言い、「ほら、とりあえず座れよ」とカウンターの椅子を勧めてきた。腰を下ろし、店内を見回す。テーブル席がほとんど埋まっているのを見る限り、昔と変わらずなかなか流行《はや》っているようだ。

「お客さん、多いんだな」

「ありがたいことに、ほとんど昔からの常連さんだ」

言われてみれば、客の年齢層はだいぶ高い。中には万津子と同い年くらいの人もいるのではないだろうか。街中にあるチェーンの喫茶店が若者で埋め尽くされているのに比べて、ここはずいぶんと落ち着いた雰囲気だ。

しばらくして、孝の妻が金沢実男を連れて戻ってきた。

当時白髪交じりだった髪は、今や真っ白になっている。背筋を伸ばし、すたすたと一人で歩いてくる老人の姿が視界に入るや否や、泰介は思わず椅子から立ち上がった。

「おお、泰介じゃないか。これは珍しい。えらく久しぶりだねえ」

金沢実男は、もう九十歳とは思えないほど若々しく、声にも張りがあった。顔のしわが増え、髪が薄くなったこと以外は、十五年近く前に葬儀で会ったときとほとんど変わらない。

泰介はしどろもどろに挨拶を交わした。それから、「カウンターの椅子は、老人にはちょっとばかり高すぎるから」という実男の希望でテーブル席へと移動した。

幼い頃、実の父親がいなかった泰介にとって、実男は父のようなものだった。店の定休日には遊びに連れ出してくれたし、時には学校の勉強を教えてくれた。店員として働きながら息子二人を一人で育てている万津子を気遣って、週に一、二度は食事に招待してくれた。

母が実男と定期的に連絡を取っている事実に甘えて、これまで一度も自分の意思でここを訪れようとしなかったことに、今さらながら罪悪感がわく。

「泰介は、今、いくつだ？」

「もう五十八です」

「あのやんちゃ坊主が、もう還暦間近か。月日が流れるのは早いねえ」

実男は目を細め、向かいに座る泰介を上から下まで眺め回した。

「さすがに最近は、殴り合いの喧嘩なんかはしないんだろ」

「喧嘩？」

「ほら、ここにいた頃は、孝とやりあって、しょっちゅう傷を作ってたじゃないか」

「まさかまさか。実男さん、俺ももういい大人ですよ。三十六年間も会社員をやってるんですから」

「いやあ、人の成長ってのは不思議なもんだ」

この店自慢のハンドドリップコーヒーを運んできた孝が、「泰介が真っ当な会社員になるなんて、あの頃は想像もできなかったな」と愉快そうに口を挟んだ。

「あのままバレーボールを続けて、万津子さんみたいな熱血コーチになるんだと思ってた。じゃなきゃ、地元のチンピラ」

「おい、チンピラとは何だ」

「だってなぁ、泰介はけっこう腕っぷしが強かったし。俺なんか、四つも年上なのに何度も泣かされたぜ」

幼い頃から知られている分、なんだか気恥ずかしい。泰介はコーヒーカップを手に取って、一口飲んだ。香ばしさが口の中に広がり、店に入ったときの緊張感を和らげていく。

しばらく、お互いの近況の話になった。娘の萌子が高校二年生だと話すと、「おお、あの小さかった女の子がねえ」と実男は喜色満面になった。徹平が銀行で出世コースに乗っていることや、万津子が泰介一家とともに暮らし始めたことを知っているあたり、母は年賀状でまめに報告をしていたようだった。

その後、五月に万津子がくも膜下出血で倒れ、病気の後遺症で認知症になったことを伝えると、実男と孝は沈痛な面持ちになった。

「そうすると、来年は万津子さんからの年賀状は届かないのか。毎年楽しみにしていたのにな」

「はい、たぶん書けないかと」

「もしかして、その報告に来てくれたのかい。万津子さんからの連絡が急に途絶えて、私たちが心配しないように」

「まあ、そんな感じですかね」

とりあえず話を合わせておこうかと、曖昧に相槌を打つ。すると、実男が腕組みをして、天を仰いだ。

「思えば、長いものだねえ。万津子さんや泰介と、私たちの関係も。ええと……万津子さんがここで働き始めたのは東京オリンピックの年だから、一九六四年だろう。気がつけば、半世紀経っていたんだね」

「あれ、俺たちが引っ越してきたのって、オリンピックの年だったんですか」泰介は首を傾げた。

「もう少し後なのかと思ってた」

「そうか、泰介は覚えていないんだね。あれは、オリンピックの翌月のことだったかねえ。万津子さんが、突然ここを訪ねてきたんだよ。一歳の徹平をおんぶし、三歳の泰介の手を引いてね」

実男が目をつむり、しみじみと語った。

「訪ねてきたというよりは、転がり込んできたという感じかな。お願いですから雇ってください、皿洗いでも小間使いでも何でもしますから、と必死に頭を下げるんだ。一文無しで新しいものが買えなかったのか、服もだいぶ汚れていてね。泰介も徹平もグズグズ泣いていたのを、よく覚えてるよ」

泰介は無言で目を見張った。幼い頃から当たり前のようにここの二階で過ごしてきたが、思えば母にとっては縁もゆかりもない土地だったのだ。

初めて知る事実だった。福岡から出てきた母がどのようにして金沢実男の下で働くことになったかなど、これまでに一度も考えたこともなかった。

「うちに来る前に、繁盛している純喫茶ばかり何店も回って、すべて断られたようだったよ。あえて酒を出さずにコーヒーだけで勝負する純喫茶の店主の中には、プライドが高い連中も多かったからね。どこの馬の骨とも分からない子持ちの未亡人などうちの店では雇えない、金が欲しいならバーやキャバレーに行け、なんて心ない言葉を浴びせられたようだった」

つまり、水商売の店で、ホステスとして働けということか。真面目一筋だった万津子にはとても似合わない職業だ——と、バレーボールを打つ母の姿を思い浮かべながら考えた。

「そんな苦しい状況なのに、お袋はホステスになるのを嫌がったわけですか」

「何か、本人の中で固い信念があったんだろうね。あんなにボロボロの格好をしているのに、万津子さんは……本当に綺麗で、まっすぐな目をしていた」

その瞳を信じることにしたんだ、と実男は笑った。

「今晩泊まる場所はあるのかと尋ねると、ないと言うんだ。十日前に東京に出てきてから、ろくにものを食べていないし、服も取り換えていないという。さすがに見かねてね、ここの二階が空いているからといって貸すことにしたんだよ。家賃は要らない。その代わり、一生懸命うちで働いてくれと言ってね」

「え？　ここの家賃、タダだったんですか」

初めて知る事実に、思わず素っ頓狂な声を出してしまった。「私が受け取らなかったんだよ。万津子さんは何度も払おうとしたけどね」と実男が柔和に微笑む。

とはいえ、思い当たる節はあった。息子二人を高校や大学に通わせるための学費を、万津子は昔から計画的に貯金していたようだった。本来家賃として実男に払わなければならない分が浮いたからこそ、母子家庭だったにもかかわらず、自分たちは金に困らず進学できたのではないか。

大恩人を前に、自然と頭が下がる。

そしてようやく、今日実男に尋ねたかった質問が、ぽろりと口からこぼれ出た。

「お袋の奴、どうして東京に来ようと思ったんですかね。親父が早く死んだとはいえ、そのまま福岡にいれば親戚や知り合いに助けてもらえただろうに」

「さあ、どういう事情だったんだろうねえ。万津子さんはあまり自分のことを喋らなかったから」

実男が腕組みをし、店の片隅を見やった。小さな液晶テレビが壁に取りつけられている。それがダイヤル付きのレトロな白黒テレビであるように錯覚し、泰介は何度か瞬《まばた》きをした。

「でも、なんとなく覚えがあるよ。テレビの中継でオリンピックを見て、それで東京に憧れて上京してきた、と言っていた気がするな。生粋の江戸っ子としては、嬉しいことだねえ」

「いやいや親父。その記憶、本当に正しいか？　当時の女性が、そんな軽い理由で単身上京しないと思うけどな」

店を妻に任せて隣に腰かけている孝が、怪訝そうに実男を見やった。

「もっと深い事情があったんじゃないの。旦那を亡くして実家に戻ったら、兄嫁にいびられたとかさ」

「さあ、どうだかね。あの時代に未亡人として生きるのは、確かに大変だったかもしれない。でも、東京オリンピックに相当の思い入れがあったのは事実のようだよ」

息子をたしなめるように、実男がゆっくりと言った。しかし、孝はまだ納得のいかない顔をしている。

「オリンピックって、そんなにいいものかな。二度目の東京オリンピックが来年に迫ってるけど、俺、何もワクワクしないぜ。都民が納めた貴重な税金が大量に持ってかれるし、うちみたいな喫茶店にはインバウンド需要も何もないしさ」

「当時と今とでは、まるっきり意味が違うんだよ。終戦から二十年も経たずに、アジアで初めてオリンピックを開催できる喜びは、相当のものだった。東海道新幹線や高速道路ができて、国立競技場や青山通りも拡張されて。これでようやく、日本は『戦後』から次の時代に進める——少なくとも、私はそう思ったね」

だんだんと当時の記憶が蘇ってきたのか、実男の言葉に熱がこもってきた。彼は頬を緩ませ、弾んだ声で話を続けた。

「孝も泰介も、知ってるか？　聖火ランナーのアンカーを務めた坂井《さかい》くんは、原爆が投下された日に広島で生まれた、早稲田大学競走部の学生だったんだ。彼はまさに時の人だったねえ」

「ああ、なんとなく覚えてる気がする」と、孝がぽんと手を打つ。「俺、もう小学生だったから」

「そうそう、あとは、開会式で自衛隊の航空機が空に描いた、五色の輪が綺麗だったこと！　私もその日は店を閉めて、押し合いへし合いしながら競技場の近くまで行ったものだよ。それから——」

日本人金メダル第一号を獲《と》った、重量挙げの三宅《みやけ》選手。

プライドがかかった無差別級でオランダの選手に完敗を喫した、柔道の神永《かみなが》選手。

国民に熱狂の渦を巻き起こしたマラソンで、見事銅メダルを獲得した円谷《つぶらや》選手。

九十歳の老人とは思えないほど、実男の記憶は克明だった。それだけ、アジア初のオリンピックというものが、当時東京に暮らしていた大人たちにとって象徴的な大イベントだったということだろう。

「もちろん、『東洋の魔女』の金メダルもすごかったたね」

実男が何気なく呟いた一言に、泰介はぴくりと眉を持ち上げた。

「バレーボールをやってた泰介なら、このあたりは知っているだろう」

「まあ、はい」

——私は……東洋の魔女。

母の呟きが、耳の中に蘇る。

金沢実男は、あの言葉の真相について、何か知っているだろうか。

泰介はテーブルに身を乗り出し、今日ここに訪ねてきた本題を切り出した。

「最近、認知症になったお袋が、昔のことをよく喋るんですよ。例えば、結婚前に働いてた紡績工場の話とか」

「紡績工場？　ああ、確かにそんなことを聞いた気もするな」

「どこで働いてたか、知ってます？」

「いいや。さっきも言ったけど、万津子さんはなかなか自分の過去を明かそうとしなかったからねえ」

泰介の期待に反し、実男はゆっくりと首を左右に振った。

「紡績工場にいたことを知ったのも、採用を決めたときのことなんだ。念のため純喫茶にこだわる理由を訊いたら、『女工時代に休日を友人と過ごした大事な場所だから』とだけ、答えがあってね。だから会社の名前や場所は分からない」

「お袋が一時期、変な言葉を繰り返していたんですよ。『ニチボー』とか、『私は東洋の魔女』とか」

泰介は、自分の推測を話した。

大阪の日紡貝塚で働きながら、母はバレーボールに打ち込んでいたのではないか。このまま行けば代表チームに入れそうだったのに、何らかの障害に阻まれ実現しなかったのではないか。そうした後悔があったからこそ、長男の泰介にバレーボールを叩き込み、選手として成長させようとしたのではないか。

「ああ、そうかもしれないね」

実男は目を輝かせ、にっこりと微笑んだ。

「毎日のように泰介を公園へと連れ出して、えらく熱心に教えていたからねえ。あの精力的で前向きな万津子さんなら、ひょっとしたら東洋の魔女の一員になれるくらいの実力があったのかもしれない。だとしても、私は驚かないよ」

「泰介が練習させられてる間、俺がよく徹平の面倒を見てやってたな」と、孝も懐かしそうな顔をする。「ご褒美として、たまに万津子さんがキャッチボールの相手をしてくれてさ。あれ、けっこう嬉しかった」

「思えば、万津子さんは本当に偉かったなあ。週六日、うちで朝七時から午後五時まで忙しく働いて、夕方には泰介にバレーボールを教え込んで、家事も手を抜かずにこなして。口数は少ないけれど、器量がいいから常連さんにもよく好かれていたよ。万津子さんがしっかり者だったから、泰介が多少やんちゃをしても、周りはみんな大目に見ていたね」

やんちゃ、という言葉に泰介は目を瞬いた。

「俺、そんなにトラブルばかり起こしてました？」

「それはもう、ね。うちの店にも、しょっちゅう学校の先生が訪ねてきていたよ。今日は泰介くんが学校の備品を壊しました、今日はお友達の髪を引っ張りました、と。通知表も何度か見せてもらったけれど、ひどいものだった」

「うーん、よく覚えてないな」

「でもね、面白いことに、万津子さんは一向に悪びれないんだ」

実男は懐かしそうに目をつむった。まぶたの裏に、その頃の光景を見ているようだった。

「もちろん表向きは『ごめんなさい』と謝るんだよ。だけど、心の中では泰介をいつも信じているようだった。おそらく、自分の子育てに自信があったんだろうね」

「自信?」

「バレーボールだよ。泰介の有り余ったエネルギーを、毎日少しずつ発散させていたわけだ。身体をよく動かせば、夜もぐっすり眠るし、多少は気持ちも落ち着く。万津子さんから直接聞いたわけではないけれど、あれにはそういう計算も入っていたんだと私は思うね」

実男は悪戯っぽい目で泰介を見た。

「そして実際、泰介は誰よりもバレーボールが得意になった。小学生の頃に通い出したクラブチームでも、中学の部活でも、ずっとエースを張っていたものな」

「ま……まあ、はい」

「勉強ができなくても、友達と喧嘩ばかりしていてもいい。この子はバレーボールを通じてひとかどの人間になるんだ。——そんな強い決意を、私はあの頃の万津子さんから感じ取っていたよ」

「でも」

そう言われると、途端に複雑な気分になる。

「結局、俺はお袋の望むように大成することはできなかった。高校の後半からは伸び悩んで、スカウトの目にも留まらなくて。大学を卒業してからは、バレーと関係ない道で生きているわけで」

「十分じゃないか」実男が微笑んだ。「泰介は、バレーボールのおかげで今の奥さんに出会い、一流の会社に入って、萌子ちゃんが生まれたんだろう。ひたすらバレーボールに打ち込んだ子ども時代の経験が、血となり肉となったわけだ」

「まあ、それはそうですけど」

「じゃなきゃ、今頃ただのチンピラだったな。賭けてもいい」

孝が冗談交じりに口を挟む。泰介は思わず苦笑し、過去を語らない母へと思いを馳せた。

万津子は、今の泰介のことを、どう思っているだろう。

大人になってから、母親とは当たり障りのない会話しかしてこなかった。膝を交えて話したいと思ったときには、万津子はもう認知症になっていた。結局、母の本心は分からずじまいだ。

「そんな万津子さんからもう年賀状をもらえないだなんて、寂しいねえ」

実男がぽつりと呟いた。

「これからは、俺が書きます」

泰介が約束すると、実男はほっとしたような表情を浮かべた。

しばらく、思い出話に花を咲かせた。二十四歳で上京してきてから四十年近くこの店で働いていた万津子を、実男は妹のように可愛がり、孝は第二の母のように慕っていたようだった。

少しでも生活費を多く稼ぐため、客の少ない時間にせっせとボールペン組み立ての内職をしていた母。常連さんが持ってきた再婚の話を、子どもがいるからと何度も断っていた母。

彼らの話を聞くにつけ、自分は佐藤万津子という一人の女性のことを、ちっとも知ろうとしていなかったのだと思い知らされた。

そして、もっと早くここを訪ねればよかったと、長らく忘れていた〝故郷〟の存在に気づかされる。

「またコーヒーでも飲みに来いよ」

「おう」

孝の温かい言葉に送り出され、泰介は店を出た。

『純喫茶モカ』を後にしてからも、昔懐かしい神田の土地をなかなか離れる気になれなかった。夕方から開店し始めた飲み屋にぶらりと入り、酒をあおった。家に帰り着いた頃には、すでに十九時を回っていた。

「いったいどこに行ってたのよ」

玄関に出てきた由佳子は、ひどくピリピリしているようだった。猫のチロルがその後ろをついてきたが、帰ってきたのが泰介と見るや、すぐに二階に駆け上がっていった。

「昔住んでた場所を見てきたんだ。神田駅の近くにある喫茶店の二階に住んでたって話したことがあるだろう。そこのマスターと話してた」

「そういう場合じゃないでしょ。お義母さんが入院中なのに。あなたが来るかと思って、夕方まで病院でずっと待ってたのよ」

「ああ、すまん」

「何度もメールしたんだけど」

「あれ、なんでだろう。ちっとも気づかなかったな」

泰介がスマートフォンを入れたコートのポケットを探り始めると、はあ、と由佳子が聞こえよがしにため息をついた。

「あなたって、何か楽しいことを思いつくと、すぐその日にやらないと気が済まないのよね」

「別にいいだろ。思い立ったが吉日って言うじゃないか」

「その間にお義母さんの容態が急変したらどうするつもり？」

「もうだいぶ回復してるんだろ。心配ないさ」

「そんなことないわよ」

由佳子が思い切り眉を寄せ、声を荒らげた。

「今回はあと一週間くらいで退院できそうだけど、次はもう持ちこたえられないと思ったほうがいいって、お医者さんに言われたじゃない」

「そうだっけ」

「あんな大事な話を聞いてなかったのね」

由佳子には毎日のように怒られる。いつものように聞き流して上がり框に足をかけようとすると、「一つ言っとくけど」と由佳子が目の前に立ちはだかった。

「お義母さんはね、あなたの母親なのよ。私のじゃない。分かってる?」

言い放ち、くるりと踵を返す。

「その言い方は何だ」

かっとなって、リビングへと向かう由佳子を追いかけた。その肩をつかもうとして、すんでのところで手を引っ込めた。

萌子が三、四歳の頃、泰介が目の前で由佳子の頰を打ち、萌子が大泣きしたことがあった。「お母さんがかわいそう」という娘の涙声は、今も耳の奥にこびりついている。

一人娘に嫌われたくないから、暴力は振るわない。

だが、口では由佳子に勝てない。

「おい、聞けよ。俺は平日ずっと仕事をしてるんだ。休日くらい好きなことをしたっていいだろう」

「専業主婦は暇だろうって言いたいの? お義母さんがあの状態なのに?」

「そうじゃない」

「そうでしょう」

由佳子は夕飯の支度をあらかた終えていたようだった。味噌汁を温め直し、切ってあった野菜を炒《いた》める間、由佳子は一言も喋らなかった。

やがて、夫婦二人の夕食が始まった。萌子が銀徳高校に入学した去年からは、家族三人で食卓を囲むことがほとんどなくなっている。

あれから、萌子と進路の話は一切していなかった。

大学という言葉を出した瞬間、萌子の顔から笑みが消えたことを思い出す。萌子が高校卒業後に実業団に入りたがっているというのは、どうやら本当のようだった。

萌子は今、高校二年生だ。春には三年生になる。

あと、一年と少し。

バレーボールのチームは全国に点在している。都内ならともかく、スカウトされた先が地方だったら、萌子は確実にこの家を出ていくことになる。

娘が巣立った後、自分たち夫婦を繋ぐ細い糸は、今の強度を保っていられるだろうか。

泰介には自信がなかった。確かめる勇気もない。近年、周りで熟年離婚という言葉を耳にすることも多くなってきた。これだけ毎日泰介に腹を立てている由佳子が、その選択肢を考えていないとは言い切れない。

そのことは分かっていた。だが、どうすれば由佳子の怒りを和らげることができるのか、その方法も思いつかない。

萌子が大学に行ってくれれば、もう四年は猶予ができるのに——。

「お風呂、わいてるわよ」

「ああ」

気がつくと、目の前の皿はすべて空になっていた。泰介は席を立ち、廊下へと向かった。ごちそうさまを言い忘れたことに気づいたが、ぶすっとしている妻に今さら声をかける気にはなれなかった。

足音荒く、脱衣所に踏み込む。洗面台に手をつき、鏡の中の自分を睨んだ。

「全部俺が悪いのか？」

すべてが忌々《いまいま》しく思えた。鏡から飛び出しそうなくらい大柄な身体も、薄くなってきた灰色の髪の毛も。娘に遺伝しなかった地黒の肌も、ぎょろりとした目も。

「俺が病院に行くのを忘れたから？　医者の話を聞き逃していたから？　じゃあどうすればいいってんだ！」

洗面台の縁を、両手で思い切り叩いた。掌がじんと痺れ、身体の温度が上がっていく。

「会社もだよ。パソコンが使えないのがそんなに悪か？　遅刻が何だ。締め切りが何だ。どうしてあんな若い奴らに鼻で笑われなきゃいけないんだ。あのひよっこどもが。前の部署での俺の活躍も知らないくせに」

家でも、仕事でも。

仕事でも、家でも。

「定年までこのままなのか？　萌子もいなくなって、由佳子も――ああもう！」

洗面台の人工大理石に向かって、何度も両手を振り下ろした。

「……お父さん？」

ふと、鏡の中に娘の姿を見つけ、泰介ははっとして洗面台から離れた。振り向くと、少し開いていた脱衣所のドアの隙間から、制服姿の萌子が顔を出していた。

「どうしたの」

「あ、いや。何でもない。……おかえり」

「ただいま」

萌子が微笑んだ。細い目が線のようになる。その表情は由佳子とよく似ていた。ただ、ここ数年、妻の笑顔はほとんど見ていない。

「毎日遅くまで大変だな。今日も朝から練習だったんだろ」

「うん。春高バレーまであと一か月切ったしね。でも楽しいよ」

楽しい、という言葉が耳の中で反響した。

分かるよ。俺もバレーボールが好きだったんだ。

その言葉は、高校バレー界で今最も注目を集める女子選手の一人である娘を前に、一瞬にしてしぼんでいく。

「今日も疲れただろ。そんなに練習して、身体を壊さないか不安だよ」

「大丈夫だよ。私、けっこう体力あるの。休憩時間にもいつもくるくる動き回ってるから、みんなにも驚かれるくらい」

「きちんと休まないと、大事なときに集中力が切れて怪我するぞ。これは俺の経験談だからな」

「ふふ、言われると思った」

「そうだ、風呂入るか?」

「お父さん、今からでしょ? 私、先にご飯食べるから。お腹空いちゃった」

「ああ、そうか。身体、動かしっぱなしだものな」

洗面台に八つ当たりしていた現場を目撃されてしまった手前、どうしても態度がぎこちなくなる。

年頃の娘は、泰介のことをどう思っているだろう。わがままで、短気で、万津子が大変なときも頼りにならない父親だと、軽蔑されてやしないだろうか。

そう考えると、急に心臓が痛くなった。「ごめんな」と俯いたが、そのときにはすでに萌子の足音は遠ざかっていた。リビングのドアを開ける音と、「ただいま！　チロルは二階？」と尋ねる声が聞こえてくる。

また鏡へと向かい、しわの多くなってきた自分の顔を見つめた。

小さく吐いた息が、銀色の表面を曇らせた。

一九六四年　四月

竈から立ち上る煙が、朝の土間に薄靄をかける。

まだ暗いうちに起床し、母と兄嫁と三人で食事の支度をする時間が、万津子は嫌いではなかった。パチパチと薪《まき》が爆《は》ぜ、羽釜《はがま》の蓋の隙間から白い蒸気が噴き出す音を除けば、家中が静寂に包まれている。

女三人の間に、会話はほとんどなかった。この家を牛耳る農家の主婦と、他所から嫁いできた女と、嫁いだ先で夫を亡くして戻ってきた娘。もう半年が経とうとしているのに、一緒に暮らすことの奇妙さは、未だに朝の台所に漂っている。

家の奥で、父と二人の兄が起き出す気配がした。一日の始まりを否応《いやおう》なく感じさせる音だ。

胸の奥が、ずしりと重くなる。

「万津子、そろそろ泰介ば起こさんね」

味噌汁をよそい始めた母が、こちらに背を向けたまま言った。兄嫁の諒子は、その隣で炊きあがったご飯をかき混ぜている。万津子が石油コンロで作った新ジャガイモの煮っ転がしは、すでに器によそってあった。

「どうせ、今日も朝から機嫌が悪かろけん。早《は》よ、早よ」

蠅《はえ》でも追い払うように手を振る母に「はい」と答え、万津子はその場を離れた。

このところ、母は迷惑そうな表情を隠さない。同じ幼子の母として当初は心配してくれていた諒子も、とうとう嫌気が差したのか、最近は何も言わなくなった。

サンダルを脱ぎ、広い板の間へと上がる。その片隅に敷いてある布団には、泰介と徹平が並んで寝ていた。

土間に続くこの部屋は冷えるため、冬の間は両親や兄と一緒に奥の座敷で寝かせてもらっていた。だが、春になるとすぐに追い出されてしまった。泰介がしばしば夜中に起き出して騒ぐからだ。

「泰介、朝よ」

寝ている泰介の身体をそっと叩く。そろそろ三歳になる息子は、母の焦りに気づかず、すやすやと寝息を立てている。

「早よ起きらんね。もう朝ご飯ばい」

土間からの視線を感じ、今度は大きく揺り動かした。泰介は目をつむったまま、うーんと声を上げる。それから半分ほどまぶたを持ち上げ、口をへの字にした。

脇に手を入れて起こそうとすると、途端に強い力で身をよじり、布団の上にごろりと転がる。

「こげんかとこであんたが寝とったら、誰でん朝ご飯ば食べられんたい」

泰介にというよりは、土間で聞き耳を立てている母と諒子に聞かせたい台詞だった。万津子が母親としての務めを果たそうとしていることを、少しでも分かってもらいたい。

暴れる息子の身体を持ち上げ、その場に立たせた。それでもまた目を閉じて寝転がろうとする息子と攻防を繰り広げ、ようやく布団から引き剥がす。

「いや！」

眠そうな顔をしている泰介が甲高い声で叫び、足を踏み鳴らした。

それから突然、隣で寝ている徹平の頭を蹴った。

「こら！　何ばしよっとね！」

泰介に向かって怒鳴る。手を振り上げると、泰介は目を丸くしてぺたんと床に尻をつけた。そして、蹴られて目を覚ました一歳の弟と同時に、火がついたように泣き出した。

叩くのも躾《しつけ》の内だと母は言うが、こうなると万津子は何もできない。

幼い泰介の中には、半年前に死んだ夫の亡霊が未だに棲《す》みついているようだった。万津子が暴力を振るおうとすると、満の亡霊が姿を現し、泰介をひどく怯えさせるのだ。

二人の息子が泣き声の大合唱をしている中、茶碗をお盆に載せた母が板の間に上がってきた。大きなため息が、万津子の胸に突き刺さる。

「朝からやかましゅうてかなわんたい。早よ黙らせんね」

「……ごめんなさい」

「ほんなこつこん子は。隣近所までよう聞こえとるやろね」

それくらい、泰介の泣き声は爆発的だった。居間にやってきた実兄ちゃんが、ちらりとこちらに目を向け、無言で食卓につく。

昔から病弱だった実兄ちゃんは、冬の間に肺炎にかかり、最近も頻繁に布団に臥せっていた。体調がずっとよくならず、常に余裕がないせいか、泰介が泣くたびに冷たい視線を寄越《よこ》してくる。一つ年上の兄とはもともと仲がよかっただけに、その態度の変化は万津子を苦しめた。

「なんで徹平まで泣いとっとね」

「泰介が怒って、徹平の頭ば蹴ったったい」

「頭ば、蹴った?」

土間に戻ろうとしていた母が足を止める。

「信じられん。こん子は、今に弟ば殺さんとも限らんよ」

「ちょっと、物騒なこつ言わんで」

「どげんか育て方ばしたら、小さか弟の頭ば蹴るごた子になるやろか」

「お母さん」

「悟も実も、香代子も千恵子も万津子も小夜子も、そげんかこつはせんやったばい」

母と入れ違いに、諒子が味噌汁の椀を運んできた。いつの間にか、背中に薫をおぶっている。諒子にも見て見ぬふりをされ、息子二人を泣き止ませようとする万津子の焦りは余計に増した。

泰介がようやく落ち着いたのは、家族全員がちゃぶ台の周りを囲んだ頃だった。配膳を手伝えなかった負い目を感じながら、万津子は急いで息子たちとともに食卓に加わる。

「ねえ、テレビ!」

さっきまで泣き叫んでいたのを忘れたかのように、泰介が無邪気に声を上げた。一番近いところにいる悟兄ちゃんが布製のカバーを外してテレビの電源を入れると、朝のニュースが映った。泰介がきゃっきゃと笑い、他の家族が白けた顔でその様子を眺める中、宮崎家の朝食が始まる。

すでに世の中に広まっている電気冷蔵庫や洗濯機を「贅沢品やけん」と敬遠し、「電気釜で炊く飯は不味《まず》かろけん」と昔ながらの竈と羽釜を使い続けているこの家に、唯一導入されている最新家電がテレビだった。

せっかくなら大晦日《おおみそか》の紅白歌合戦に間に合わせようと、年末に滑り込みで買ったのだ。十六型の白黒テレビは、長い四本脚を板張りの床へと伸ばし、広い居間の端に鎮座している。

万津子は徹平を膝の上に乗せ、味噌汁かけご飯を食べさせ始めた。たっぷり水分を含んだ米を徹平が咀嚼《そしゃく》する間に、泰介に無理やり匙《さじ》を持たせ、早く食事をするよう促す。

泰介がテレビに気を取られていつまでも食べ始めようとしないのは、毎日のことだった。かといって、テレビをつけないと烈火のごとく怒り出すのだから、ほとほと困ってしまう。

『東京と大阪を結ぶ東海道新幹線は、十月初旬頃までに開通する予定で――』

忙しく手を動かし続ける万津子の耳に、男性アナウンサーの声が飛び込んできた。

おお、と悟兄ちゃんがテレビに注目する。

「大阪から東京まで四時間か。えらかこつやねえ。いつか福岡まで延びてこんやろか。そしたら、東京までたった八時間やそこらで行けるとばい」

父が「そうやねえ」と共感した。すると母がすぐさま、「無理よ、無理。遠か先の話たい」と切り捨てる。

「新幹線が秋までにできるとは、外人さんがたくさん来る東京オリンピックに間に合わせるためやろ。オリンピックが終わってしまえば、工事をする理由もなくなるたい」

「そうかなあ」

「そういうもんたい」

「そんなら、いつか九州にもオリンピックが来んやろか」

「何バカんごたこつ言いよっとね」母はぶっきらぼうに言い放ち、味噌汁をずずずと啜った。「そういえば、市会議員の小林《こばやし》さん家《ち》が、とうとうカラーテレビば買いなはったげな。これもオリンピックのためやろねえ」

「カラーテレビ？　ほんなこつ？」

徹平の唇についたご飯粒を口の中へと押し込んでいた万津子は、思わず顔を上げた。

色つきの映像が見られるテレビ。

庶民の年収を上回る金額だった発売当初よりは落ち着いてきたものの、今でも白黒テレビの三倍の値段がするという超高級品だ。

「昨日、小林さんの奥さんと道で会うたとよ。そんときに、『今度見に来んですか』て言われたばい」

「それはすごか」悟兄ちゃんが目を輝かせる。「田植えの時季が過ぎたら、お邪魔させてもらおうごたる。なあ、諒子」

「ええ。楽しみやねえ」

「どうせ見に行くなら、オリンピックのときがよかね」

万津子もつられて声を弾ませる。その途端、「あんたはでけん」と母が厳しい目を向けてきた。

「泰介がカラーテレビに傷ばつけたらどげんすっとね。うちには弁償する金はなかよ」

「ばってん、しっかり抱っこしとけば――」

「でけん。あんたは留守番」

母は呆れたように食卓へと目を落とし、「もう少し自分の立場ば考えんね」と文句を言った。

「泰介は何ばするか分からんけんね。一歳の弟ば田んぼに突き落とそうとしたり、三歳にもなって皿ばひっくり返して食べ物ば粗末にしたり……そげんか子ば、カラーテレビがある家に連れていけるわけなかやろ」

「ばってん」

「諦めが悪かねえ。どれもこれも、あんたの責任やろ」

万津子は気落ちして黙り込む。母の言うことはもっともだった。

泰介がこうなってしまったのは、きっとどこかで万津子が子育ての仕方を間違えたからだ。

ただ、どこをどう直せばよかったのかは、さっぱり分からない。

明治生まれの母でさえ、長男の悟兄ちゃんを産んだのは二十五のときだ。十九で結婚し、二十歳で泰介を産んだ万津子は、もしかすると、母親になるのが早すぎたのかもしれない。

悪夢の炭塵爆発事故から五か月が経ち、万津子は来月でようやく二十四になろうとしていた。今の時代、二十四というと、まだ半数ほどは嫁入り前の年齢だ。だからこそ、夫を亡くして実家に帰っても、当たり前のようにやり直せると思っていた。

しかし、久しぶりに戻ってきた実家は、決して居心地のいい空間ではなかった。

隙間風の吹き込む四軒長屋よりはいい。

毎日暴力を振るわれるよりはいい。

ＣＯガス中毒で廃人となった夫の介護をするよりはずっといい。

でも——。

頭の中の声を振り払い、万津子は徹平の食事と泰介への声かけを続行した。

「泰介、いい加減にせんね。ご飯ば食べんと、次からテレビは見られんよ」

「ねえママ、ほっこりほうたんじーま、は？」

ちっともこちらの言うことを聞いている様子がない。今月からＮＨＫで放送が始まった人形劇の主題歌を口ずさむ泰介のそばで、万津子はそっとため息をついた。

「朝はやっとらんよ。夕方まで待っとって」

「じゃあアトムは？」

「今日はなか」

「ロンパールームは？」

「それは昼たい」

「なんで？」

「なんでもよ」

「なんで！　今見たか！」

泰介が勢いよく手を伸ばし、目の前に置かれた味噌汁の椀を撥ね除けた。こぼれた汁がちゃぶ台の上を滑り、隣に座っていた実兄ちゃんのズボンにかかる。

「ああ、実兄ちゃん！　ごめんなさい」

「あーあ……」

実兄ちゃんは露骨に顔を曇らせ、濡れたズボンを指先でつまんでいる。頰が赤くなるのを感じながら、万津子は泰介の背中を勢いよく叩いた。

「ほら泰介、謝らんね」

「いや！」

「お椀ば投げたらでけんて、何度も言うたやろ！」

「テレビが、つまらん！」

泰介が金切り声を上げて立ち上がった。足を踏み鳴らし、ちゃぶ台を離れて板の間を走り始める。しまいには畳んであった布団に頭から飛び込んで、ぐちゃぐちゃに広げてしまった。万津子は慌てて徹平を床に下ろし、立ち上がって泰介を捕まえようとする。

「……手に負えんな」

泰介を追いかけ回している途中、背後で父がぽつりと呟いたのが聞こえた。母の心ない言葉の数々以上に、寡黙な父の一言は万津子の肩身を狭くする。

母親として、できる限りの努力はしているつもりだった。だが、叱っても癇癪を起こすだけで、教え込んでも忘れてしまうなら、いったいどうやって躾ければいいのだろう。

逃げ出そうとする泰介を全力で押さえ込み、また泣かれる。

鼓膜を震わすような叫び声を間近で聞きながら、早よ静まれ、嵐《あらし》よ去れと、万津子は必死で祈る。


家の外にある水道を捻り、洗濯物を入れたたらいに水を張る。

手を浸すと、水はまだ冷たかった。四月も半分以上が過ぎたとはいえ、このひやりとした感触が心地よく感じられるようになるまでには、もう数週間かかりそうだ。

万津子が家族九人分の衣服を次々と洗濯板にこすりつけていく横で、泰介は落ち着きなくあたりを駆け回っていた。虫を見つけては歓声を上げ、雑草をちぎっては一人で笑っている。

そんな二歳十か月の兄とは対照的に、一歳になったばかりの徹平は、家の外壁に小さな手を這わせ、黙々とつかまり立ちの練習をしていた。同じ親を持つ兄弟なのに、こうも正反対の気質を持って生まれてくるものかと、万津子は思わず苦笑する。

「ママ、ダンゴ虫！」

「丸まっとるねえ」

「ママ、アリいっぱい！」

「あんまり踏んづけたらでけんよ」

泰介が話しかけ、万津子が答える。こうやって家事をしている間も、気を抜くことはできなかった。

実兄ちゃんのズボンについた味噌汁の染みを取ろうと躍起になっていると、ふと、泰介の笑い声が遠くから聞こえることに気づく。虫を追いかけて、すぐに田んぼの畦道のほうまで行ってしまうのだ。万津子は慌ててズボンと洗濯板を投げ出し、泰介を連れ戻しに走る。

そういうことが、洗濯をしている間だけで、何度も起こる。母親の目の届く範囲で遊ぶという概念が、泰介にはたぶんないのだ。泰介が脱走するたびに、万津子の仕事は中断され、次の家事が後ろ倒しになる。

ようやくすべての衣服を絞り終え、急いで物干し竿に洗濯物を吊るしていると、「万津子さん」という遠慮がちな声が聞こえた。

「泰介くん、あっちまで行ってしもうたですよ」

父の肌着の横から顔を出す。戸口のそばに、野良着姿の諒子が困った顔をして立っていた。

諒子が指差す先には、道の真ん中に寝そべっている泰介がいた。隣の田んぼで農作業をしている吉田さん夫婦が、きょろきょろと親の姿を探している。

どうやら諒子は、薫に乳を与えに戻ってきたようだった。諒子が薫をおぶったまま肥料まきや田起こしに参加しているのに、同じ幼子の母親である自分が一向に役に立てないことを申し訳なく思いながら、万津子は泰介のもとへと駆ける。

吉田さん夫婦にぎこちなく会釈をし、泰介を立たせて服についた土を払った。手を引いて連れ帰ろうとしていると、今度は用具を置きに戻ってきた母と鉢合わせした。

汚れた服を着た泰介と、まだ半分ほどしか洗濯物がかかっていない物干し竿を見比べ、母が眉間にしわを寄せる。

「まだ干し終わっとらんとね。そろそろ昼ご飯の用意ばせんと、間に合わんやろ」

「あと少しやけん、急ぎます」

「万津子はもうちょっと働き者かと思うとったばってんなあ。子をおぶって田んぼの手伝いもできん、家事もテキパキできんとなると、タダで三人食わせてやっとるごたるもんばい。もうすぐ田植えばってん、大した助けにもならんし」

言い返したくなるのをこらえ、万津子は下唇を嚙んだ。

それはお母さんが泰介の面倒を見てくれないからだ——と愚痴を吐いたら最後、母から猛反発を食らうことは分かり切っている。「あんたはたったの二人やろ。私は六人も育てたとばい」という言葉に、万津子は反論する術《すべ》を持たない。

万津子だって、できることなら他の家族と一緒に働きたかった。

田起こしも代掻《しろか》きも田植えも、物心ついた頃から兄や姉に交じって手伝ってきたのだ。少なくとも、実家が海苔《のり》の製造販売業者だという諒子よりは、稲作に詳しいはずだった。

他の農家は、働き盛りの若者を田に行かせ、体力の落ちた祖母が孫の世話をすることも多い。「泰介のこつはよう分からんけん、あんたは子どもと家のことだけせんね」と万津子を家に閉じ込めたのは、他でもない、母だ。

諒子が頑なに薫を家に置いていこうとしないのも癪だった。泰介のそばに生後半年の乳児を寝かせておくのは危険だと感じ、その考えに悟兄ちゃんも賛成しているのだろう。

姪の世話さえ、万津子は任せてもらえない。

泰介がタンポポの綿毛を吹いて遊んでいる間に、やっと洗濯物をすべて干し終えた。ぐずり始めた徹平を抱えてしばらくあやしてから、泰介の興味が移り変わるタイミングを窺い、「おうちに入ろうね」とすかさず声をかける。

農作業に出ている五人が帰ってくるまでには時間がなかった。昼食はうどんにするつもりだった。石油コンロにマッチで火をつけ、鍋に湯を沸かし始める。

十一時二十分になると、万津子は泰介と徹平をテレビの前に座らせ、テレビ西日本《にしにっぽん》にチャンネルを合わせた。昨秋から放送が開始された子ども向け番組『ロンパールーム』には、本当に頭が下がる。月曜から土曜まで毎日放映しているから、昼食の支度は比較的楽に進めることができるのだった。

とはいえ、番組が終わると、泰介は再び活発に動き回り始める。徹平の手を引いたまま土間へと飛び降りようとしていた泰介をすんでのところで捕まえ、こんこんと説教をしていたところに、田んぼに出ていた家族が帰ってきた。

「まぁた泰介が危なかこつばしよったか」

悟兄ちゃんが眉を寄せ、そばにちょこんと座っている徹平の頭を撫でた。

「徹平もかわいそうやなあ。先週はたらいに張った水に沈められかけて、昨日は泰介と一緒に木登りをさせられそうになって。今度は何ね？」

「手を繋いで土間に飛び降りようとしたったい」

「でけんでけん。このままだと、徹平はいつか頭ば打って死んでしまうばい」

お前はお兄ちゃんと違っていい子なのになあ、と悟兄ちゃんが徹平の顔を覗き込んだ。

その言葉に違和感を覚える。

徹平はいい子、泰介は悪い子。

まだ三歳にもならない息子の良し悪《あ》しを、どうして決めつけられなくてはならないのだろうか。

――信じられん。こん子は、今に弟ば殺さんとも限らんよ。

今朝、母が放った言葉を思い出す。言い方の違いこそあれ、結局のところ悟兄ちゃんも、母とまったく同じ考えの持ち主のようだった。

昼食を終え、農作業に戻る家族を送り出してから、徹平に乳を含ませた。乳首を咥えたまま眠ってしまった徹平を布団に寝かせ、積み木で遊び始めた泰介が弟にちょっかいを出さないよう注意を払いながら、台所で洗い物を片付ける。

一日の中で万津子の気持ちが最も安らぐのは、近所の小学生が帰宅し始める十四時過ぎから、『ひょっこりひょうたん島』が始まる十八時前までだった。

おーい、何して遊ぶ、と賑やかな声が聞こえ始めると、万津子は泰介を連れて外へ出る。「いってらっしゃい」と送り出すと、泰介は目を輝かせ、お兄さんお姉さんのもとへと一目散に駆けていく。息子が無事仲間に迎え入れられたのを確認してから、万津子は家の中へと戻り、残りの家事に取りかかる。

一帯の農家の子どもたちが毎日一緒になって外遊びをするのは、万津子が子どもの頃からの習慣だった。小学校三、四年くらいの子どもたちが十数人を率いて、鬼ごっこをしたり、ボール投げをしたりと、夕方まで集団で遊ぶのだ。自分たちもそうやって年上の子に世話をされてきたからか、彼らは泰介のような小さい子の面倒もよく見てくれた。

その間にやることは、山ほどあった。風呂を洗い、家中を掃き清める。行商が来る頃を見計らって、魚や薬を買いに出る。家の横にある自家用の畑から、夕飯に使う野菜を収穫する。昼寝から目覚めた徹平を背中に括りつけ、乾いた洗濯物を取り込んで畳む。

そして、夕飯の支度を始めるまでの間、泰介が転んで破いたズボンや父の擦り切れた野良着につぎを当てた。それが終わると、今度は薫の新しい洋服を縫う。

「おばしゃん、ちょっと来て！」

光恵《みつえ》がたいそうな剣幕で土間に駆けこんできたのは、万津子がちょうど夕飯の準備を始めた頃だった。

隣の吉田さん家の末っ子で、小学四年生になったばかりの光恵は、日に焼けた顔をしかめ、万津子の腕を強く引っ張った。

「どげんしたつね」

「泰ちゃんが良隆《よしたか》と喧嘩したったい」

「喧嘩ねえ」

泰介が他の子とぶつかるのは日常茶飯事だ。万津子はもはや、その程度のことでは驚かない。

「で、泰ちゃんが良隆ばぶって、怪我したつばい」

「怪我？」

「石で叩いたとよ。頭から血ぃ流しとる」

それは大変だ、と蒼白になる。万津子は半分にした玉ねぎをまな板の上に投げ出し、光恵についていて外へと駆けだした。

子どもたちは、五分ほど歩いたところにある橋本さん家の前にたむろしていた。何人かの小学生が憤然と泰介を取り囲み、もう何人かは縁側に腰かけている一年生の橋本良隆を慰めている。そばでは、良隆の母をはじめ、近所の主婦が三人ほど集まって立ち話をしていた。

「もう五回目ばい。良隆が泰ちゃんに怪我させられたとは」

「怒ると歯止めが利かんごとなるげなねえ」

「やってよかこつと悪かこつの区別がついとらんとやろか」

「泰ちゃんのお母さん、まだ若かけんなあ」

「そうよ。父親もおらんし」

　声が聞こえ、ドキリとして足を止める。今は入っていかないほうがいいかと逡巡《しゅんじゅん》したが、光恵が「泰ちゃんのお母さん連れてきた！」と叫んでしまった。顔なじみの主婦たちがこちらを見やり、気まずそうに口元を歪める。

　万津子は橋本さんへと近づき、深く頭を下げた。

「光恵ちゃんから聞きました。また泰介が良隆くんに悪さをして……ほんなこつ、すみません」

「いいえ。子ども同士のことやけん、しょんなかしょんなか」

　そう言う橋本さんの目は笑っていなかった。

「良隆くん、大丈夫ですか」

「大したこつなかよ。おでこが少し切れただけ。もう血は止まっとるし」

「そうですか……すみません」

「母親がしっかり叱らんと、いつまでも直らんよ。万津子さんは優しかけん、心配たい」

　あんたが甘いからいけないのだ、と言いたいのだろう。

　確かに万津子は、家の外で泰介を怒鳴らないようにしている。そのあと泰介が泣き叫んで感情を爆発させるほうが、よっぽど近所に迷惑をかけてしまうからだ。

　ただ、息子を叱ることができずに悩んでいるのだとここで口に出そうものなら、いっそう軽蔑の目を向けられるに違いない。

万津子が肩を落としていると、縁側に座っていた良隆がぴょんと下りてきて、万津子の前に立った。額に赤チンが塗られていて、怪我の程度以上に見た目が痛々しい。

「泰ちゃんはひどか。今日も、泰ちゃんが見つけたカマキリば捕まえただけで、近くの石でぶたれたつばい」

「ごめんねえ」

「俺、独り占めしようとなんかしとらんとに。泰ちゃんのために、カマキリば捕まえてやったとに」

「ああ、そうやったとね」

良隆が心優しい男の子だということはよく知っていた。こうやって幾度も被害に遭うのは、良隆が率先して泰介の遊び相手になろうとしてくれるからだ。

万津子は良隆の不満に耳を傾け、泰介の代わりに何度も謝った。

この良隆にまで見放されては、いよいよ泰介が近所で孤立してしまうような気がした。

「あ！　あと十分で『ひょっこりひょうたん島』たい！」

どこからか声が上がり、集まっていた子どもたちが一斉に帰路につき始めた。「おばしゃん、またね」とにこやかに手を振る子どもたちの姿に、万津子はほっと息をつく。

むすっとしている泰介の手を取り、背中で泣き始めた徹平を揺すってあやしながら、橋本さん家を後にした。

夕焼けの赤い光が万津子を焦らせた。まな板の上に残してきた玉ねぎを思うと、自然と速足になる。駆けっこが始まったと勘違いした泰介が、陽気なはしゃぎ声を上げながら万津子の隣を走った。

ほっこりほうたんじーま、という拙い歌声が、茜色《あかねいろ》の空に響いた。

昔から、母の頼もしく、豪快なところが好きだった。

友達の親よりも、ずっと口うるさい性格ではあった。それでも、言っていることは常に筋が通っていたし、厳しい言葉の裏には子どもへの愛が見え隠れしていた。

幼い頃から生活の知恵を叩きこまれたおかげで、集団就職後や嫁入り後も、ほとんど苦労せずに済んだ。自分に不器用な愛を注いでくれた母のことを、万津子はずっと尊敬していた。

それが、今はどうだろう。

老いた母の言葉には、冷たい感情が混じっていた。ひどく異質なものが自分の生活に入り込んできたことへの嫌悪感が、母の一挙一動ににじみ出ている。

「お父ちゃんも悟も諒子さんも、みんな一日中働いて、足が棒のごとなって帰ってくるとよ。そんときに晩ご飯ができとらんかったら、どげんか気持ちになるか考えてみんね」

「次から気をつけます」

「居候《いそうろう》させてやっとるとやけん、せめて家事くらいしっかりやってくれんと」

「はい」

泰介と徹平を寝かしつけた板の間で、女性三人は裁縫をしていた。男性陣は、すでに奥の座敷へと引っ込んでいる。

夕飯の支度が遅れたことについて、母は小一時間愚痴を吐き続けていた。夕飯中に泰介がまた味噌汁の椀をわざとひっくり返したことも、母の怒りを余計に煽《あお》ってしまったようだった。諒子は我関せずとばかりに黙って縫い針を動かし、万津子はひたすら身を縮めて母の説教を聞いていた。

「それにしても、泰介はほんなこつ何もできん子やね。友達と仲良う遊ぶことも、一人で静かに待つことも、何一つできん。ぼんくらばい」

「そげんかこつ言わんでよ」

「こげん人様に迷惑ばかりかける子は、初めて見た。宮崎家にも、私の実家にも、一人もおらんやった」

「ちょっと、やめて――」

「佐藤家の血ぃやな」

母が鼻の頭にしわを寄せ、憎々しげに吐き捨てた。

「あんたに乱暴ばっかり働いとった、満さんの遺伝たい」

悪意のこもったその言葉に、万津子は思わず目を丸くする。

「お母さん！」

「何もできんとこも、どうせ父親に似たとよ。あげんか寒々しか長屋にいつまでも住んどったちゅうこつは、三井鉱山の職員ん中でも下っ端中の下っ端やろけんね」

兄嫁の前で話すことではない。死んだ人間のことを悪く言うのもやめてほしかった。

何より――あんな男でも、泰介と徹平にとっては父親なのだ。

「お母さんの言ってることはおかしかね。私の育て方がなっとらんて言うたと思えば、今度は満さんのせいにして」

「どっちも悪かよ。血ぃも、育て方も」

「そんなら、私はどげんすればよかと？」

「泰介の曲がった性根《しょうね》ば叩き直すほかなかやろ。その方法ば考えるとは、母親のあんたの役目ばい」

もうこの話は終わり、とばかりに母は座布団から立ち上がった。諒子も手元の裁縫道具を片付け、「おやすみなさい」と奥の座敷に消えていく。

薄暗い板の間に、万津子は一人取り残された。

風の強い夜だった。入り口の戸が不穏な音を立て、ひゅうひゅうという音が絶えず鼓膜を刺激する。

座布団に座ったまま、万津子は必死に考えを巡らした。

どうして――泰介は、皆に嫌われてしまうのだろう。

極端にやんちゃで、聞き分けがなく、叱るとすぐにへそを曲げ、すぐ家族や友達に八つ当たりするのはなぜだろう。

父親の満に似たからだろうか。

それとも、母親の自分が不甲斐ないからだろうか。

どうすれば、泰介は他の子と同じように育ってくれるのだろうか。

答えは浮かばない。痛みを覚えて手元を見ると、右手を握りしめた拍子に針が皮膚に突き刺さっていた。縫い針を針山へと戻し、ぷつりと血の浮き出た掌をさする。

黒く煤けた高い天井を見上げ、小さく息を吐いた。

新港町社宅に住んでいた頃は、ここに戻ってきたいと願っていた。夫から離れ、毎日田舎の新鮮な空気を吸い、昔のように両親や兄たちと暮らせたらどんなに幸せだろうと夢想した。

広く自由な場所だと思っていた故郷が、あの四軒長屋と同じ窮屈な空間へと姿を変えていく。

うーん、と泰介が小さく声を上げた。

万津子は我に返り、部屋の隅で寝ている息子の様子を窺った。悪夢にうなされているのかと、床を這って布団に近づく。

泰介は目をつむったまま、口元に笑みをたたえていた。何かを握ろうとしているかのように、指先がひくりひくりと動く。その隙間に万津子がそっと自分の人差し指を差し込むと、泰介は安心したように頬を緩め、また穏やかな寝息を立て始めた。

「可愛かねえ」

何の罪もない表情だった。

いくら人様が陰口を叩こうと、いくら母が皮肉を言おうと、この天使のような寝顔を壊すことはできない。

そのぷっくりとした頬を、指先でつついてみる。肌の弾力が人差し指の腹に返ってきて、万津子は泰介という息子の生を実感する。

泰介の寝顔を見ていると、毎日の自分の悩みが馬鹿らしく感じられてくるのだった。

思えば、当たり前のことだ。

生まれたときから性根が曲がっている子どもなんて、いるはずがない。

この子は、何も悪くない。

「私は、あんたの味方やけんね」

幼い寝顔に向かって、そっと言葉を落とす。

この世界に、泰介の味方が誰一人としていなくなることはないのだ。母だけは、いつまでも息子を愛し続けるのだから。

どっちの親の性質を受け継ごうが、周りに迷惑をかけて母を謝罪に駆け回らせようが、泰介も徹平も、万津子にとってかけがえのない存在に変わりない。

無償の愛を注ぐ――。

「それが、母親の役目やろ」

息子たちを起こさないように立ち上がり、明かりを消した。暗闇に包まれた家の中で、万津子は一人、ひんやりとした布団に潜り込む。

二〇一九年　十二月

由佳子からのメールに気づいたのは、定時過ぎのオフィスで悠々と缶コーヒーを飲みながら、若き課長の口うるさい説教を聞き流しているときだった。

「あ、忘れてた」

慌てふためいて立ち上がってから、北見賢吾の冷ややかな視線に気づく。

「忘れてたって、何をですか。まさか、締め切りを破った仕事が他にもあるんですか」

「いや、今日はさ。今から病院に行かなきゃいけないんだ」

「はあ？　僕の話、聞いてました？」

「アンケート集計をやり直せばいいんだろ。明日、急いでやるよ」

椅子の脇に置いていた鞄をひっつかみ、席を離れる。「財布、持っていかなくていいんですか」という呆れた声に引き戻され、さらにフロアを出ようとしたところでセキュリティカード一体型の社員証を机に置いてきたことに気づき、三度目の正直でようやく会社を出た。

由佳子からのメールは、退勤後の予定についてだった。『萌子、六時半には病院に着くって』という文面を見て初めて、今日は萌子と一緒に万津子の見舞いに行く約束になっていたことを思い出したのだ。

春高バレーを三週間後に控えた萌子が、自主トレーニングを早く切り上げてまで万津子を見舞うのは意外だった。萌子はおばあちゃんっ子だからね、と由佳子は言う。

萌子は、おばあちゃんっ子だからね。

その何気ない言葉を聞いたとき、泰介は、今までに感じたことのない不安を覚えた。

ふと、考えてしまったのだ。もし入院したのが自分だったら、萌子はこれほど献身的に父を見舞ってくれるだろうか——と。

萌子の幼い頃から、万津子はよく孫娘の相手をしてくれた。たまに会うたびに、近くの公園まで手を引いて連れていったり、料理や裁縫を手取り足取り教えたりと、心優しく面倒見のいい祖母としての役割を果たしていた。

その点、自分はどうだろうか。

子どもの世話をするのが面倒で、小さい頃に遊んでやった記憶もない。萌子が満足に物を食べ、学校に通い、バレーボールに打ち込むための金を稼いでいるのは自分だが、ただそれだけだ。

由佳子のように、萌子がバレーボール選手として大成できるよう、献身的なサポートをしているわけでもない。試合の応援も、気が向いたときしか行かない。高校卒業後の進路に関する意見も食い違っている。しかもこの間は、洗面所で愚痴を叫んでいる情けない姿を目撃されてしまった。

職場でも家庭でも、ぱっとしない、曖昧な立ち位置に甘んじ、その惨めな状況を未だに抜け出せていない父親。

そんな自分を、萌子はどう思っているだろう。

分からないからこそ、今日の約束をすっぽかすわけにはいかないのだ、と泰介は思う。

大事な一人娘には、好かれていたい。

もし好かれていなかったとしても、これ以上嫌われたくはない。

すでに六時十五分を回っていたため、タクシーを使った。病院のロータリーで降り、正面玄関に向かって歩き出そうとしたところで、横から声をかけられた。

「あ、お父さん」

大きなエナメルバッグを肩にかけた萌子が、軽い足取りで駆け寄ってくる。制服の上に厚手の黒いコートを羽織っていたが、スカートの下に覗く剥《む》き出しの膝が寒々しかった。

「会社から、タクシーで来たの？」

「ああ。そのほうがずっと早いからな。料金は倍以上だけど」

「お母さんが嫌な顔をしそう」

「告げ口するなよ」

「あはは、しないよ」

会話をしながら、面会受付へと向かう。由佳子は昼間に見舞いに来たというから、今日は珍しく、萌子と二人きりだ。

そんな久しぶりの状況を意識しすぎたせいか、受付票に記入する部屋番号を三度も書き間違えた。訂正の二重線だらけの用紙を提出したとき、受付の女性は怪訝そうな目をしていた。

面会カードを首から下げて、入院病棟の五階へと向かった。身長一九〇センチと一七四センチの父娘は目立つらしく、エレベーターや廊下でたびたび視線を感じた。

私たちって巨人家族だよね――と、以前由佳子と萌子が食卓で笑い合っていたことを思い出す。

軽くノックをして、病室に入る。カーテンの隙間から萌子が顔を覗かせ、「おばあちゃん！」と明るく呼びかけると、ぼんやりと宙を眺めていた万津子がこちらを向いた。しわだらけのその顔に、途端に満面の笑みが浮かぶ。

「あら、よく来てくれたねえ。忙しいのに、ありがとうねえ」

幸い、今日は心身ともに調子がいいようだった。由佳子の話では、そろそろ退院できる見込みらしい。ただし、一回のインフルエンザや風邪も命とりになるため、気が抜けない状況だ。

「週明けには退院できそうって、由佳子から聞いたぞ」

「そうかい、そうかい」

「だから、年末年始は家で一緒に過ごせるな」

「えっ、そうなの！　よかった！」

萌子が目を糸のように細くして笑い、万津子の細い右腕を撫でた。「よかったね、おばあちゃん」という弾んだ声に、万津子が一瞬遅れて「そうねえ」と返す。

「じゃあ、春高バレーも家のテレビで見られるかな？　調布《ちようふ》の会場まで来るのは、たぶん無理だと思うけど」

「うん、うん」

「でも、病院よりは楽しめるよね。テレビの音量を上げられるし、画面も大きいもんね」

「そうだねえ」

万津子が萌子の言葉をすべて理解しているかどうかは、よく分からなかった。

いずれにせよ、萌子がそばにいると、泰介の出番はほとんどない。反応の薄い万津子に向かって飽きずに話しかけ続ける娘を、泰介は長いあいだ見守っていた。

「――あのね、すごいんだよ。奈桜先輩は、バレーの決勝のチケットが当たったんだって。倍率、めちゃくちゃ高かったはずなのにねえ」

萌子が潑剌《はつらつ》とした声で近況報告をしている。

「でね、雫ちゃんは、どうしても諦めきれなくて、今度はビーチバレーの予選に申し込んだんだって。もし当たったら一緒に行こうって言われてるんだ。もうすぐ結果が出るから、ドキドキだなあ」

萌子が話しているのは、オリンピックの観戦チケットの当落についてだった。一次抽選の結果を受け、先着順販売から切り替えられた二次抽選の結果発表が、今月中旬に行われる予定なのだ。泰介も申し込んでみようかと思っていたのだが、気がついたときには受付期限を過ぎてしまっていた。最近になって、急激にオリンピックムードが増してきた印象があった。

つい数日前には、先月末に完成した新国立競技場の内部が初めて公開された。その日はどこのテレビ局も、会場のデザインや椅子の座り心地、総理大臣らが出席した式典の様子などをこぞって報道していた。オリンピック日本代表の座をかけた選手たちの争いも佳境に入り、卓球やレスリングなどはすでにメンバーが決まり始めているようだ。

部活の仲間内でそれほど話題になっているのなら、我が家でももっと真剣にチケットの抽選に参加すればよかったかと、今さら反省する。

「オリンピック……東京オリンピックねえ」

ふと、万津子の震え声が耳に届いた。直後、「えっ、おばあちゃん、どうしたの」と萌子が驚いた声を上げ、ベッドの上に屈み込んだ。

窓の外をぼうっと眺めていた泰介は、慌てて母の顔を見やった。

その目には、大粒の涙が浮かんでいた。水滴が目尻からこぼれ、ぽろりと入院着の上に落ちる。

「おばあちゃん、どうしちゃったのかな」

何も知らない萌子が、動揺した様子でこちらを振り向いた。

「私、変なこと言っちゃった?」

「いいや。どうせ、昔のことでも思い出してるんだろう」

泰介は短く返し、唇を真一文字に結んでいる母の泣き顔を眺めた。

これは悔し涙ではないか——と想像する。

万津子は、一九六四年の東京オリンピックに出場したいと願っていた。しかし、何らかの理由で叶わなかった。そのときのやりきれなさが、ふと心に蘇ったのではないか。

そういえば、最近まで、泰介は母の涙を一度も見たことがなかった。万津子が息子の前でたびたび泣くようになったのは、認知症の症状が進んできてからのことだ。

認知症というのは、自分自身を理性で抑え込めなくなる状態になることだと聞く。

つまり、芯が強く自立した女性に見えていた母は、何十年もの間、心の奥底に弱さや後悔を抱え込んでいたのかもしれない。

「ヨシタカくん……泰介!」

不意に万津子が両腕を伸ばして叫び、そばにいた萌子の肩に縋《すが》りついた。「おばあちゃん、大丈夫だよ」と萌子が優しく手を添えると、母の苦しそうな表情は幾分和らいだ。

万津子は目をつむり、ううと呻くと、萌子の首をひしと掻き抱いた。そして、囁くように言った。

「あんた……バレーボール選手にならんね」

その言葉にぎょっとする。万津子の腕の中で萌子が困ったように笑い、「私、一応、もうバレーの選手なんだけどなあ。忘れられちゃったかな?」と泰介を見上げてきた。

いや、そうではない——と直感する。

母はおそらく、萌子と泰介を勘違いしている。今の言葉は、彼女が幼い頃から必死に鍛え上げてきた、息子の泰介に向けて放たれたものだ。

バレーボール選手になりなさいと、息子に言い聞かせる母。

いったい万津子は今、何歳の泰介を前にしているつもりでいるのだろう。

母の心はまた、遠い過去をさまよっているようだった。

ほどなくして眠ってしまった万津子に「また来るよ」と言い残し、泰介は病室を後にした。

「お父さん、ソファにスマホ忘れてたよ」

追ってきた萌子が、はい、と泰介のスマートフォンを差し出してくる。「ああ」と受け取り、ポケットに突っ込んだ。

正面玄関から外に出ると、萌子は「歩こうよ、健康にいいし」と家の方向を指差した。病院から家までは、徒歩二十五分程度だ。由佳子と来るときは、いつもバスを使っている。しかし、普段から桁違いの運動量をこなしている萌子にとっては、何でもない距離なのかもしれない。

この寒い中歩くのは気が進まなかったが、会社から病院までタクシーを使った負い目もあった。しぶしぶ、コートのポケットに手を突っ込み、萌子と並んで夜道を歩き始める。

「もうすぐ春高バレーだな」

「うん」

「勝ち上がれそうか」

「どうかな。今年は東京都の第三代表だし、ノーシードだからね」

萌子が遠慮がちに言う。確かにな、と泰介は腕組みをして頷いた。

「銀徳は、過去の栄光で名前がよく知られてるわりに、全国制覇はしばらくしてないもんな。ここ最近は、だいたい準決勝か準々決勝止まりだし。今年も優勝の確率は低そうだ」

「ひどいなあ。お父さん、正直すぎ。嘘でもいいから、『銀徳ならいけるよ』とか、『去年ベスト4だったんだから、今年はもっと上に行けるさ』とか、励ましてくれればいいのに」

「ああ」

萌子に指摘されなくとも、言ってしまった直後に、すでに後悔の念が芽生えていた。

思ったことがそのまま口を衝《つ》いて出てしまうのは、昔からの悪い癖だ。学生の頃はそれでよく喧嘩になったし、会社では上司や同僚と衝突した。

娘とのコミュニケーションは、他の誰と話しているときよりも気を使う。目立った反抗期もなく、父親をバカにしたりなじったりすることもない、驚くほどまっすぐ育った萌子が相手だからこそ、自分の口から飛び出した一言一句に恐れおののいてしまう。

好かれたい、嫌われたくないという思いは、いつだって空回りする。

「そういえば、スカウトされたんだってな。国体の会場で」

これも、口に出した瞬間、言わなければよかったと反省した。意見がぶつかることは明白なのに、どうしてこの話題を振ってしまったのだろう。

萌子の顔がぱっと輝き、唇から白い歯がこぼれる。

「そうなの！　お母さんから聞いた？」

「うん。でもなあ」

「お父さんは、私が高校卒業したらすぐ実業団に入るの、やっぱり嫌？」

「嫌、じゃないけど……いやどうだろう」

「お父さんって、分かりやすいなあ」

萌子はそう呟いたきり、黙り込んでしまった。

下唇を嚙み、地面に目を落としている。心なしか、歩調も遅くなった気がした。

以前、進路の話をしたときと同じだ。

自分の考えなしの発言が、また、萌子から笑顔を奪っていく。

「ほら、俺が心配してるのはさ——プロっていったって、ピンからキリまであるだろ。どこにでもほいほい送り出せるわけじゃない。きちんと将来のこと、老後のことまで考えて決めないと」

「じゃあ私、ピンになれるように頑張らなきゃ」

「ん？　ピンキリってどっちが上なんだ」

「あれ、キリかな？　ピン？　まあ、どちらか上のほう」

とぼけた会話のわりには、萌子の横顔はこわばっていた。その表情が街灯に照らされ、夜道に白く浮き上がる。

娘は、ガラスの置物だ。

手を触れたら砕けそうな気がする。それなのに、ふと気がつくと、強い力で握ってしまっている。

そのことを意識した途端、泰介の焦りは急激に増した。

「萌子は……バレーが好きか」

「うん。好きじゃなきゃやってられないよ、こんな練習」

「そうか。まあ、そりゃそうだよな」

「お父さんはさ、バレー、好きだった？」

予期していなかった問いかけに、頭の中が固まった。

通勤鞄の持ち手を握る右手の人差し指を、小刻みに動かす。過去の記憶が、特急列車のようにまぶたの裏を通り過ぎる。

最近、万津子自身の不可解な言動や、『純喫茶モカ』の金沢実男・孝父子の話から浮かび上がってきた母の昔の姿が、不意に胸を掻き乱す。

「知ってるか。どうも、おばあちゃんは『東洋の魔女』と一緒に練習をしていたみたいなんだ」

直接的に答えるのが嫌で、話を逸らした。

しかも、根拠はない。万津子本人に真偽を確認しようとしても拒否されるだろう。

だが、自分の想像が実は合っているのでないかという思いは、日に日に増していた。

「えっ、おばあちゃんが？」

案の定、萌子はこの話題に飛びついた。「どういうこと？」

「俺も最近知ったんだけどさ。おばあちゃんは嫁入り前に、紡績工場で働いてたらしいんだ。あ、紡績工場って分かるか」

「『東洋の魔女』ってことは、もしかして日紡貝塚？　おばあちゃん、そこでバレーをやってたの？」

萌子が目を大きく見開く。幼い頃からバレーボールに心血を注いできただけあって、さすがに知識が備わっているようだった。

「たぶんな。本人は秘密にしてるけど、俺はそうじゃないかと思ってる」

「嘘、すごい！　確かにおばあちゃんって、昔の女の人にしては背が高いもんね。お母さんよりちょっと高いくらい？」

「ああ。だから、近いところまでは行ったのかもしれないな。さすがに日本代表は無理だったとしても」

「お父さん、見て」

エナメルバッグの肩紐ベルトをつかんでいた手を、萌子がぱっと開いてみせた。

「私、手が震えてる」

女子にしては大きく、がっしりとしている手は、おそらく泰介譲りだ。

「日紡貝塚って、前の東京オリンピックのときに日本代表に選ばれた人がいっぱいいたチームでしょ。そっか……だからおばあちゃん、さっき東京オリンピックって聞いて泣いてたんだね」

「まあ、何か思うところがあったんだろうな」

「それってすごいよ。だって、来年はおばあちゃんにとって二回目の東京オリンピックだよ。もし──もし、ものすごい奇跡が起きて、私が代表メンバーに選ばれたら──おばあちゃん、喜んでくれるかな」

「そりゃ、喜ぶだろう」と、泰介は複雑な気持ちを懸命に押し隠す。

「私も東洋の魔女になりたい。おばあちゃんみたいになりたい。ううん、絶対なる！」

萌子はいつになく興奮しているようだった。やはり彼女の中に、来年のオリンピック代表に選出されたいという明確な夢があることを、泰介は初めて実感する。

──お父さんはさ、バレー、好きだった？

先ほどの萌子の質問が、頭の中で木霊した。

「俺は……萌子が羨ましいよ」

気がつくと、ここ数年で積み上がった思いが口から飛び出していた。

「萌子のように、努力する才能があればよかった。きちんと真面目に練習に集中して、悪いところを改善するだけの根気があればよかった。俺はダメなんだ。小さい頃から、近所の公園で死ぬほどおばあちゃんにしごかれたのに、結局はバレーで生きていくことができなかった。俺じゃなくて、徹平にやらせればよかったんじゃないかな。あいつは俺と違って、頭の出来がいい。要領もいいし、身長もそこそこある。きっと俺よりも、バレーの才能があったに決まってるんだ」

万津子はきっと、長男だからという理由で、泰介に期待したのだろう。ついつい熱が入って、かつての自分の夢を追いかけさせようとしたのだ。

だが、泰介には荷が重かった。同世代の才能あるアスリートたちに打ち勝つのは、どう足掻《あが》いても無理だった。

一度口から流れ出た思いは、堰を切ったように止まらない。

「俺は人望だってなかったさ。チームメイトとぶつかってばかりだった。このあいだ試合観戦に行ったとき、部内で上手く立ち回ってる萌子を見て、こうじゃなきゃいけなかったんだと思ったよ。そうそう、職場でも同じだ」

課長の北見賢吾や、同僚の立山や木村の忌々しい顔が頭に浮かぶ。

「根気がないから新しい仕事をこなせない。すぐ飽きるし、間違える。覚えようとしてもやる気が出ない。結果、何もかも上手くいかなくなる。若い奴らにはバカにされる。前の部署だったらこうはならなかった。俺が出したアイディアが何度採用され、会社の業績に貢献したことか。あいつらは何も知らないんだ」

「お父さん。ねえ、お父さん」

萌子の呼びかけで、はっと我に返った。すっかり自分の世界に入り込んでいたことに気づき、血の気が引く。ふたり並んで歩いていたはずなのに、いつの間にか自分の足は止まっていて、一メートルほど前方にいる萌子がこちらを振り返っていた。

いったい何をしているのだろう。よりによって娘相手に、自分の恥部をさらけ出すような真似をするなんて。

深いため息とともに、思わず目をつむった。

仕事が時間内に終わらなかったときや、とんちんかんな受け答えをしたときに職場で感じる、虫けらでも見るような視線。萌子は今、それとまったく同じ目をして、父親の自分を眺めているのではないか。

「お父さん……今の部署、大変なの？」

心配そうな声がした。恐る恐る目を開けてみる。

すぐ前に、萌子が立っていた。眉尻を下げ、泰介の顔を覗き込んでいる。娘の瞳にまだ温かみが残っていることを確認した途端、全身の力が抜けた。

「ごめんね、私……この間、見ちゃったんだ。お父さんが洗面所で、仕事の愚痴を叫んでるところ」

「……みっともない姿を見せたな」

この間も、今日も。

父親としての威厳はどこにいったのだろう。

いや、もともとそんなものがあったのかどうかも、もはや分からない。

再び、ゆっくりと歩き出す。肩を落とす泰介に、萌子がためらいがちに尋ねてきた。

「あのね、お父さん。ちょっと突然だけど、変な話をしてもいい？」

「何だ？」

「中学に入った頃くらいからかな――お母さんに言われてたことがあるの」

萌子は小さく微笑み、由佳子の口調を真似るようにして言った。

「お父さんはすごいのよ。これをやろう、と決めたときの情熱は世界一。大学時代のバレーボールチームでもそうだったし、今の職場でもそう。何が何でも勝ちにいこうって気持ちが誰よりも強くて、他のことを全部忘れてしまうくらい全力で、仲間や仕事に対して真剣にぶつかっていくの。固定観念にとらわれず、柔軟で新しい発想がどんどんでてくる。お母さんはね、自分にはないそういうところを好きになって、お父さんと結婚したのよ——って」

いつの間にか、呼吸が止まっていた。

由佳子が——そんなことを？

「本当に、お母さんが言ってたのか？」

「そうだよ。何度も同じ話を聞かされたもん」

嘘をついている顔には見えなかった。萌子がわざわざ父親を立てるための作り話をする理由もない。

「たぶんね、私もお父さんによく似てるの。バレー部の中では、嵐ちゃんってあだ名をつけられてる」

「嵐ちゃん？」

泰介はきょとんとして目を瞬いた。萌子がこちらを見て穏やかに微笑む。

「例えば練習メニューとかで『これがいい！』って思ったことは、周りを全員巻き込んででも徹底的にやり抜くから。ほら、周りの雲を全部巻き込む台風みたいでしょ。だから、嵐」

「意外だな。萌子は根が優しいから、部活ではリーダー気質の子に大人しくついていってるのかと」

「たまにスイッチが入っちゃうんだよね」

「その気持ちは分かる気がするな」

「やっぱり」と、萌子は納得したように頷いた。「私はお父さんのそういうところを受け継いだんだね。銀徳では、それくらい熱心なほうが歓迎されるんだ。私だけじゃなく、みんな、バレーに命懸けてるから」

萌子の口ぶりを聞いていて、ふと気がついた。

由佳子は、思春期に入る娘が父親の欠点に目を向けないよう、あえて泰介の長所といえる部分を強調していたのではないか。

だからこそ、萌子は父親を軽蔑するような娘には育たず、こうやって尊敬の念を抱いてくれているのではないか。

きっとそうだ、と確信する。自分のような気性が荒く責任感のない父親の娘なのに、萌子が純粋な気持ちを持ったまま成長することができたのは、妻が裏で努力をしていたからに違いない。

「でも、だからこそね、自分からバレーを取ったら何が残るんだろうって、最近たまに考えるの。頑張ろうと思えることが一つもなくなっちゃったら、つらいんじゃないかなって。私と似た性格のお父さんは——今、やりたいことがない部署にいるとしたら、毎日すごく大変だよね」

萌子がこんな話を始めたのは、父親の自分を励ますためなのか。

ようやくそのことに気づき、隣を歩く萌子の横顔を見やった。

いつから、娘はこれほど大人になったのだろう。ついこの間まで、ピコピコと音の鳴る幼児用サンダルを履いて、無邪気に笑いながらそのへんを駆け回っていたような気がするのに。

「この前——っていっても、もう一年くらい前だけどね。学校で、スクールカウンセラーさんの講演を聴いたの。そのときに、脳の特性についての話があったんだ」

「脳の特性？　何だそれは」

急に話が飛んだように感じ、泰介は首を傾げた。

「人間はね、誰しも脳の特性を持ってるんだって。お喋りで社交的な人もいれば、物静かで孤独を好む人もいる。国語の読み取り問題が得意な人もいれば、数学の計算で力を発揮する人もいる。長所もそれぞれだし、短所もそれぞれ。そういう意味では、私とお父さんって、脳の特性がきっと同じなんじゃないかな」

「まあ、親子だからな。似ることもあるだろう」

「うん。いつもサメかマグロみたいに動いていないと死んじゃうところとか、興味があることとないことでは集中力が全然違うところとか。あとは、家の中のものをすぐ倒してお母さんに怒られるのも、忘れ物をしそうになってお母さんに呆れられるのも、お父さんと私の共通点だよね」

そういうふうには、あまり考えたことがなかった。由佳子が神経質で口うるさいだけだと思っていたが、萌子はまったく別の捉え方をしていたようだ。

「スクールカウンセラーさんが脳の特性について話したのはね――発達障害のことを説明するためだったの」

「発達障害？」

なぜこんな話をするのだろう、と首を傾げる。

その言葉は、前にテレビでちらりと見たことがあった。最近は発達障害の子どもが増えていて、学校でも対応に苦慮しているとか、そういう内容だった気がする。退屈だったため、確かすぐにチャンネルを替えてしまった。

「普通に考えたら『個性』で収まるはずの脳の特性が、環境によっては、問題を次々と引き起こしちゃうことがあるんだって」

例えば――、と萌子は神妙な顔で続けた。

「元気で明るいけどものすごくおっちょこちょいな人が会計処理の仕事をしたり、几帳面《きちょうめん》だけどものすごく喋るのが苦手な人が接客業に就いたりすると、たくさん失敗して周りから怒られて、ストレスも溜まるし自信もなくなっちゃう。そうなって初めて、その人の脳の特性に、『発達障害』っていう診断がつくんだって。具体的には、ＡＤＨＤとか、自閉症とか、学習障害とか」

「やけに詳しいな。一回講演を聴いただけとは思えない」

「最近、いろいろ調べてみたからね。もしかしたら、私もどれかに当てはまるんじゃないかと思って」

「え？」

予想外の言葉に、思わず仰《の》け反《ぞ》った。

何がどうなったらそういう考えになるんだ、と笑い飛ばしたくなる。

「いやいや、萌子が発達障害なわけないだろ。勉強だって、バレーだって、普通にやってるんだから」

「大丈夫、真剣に悩んでるわけじゃないよ。人間誰しも脳の特性があるのなら、私はどのタイプに近いんだろうって気になっただけ。そしたらね、ＡＤＨＤっていうのがぴったりだったの。日本語だと、注意欠陥・多動性障害」

「ＡＤＨＤ……」

かろうじて聞いたことはある、くらいの言葉だった。だがそれは、幼児や小学生がかかる、子どもの病気ではないのか。

「症状はね、こんな感じ。忘れ物が多い、物をよく失《な》くす、片付けや時間配分が苦手。朝起きれない、メモを取るのが下手、一度話し出すと止まらなくなる、ケアレスミスが多い。ほらね。全部、私の性格になんとなーく当てはまるもん。といっても、生活に支障が出てるわけじゃないけどね」

「気のせいだろう」

と答えつつ、ドキリとする。まるで自分の欠点を片っ端から指摘されているかのようだった。

「でもね、ADHDにはいい部分もあるんだよ。興味があることにものすごく熱中できるとか、他の人とは違う新しいアイディアをどんどん考えるのが得意とか、行動力がずば抜けてるとか。歴史上活躍した有名人にも、ADHDじゃないかっていわれてる人は多いんだって。エジソン、坂本龍馬、最近だとスティーブ・ジョブズも」

「嘘だろう。そんな立派な人たちが発達障害だなんてありえない」

「お父さん。障害って言葉に、あんまり敏感にならないでね」

恐る恐るといった様子で、萌子がこちらを見上げた。心の中を読まれたように錯覚し、呻き声を漏らしそうになる。

「これはみんなが持ってる脳の特性の話だよ。どの傾向がどれほど強いかっていうのは人によって違うし、いざ問題が起こって診断がつくかどうかは周りの環境によるけど……もし自分や周りの人がそうだったとしても、全然おかしくないことなんだよ」

「でも」

「スクールカウンセラーさんの講演を聴いた後にね、雫ちゃんが、泣き出しちゃったの」

雫ちゃん、という聞き覚えのある響きに、ふと考え込む。しばらくして、東京都代表決定戦を見に行ったときに、ボールかごを家に忘れてキャプテンにこっぴどく怒られていた少女がいたことを思い出した。

「バレー部の子か。Bチームの」

「あ、そうそう。戸田雫ちゃん。性格が似ててね、仲良しなんだ」

萌子は楽しそうな笑みを浮かべ、部全員でお揃いのエナメルバッグの側面をぽんぽんと叩いた。

「そのときは、周りに他の子もいたから、理由は話してくれなかったんだけどね。ずいぶん後になって、私にだけこっそり教えてくれたんだ。『この世の中には、普通の人もいないし、異常な人もいない。どんな脳の特性も、人間社会にとって必要なものだからこそ、今の今までDNAが残ってるんだよ』っていうスクールカウンセラーさんの言葉に、感動して泣いちゃったんだって」

「彼女には心当たりがあったわけか」

「私もそれまで全然知らなかったんだけどね、雫ちゃんは小学校の頃にADHDって診断されて、今も薬を飲んで症状を抑えてるんだって」

「……薬で改善できるもんなのか」

戸田雫がADHDであるという事実よりも、別のところに興味が向いてしまった。

「うん。物事を順序立てて考えられるようになったり、一つのことに集中しやすくなったりするんだって」

「ふうん、そうか」

「それでも完璧に治るわけじゃないから、スマホに細かくメモをしたり、家のドアに付箋を貼っておいたり、いろいろ工夫してるみたいだよ。私もちょっと忘れっぽいところがあるから、雫ちゃんのやり方を真似させてもらってるんだ」

――そういう日もあるよ。次から、私も一緒に覚えておくようにするから。ね？

試合の応援に行ったとき、失敗を咎められて落ち込んでいた戸田雫を、萌子がさりげなく励ましていたことを思い出す。

あの言葉の裏には、これほど深い信頼関係と、仲間意識があったのか。

萌子がスクールカウンセラーの話に興味を持った理由が分かった気がした。身近なところに発達障害を持つ人間がいたからこそ、熱心に調べてみる気になったのだろう。

戸田雫という友人はもちろんのこと――もしかすると。

「お父さん……怒らないで聞いてね」

萌子がふと立ち止まった。泰介もつられて足を止める。娘の白い息が、街灯へと上っていった。

「今の大人のね、三十人に一人はＡＤＨＤなんだって」

やっぱり、という失望が胸を襲った。

ここから先の言葉は聞きたくない。

逃げ出したい気持ちにとらわれながら、鞄の持ち手を強く握りしめる。

「お父さんが子どもの頃は、ＡＤＨＤなんて言葉はなかったんだよね。だから、ちゃんとした治療もできずに大人になっちゃった人が、たくさんいるんだと思う」

「俺は……俺は障害者じゃないぞ」

「そうだよね」

萌子が小さな声で言い、そっと俯いた。

「周りの環境がよくて、何も問題が起きていないなら、それは発達障害じゃない。ただの個性だよ。だけど、お父さんがもし、合わない部署に異動して、そこでたくさんつらい思いをしてるなら、一度病院に行ってみることで楽になるのかもしれないな、って、思って……」

住宅街の一角に佇む萌子の顔を見て、はっと息を呑んだ。彼女の両目は、涙で潤んでいた。

まだ十六歳の娘が、こんなことを父親に話したいわけがないのだ――と、初めて気づく。

洗面台の縁に両手を打ち付けている父親の姿を見てから、萌子はどれだけ苦しんだことだろう。

スクールカウンセラーの話や友人の例をきっかけに薄々感づいていたことを、どのように伝えれば分かってもらえるか、頭の固い父親を怒らせずに済むかと、一人で悩み抜いたことだろう。

今日の話には、エジソンや坂本龍馬、スティーブ・ジョブズまで登場した。萌子はいったいどれだけ、今日の話のリハーサルを頭の中で繰り返したのだろう。

そのことを思うと、反論は喉の奥でしぼんでいった。

「お父さん……怒ってない？　大丈夫？」

長い沈黙の後、萌子が目元を拭いながら尋ねてきた。

これが娘ではなく、万津子や由佳子、弟の徹平、もしくは他の誰かだったら。

たった今眼前に突きつけられた可能性を受け入れきれず、夜の住宅街に響き渡るほどの大声で怒鳴り散らしていたかもしれない。自分は違うと頑なに否定し、その考えを即座に頭から消し去っていたかもしれない。

だが、目の前にいる萌子という存在は、泰介を否が応でも大人にさせる。

それどころか、救われたような気さえしていた。

エジソンと同じ。スティーブ・ジョブズと同じ。

これまで自分の努力不足のせいだと思い込んでいた様々な出来事――幼少期の友達の少なさや、バレーボールの成績不振、由佳子との絶えない喧嘩、職場でのトラブル――が、もし仕方のないことだったとしたら。

今からでも、治療で改善できるのだとしたら。

「そこまで言うなら……一度、行ってみるか」

ぼそりと呟いてすぐ、急に身体中がむず痒くなった。「さ、帰るぞ」と家の方向を指差し、先に立って歩き始める。

「……よかった」

萌子の小さな声が、夜の道路に落ちた。

顔を前に向けると、十二月の冷気が首元に流れ込んだ。後ろからついてくるローファーの靴音が、泰介の心に染みた。

土曜日の十四時過ぎに、渋谷《しぶや》駅に降り立った。

家からも職場からも離れていて、アクセスがよくて、知り合いに遭遇しそうにない場所。そんな理由で選んだ駅は、若者でごった返していて、還暦間近の男が一人で歩くにはいかにも場違いな雰囲気だった。

印刷した地図を見ながら、目的のビルを探す。駅の出口から二分ほど歩き、頭上を仰ぐと、その看板はすぐに見つかった。

ビルの入り口にある階数案内に目をやって、古そうなエレベーターに乗り込む。五階で降り、いざクリニックの自動ドアから入ろうとして、『精神科・心療内科』の表示にふと立ち止まった。

自分とは関係ないと思っていた場所だった。抵抗感がないと言ったら嘘になる。しばらく逡巡してから、意を決し、中へと進んだ。

小さな受付と待合室がある構造は、普通のクリニックと何ら変わらなかった。白い長椅子が並ぶ清潔感のある空間に安心を覚えつつ、順番を待っている三人の患者がいずれも三十代以下に見えることに気後れしながら、「十四時半から予約している佐藤です」と小声で受付の女性に伝えた。

初診用の問診票を渡され、長椅子に座って記入を始めた。ただ、最近感じる心身の不調を問う項目が多く、自分にはほとんど当てはまらなかった。仕方なく、症状の自由記述欄に『ADHDかどうか知りたい』とだけ記入し、受付に持っていった。

「あの、こういうのを印刷してきたんだけど。ここで出せばいい？」

鞄に入れてきたクリアファイルを取り出し、受付の女性に見せる。彼女は合点した様子で頷き、

「こちらでお預かりします」と泰介が取り出したA4サイズの用紙を受け取った。

提出したのは、インターネットに載っていた、ADHD症状チェックリストだった。『やらなければならないことにすぐ取りかからず、先延ばしにしてしまう』『作業を順序立てて行うのが苦手だ』などの回答欄にチェックをつけていき、送信ボタンを押すと、ADHDの可能性があるかどうか、その場で簡易的な結果が出るというものだ。

そのほとんどが身に覚えのある内容であることに、泰介は半ば恐怖を覚えた。そして、この世界への扉を開いてくれた萌子の勇気に、改めて思いを馳せた。

ADHDの可能性があります。お医者さんに相談しましょう。

画面に表示された結果を見ても、もはや驚きはなかった。回答している最中から、予感は十分すぎるほどあった。

そのホームページ上では、医師への症状説明をスムーズに進めるため、チェックリストを印刷して病院に持参することを推奨していた。そのままの流れで、大人の発達障害の診療を行っている病

院の検索まで行うことができた。便利な時代になったものだ、と泰介は自宅の寝室にあるパソコンの前で密かに唸った。

そうして辿りついた病院の待合室で、そわそわとしながら待った。貧乏揺すりをしそうになったが、これもADHDの典型的な症状であったことを思い出し、なんとか我慢した。

十五分ほどして、名前を呼ばれた。緊張しながら診察室に入る。内科の病院とは違い、小さな診察室の真ん中には机が据えられていて、その向こうに中年の男性医師が座っていた。

「佐藤泰介さんですね。お掛けください」

線の細い、真面目な印象の医師は、泰介が受付の女性に渡したチェックリストを手にしていた。泰介が椅子に腰かけるや否や、医師が口を開いた。

「これを見る限りでは、ADHDの可能性が高そうですね」

拍子抜けするほど、あっさりとした反応だった。出鼻を挫かれ、「そ、そうか」と口の中でもごもごと返事をする。

「ここに書いていただいたような症状は、半年以上前から感じていることですか」

「それはもう……子どもの頃から」

「小学生くらいから、ということでしょうか」

「よく覚えてはないけど、そうだろうな」

「幼少期の様子についても、よろしければ教えてください」

小学校に通い始めた頃から、よく教師を困らせていたことは覚えている。教科書をじっと読むことはできなかったし、授業中に離席して廊下をふらつくこともあった。教師に怒られるのも、母が学校に呼び出されるのも、日常茶飯事だった。体育はともかく、勉強の成績がよかったことは一度もない。

一つの出来事を語り始めると、とりとめもなく、また次の関連する記憶を披露し始めてしまう。話をまとめるのに苦労しながらひととおり話し終えると、医師は「ありがとうございます」と真顔で頷いた。

「ADHDの重要な診断基準の一つに、幼少期から症状が続いているかどうか、という点があるんです。佐藤さんの場合は当てはまるようですね。他にも、親御さんから聞いたことはありませんか。幼い頃に夜泣きが激しかったとか、突然感情を爆発させることが多かったとか」

「さあ……お袋は昔のことをほとんど話さないから」

「改めてお話を聞くことも叶いませんか」

「無理だな、残念ながら。もうボケてるんだ」

「そうでしたか。ならば、仕方ありませんね」

医師は申し訳なさそうに眉尻を下げ、「今度は、現在のことについて聞かせてください」とさらに質問を続けた。

訊かれたのは、職場で起こった具体的なトラブルなどについてだった。スポーツジムの運営企画をしていた前の部署では特に目立った問題がなかったことや、データを参照してリストを作成する業務が多い今のマーケティング部署に異動してから締め切りまでに仕事を終えられない事態が頻発し、上司と日々衝突していることを話す。

「そうですね。やはり、ADHDで間違いないかと思います」

覚悟していたとはいえ、最終的に医師が放った言葉は、ずしりと泰介の心にのしかかった。

それと同時に、不思議と肩の力は抜けた。長いあいだ自分の身を縛っていたものから解放されたような、そんな高揚感を覚える。

診断が下りたのはショックだった。それは間違いない。

だが、ようやく許されたような、ほっとする気持ちも存在していた。今までの失敗や挫折の理由は、きちんと、ここにあったのだ——と。

矛盾した二つの気持ちがせめぎ合う。

ぼんやりとした頭で、治療に関する医師の説明を聞いた。ＡＤＨＤは自分や周りの心がけ次第で改善することも多いため、投薬を行うかどうかは今すぐに答えを出さなくてもいいと医師は言ったが、念のため今日から薬を出してもらうことにした。

戸田雫の例もある。変われる可能性があるなら、とことん試してみたかった。

「娘が……受診を勧めてくれたんだ。だからしっかり治さないと」

「娘さんが？　今、おいくつなんですか」

「十六歳。まだ高二だよ。遅くできた子どもでね」

終始真顔だった医師が、初めて驚いたような表情を見せた。

「しっかりしていらっしゃいますね」

「ああ。本当にな」

「ですが、そんな娘さんのご助言を素直に聞き入れた佐藤さんも、大変ご立派だと思いますよ」

「そうかな」

堅物の医師に褒められて、悪い気はしなかった。

診察室を出る頃には、泰介の心は凪《な》いでいた。

生まれてから五十八年。

今日からは、今まで気づいてやれなかった新しい自分とともに、第二の人生を歩むのだ――と、一人娘の笑顔を思い浮かべながら、心に決める。


家に帰ると、「おかえり」と由佳子がリビングから顔を覗かせた。

「どこに行ってたの？　買い物に出かけて帰ってきたらいないから、びっくりしたじゃない」

「病院だよ」

「ああ、お義母さんのお見舞い？　もうちょっと待っててくれたら、私も一緒に行ったのに。休日なのに夫婦バラバラで顔を出したら、看護師さんたちに変に思われるわよ」

由佳子は勝手に早合点してくれた。こちらは嘘をついたわけではないのだが、少々良心が咎める。この様子を見る限り、どうやら萌子は、数日前の夜のことを由佳子に話していないようだった。

ADHDの治療の目的とは、脳の特性をなくすことではない。その特性を自覚した上で、日常生活への対処法を身につけることだ――と、さっきの医師は言っていた。場合によっては、家族や職場の同僚にこのことを伝えて理解してもらい、サポートを得たほうがいい、とも。

だが、しばらくは自分一人で頑張るつもりだった。周りに打ち明けるのが怖いという気持ちももちろんあるが、それ以上に、せっかく娘と共有している唯一の秘密を自らの手で壊したくないという思いが強かった。

母親も知らない二人きりの秘密があるということは、父親にとっての名誉なのだ。――その内容がどうであれ。

最初の理解者は、萌子。

そこから人数を増やしていくかどうかは、今後ゆっくり決めていけばいい。

リビングに入ると、キッチンで動き回っている由佳子が声をかけてきた。

「外、寒かったでしょう。コーヒー淹れるけど、飲む？　私も、病院に行く前にちょっと休憩したくって」

「ああ。俺のも頼む」

ダイニングテーブルの椅子を引き、腰かける。ただ待っているのも退屈だからテレビでもつけようかと、カウンターの上のリモコン立てに手を伸ばした。

そこで、ふと気づき、手を止めた。

家を出る直前までテレビを見ていた自分は、リモコンをこの位置に戻しただろうか。

いや、自分で片付けたことなど一度もない。テレビの画面は消したものの、リモコン自体はテーブルの上に放置して出かけたはずだ。

リビングやキッチンを見渡すと、さらに多くのことに気がついた。出がけに脱ぎ散らかしたはずの寝間着が、きちんと畳まれた状態でソファの上に置かれている。水を飲んだグラスは、すでに綺麗に洗われ、水切りカゴの中で乾かされている。

大学に入ってから結婚するまで、一人暮らししていた頃のことを思い出した。手狭なワンルームは、いつも物であふれ返っていた。交際していた由佳子を部屋に呼ぶときは、目についたものを手あたり次第にクローゼットに押し込んで、なんとか乗り切っていた。十年近くに及んだ交際期間の後半になると、それさえも面倒臭くなって、たびたび由佳子に呆れられていた記憶がある。

「あ、そうだ」

先ほど玄関マットの上に鞄とコートを放置してきたことを思い出し、泰介は慌てて席を立った。倒れた鞄と、無造作に床に広がっていたコートを回収し、リビングに引き返す。マグカップを運ぼうとしていた由佳子がこちらを見て、目を丸くした。

「どうしたの？　急に出て行ったから、お腹でも痛くなったのかと」

「いや、こっちに持ってきただけだよ」

「え？」

「鞄とコート。玄関に置いてたら邪魔になるだろ」

「あら、珍しい……あなたがそんなことを気にするなんて」

由佳子はダイニングテーブルにほかほかと湯気を立てたマグカップを置き、首を傾げた。「明日、雪でも降るのかしら」

「ひどいな。嫌味か？」

「だって、あなたらしくないんだもの」

「いつも家の中を散らかしてばかりだから、余裕のあるときくらい、少しは協力しようと思っただけだよ」

「もう、病院の帰りにどこかで頭でも打ったの？　怖い、怖い」

口ではそう言いつつも、由佳子の表情は柔らかかった。

家で二人きりのときに妻の笑顔を見たのは、いったいいつ以来だろう。

過去の記憶を探りながら、熱いコーヒーを啜る。

「あのね」

しばらくして、由佳子が真剣な表情になり、テーブルの上で両手を組んだ。言いにくそうに口元をすぼめ、それから切り出す。

「お義母さんの退院、そろそろでしょう。家に戻ってきたら、今のうちに少しずつ、訊いておかないといけないと思うの。銀行口座のこととか、お知り合いの連絡先とか」

一瞬、ピンとこなかった。相続や葬儀に向けての準備の話だと気づいたのは、数秒後のことだった。「それと、お墓をどうするかも。福岡じゃなくて、東京で大丈夫よね」と由佳子が申し訳なさそうに付け足す。

おい、まだお袋が死ぬとは決まってないだろ——と反射的に言い返しそうになるのを、ぐっとこらえた。

医師に提出したチェックリストには、『感情が昂《たかぶ》りやすく、イライラしやすい』『思ったことをすぐ口に出してしまう』という項目があった。

こういうときはどうすればいいのだろう。気持ちを落ち着けて、頭の中で情報を整理してから、改めて答えるべきか。

泰介が黙って思考を巡らしている間、由佳子は不安げな表情をしていた。頭ごなしに言い返されるのを恐れているようだった。

「えーと、由佳子が言いたいのは……」

思案しながら、ゆっくりと口を開く。

「お袋がまだ死ぬと決まったわけじゃないけど、そういうことは元気なうちに話しておかないと、あとで困ることになる……ってことだな？」

「うん、そう」

由佳子がはっと息を呑み、大きく頷いた。彼女の瞳には、驚きの色が浮かんでいた。

「こちらからこんな話を切り出すのも心苦しいんだけどね、息子のあなたからきちんと話せば、お義母さんも受け入れてくれるんじゃないかと思って」

別に嫁の由佳子から言っても変わらないだろう、どうせ半分ボケてるんだから——という本音は、いったん呑み込む。

数秒おいて、提案してみた。

「俺からでも由佳子からでもいいと思うけどな。まあ、とりあえず、お袋が帰ってきたら話してみるか」

「そうしましょう」

由佳子はほっとしたような顔をして、コーヒーを飲んだ。そして、可笑しそうに口元を緩めた。

やっぱり明日は雪が降りそうね、とでも、心の中で呟いているのかもしれない。

目から鱗《うろこ》が落ちる思いだった。

コミュニケーションというのは、本来、こうやってするものなのか。

脳内に発生した思考の数々をまとめないまま、言葉尻を捉えて突っかかるような発言ばかり繰り返していたから、毎日のように喧嘩が勃発していたのか。

自分にとっての当たり前が、他人にとってはそうでなかったということを認識しただけで、こんなにも世界が違って見えてくるものなのか。

理解者は萌子だけでいい、などという考えのおこがましさを、泰介はようやく自覚した。

一番の理解者は、由佳子だったのだ。

二十七年前に結婚したとき——いや、おそらくそれより前から、ずっと。

起きるのが苦手な夫を、毎朝叩き起こす。

すぐに約束を忘れる夫のために、リマインドのメールを入れる。

夫の暴言に耐え、衝動的な行動を落ち着かせようとする。

夫がそこら中に放置する服や鞄を文句も言わずに片付け、家を綺麗な状態に保つ。

思えば、泰介を「普通」でいさせるために、由佳子はどれだけ心を砕いていたことだろう。

泰介がADHDだということに、由佳子は未だ気づいていないかもしれない。だが、家庭生活でこれといった問題が表出してこなかったのが、由佳子の優しさと努力ゆえだったということは、身に染みて分かった。

どれくらいの時間が経っただろう。由佳子の明るい声で、我に返った。

「今日、やっぱり変ね」

「……そうか？」

「何をそんなに考え込んでるの」

「いや、萌子のことだよ。春高バレー、もうすぐだろ」

「ああ、あと二週間だものね。萌子は相変わらずどっしり構えてるみたいだけど、こっちが落ち着かないわ」

「我が娘ながら、大した度胸だよな」

病院から徒歩二十五分の夜道を二人で帰ったときのことを思い出しながら、泰介は頰を緩めた。

「萌子なら、きっと大丈夫さ。こっちも大船に乗ったつもりでいよう」

「そうね」

空になったマグカップを手に、由佳子が椅子から立ち上がった。

泰介のコーヒーは、まだ半分以上残っていた。インスタントだから、先日『純喫茶モカ』で飲んだコーヒーに比べるとずいぶんと味が薄いし、コクもない。

だが――それはどうでもいいことだ。

小さな一軒家の、清潔なダイニングテーブルで、夫婦が向かい合って語り合う時間。
そのひとときこそが、何よりも愛《いと》おしいものなのだと、泰介は思った。

一九六四年　八月

今日も朝から、泰介が吼えている。

夢だったらいいのに、と万津子は願う。

実際、こういう夢を見ることはよくあった。泰介が手当たり次第に物を投げる。鼓膜を破らんばかりの大声で泣き喚く。万津子は腹に力を込めて叫び返そうとする。

やめて！　泣かんで！　いい加減にせんね！

しかし声は届かない。喉につかえて出ないのだ。そんな無力な万津子を、野良着姿の母や兄嫁の諒子が鬼のような形相で睨む。

現実には、母はともかく、諒子がそのような顔をすることはなかった。ただ黙って眉をひそめるだけだ。夢の中で兄嫁の態度が豹変《ひょうへん》するのは、いつかそうなる日が来るのではないかと、心のどこかで万津子が恐れているからだろう。

「ちゅみ木は！　ちゅみ木！　どこ！」

甲高い声が耳をつんざく。ちゃぶ台に手をついて立ち上がった泰介は、目尻を吊り上げ、どんどんと足を踏み鳴らしていた。三歳児の舌足らずな喋り方を可愛らしいと微笑ましく見守る者は、ここにはもう一人もいない。

ため息が出そうになるのをこらえながら、万津子は幼い息子の肩に手を置いた。

「泰介、どげんしたつね。今は朝ご飯の時間ばい。ほら、座らんね」

「どこ！」

「積み木はもうなかよ。早よ食べんね」

「どこ！　ねえどこ！　どこ！　どこ！」

一度思い立つと、泰介はてこでも動かない。

近所の吉田さんからお下がりでもらった積み木は、泰介がすぐに放り投げるものだから、危なくて床下に隠してしまった。それを取り出せば息子の癇癪は治まるだろうが、与えるわけにはいかない。徹平や薫の頭にでも当たったら大変なことだ。

「あーそーぶ！　ちゅみ木で遊ぶ！　あーそーぶーあーそーぶーあーそーぶー」

不機嫌な三歳児が場の空気を乗っ取り続ける限り、この宮崎家に、和やかな家族団欒《だんらん》の時間が訪れることはない。

諒子は泰介を一瞥《いちべつ》すると、すぐに薫の世話に戻ってしまった。悟兄ちゃんも同様に目を背ける。ここのところ兄夫婦は、まるで泰介や万津子がそこにいないかのように振る舞うのが上手くなっていた。

父と実兄ちゃんは、苛立ちを隠さない。味噌汁を一息に飲み干し、お椀を叩きつけるように置くと、さっさと土間に下りて外へと出て行ってしまった。朝の番組を楽しみにしている彼らにとって、テレビの音がまったく聞こえない食卓にいつまでも居座る意味はないのだろう。

「あれじゃ、お父ちゃんも実もいっちょん休まらんね」

母が呆れたように肩をすくめ、ちゃぶ台に手をついて立ち上がった。

その瞬間、泰介が目の前の皿をむんずとつかみ、母に向かって突進した。「こらっ」と万津子が声を上げたが、間に合わない。

「ちゅみ木！　出して！」

泰介が空っぽの皿を振りかぶり、母の腹のあたりに叩きつけた。残っていたジャガイモの煮汁が床へと飛び散る。泰介はそのまま母の太もものあたりに頭を突っ込み、ぐいぐいと押した。三歳児にしては強い力に、母がよろめく。

泰介は、積み木を隠したのが母だと勘違いしているようだった。一週間ほど前に、家の中に持ち込んだ棒切れを無理やり取り上げられたことを覚えていたのだろう。

「バカ、何ばしよっとね！」

母が皿をひったくり、もう片方の手で泰介の頭を勢いよく叩いた。一瞬の静寂の後、泰介が家じゅうを震わす声で泣き始める。

「あー、毎日やかましか。おちおち家ん中にもおられんばい」

冷めた目で泰介を見下ろすと、母は皿をちゃぶ台の上に置き、土間へと下りていった。以前は食器の片づけもある程度やってくれていたのだが、最近は朝食が終わるとそのまま農作業へと出かけていく。

一刻も早くここを離れたい気持ちは、理解できないものではなかった。泰介が自分の息子でなく、孫や甥程度の存在だったとしたら、万津子だってそうしていたかもしれない。

「ばあちゃん、好かん！」

泰介が泣きながら立ち上がり、拳を振り上げて、外に出て行く母を追いかけようとした。万津子は慌てて片手を伸ばし、泰介を力ずくで止める。その拍子に、膝の上に座らせていた徹平が前のめりに倒れ、ちゃぶ台の縁にこつんと頭をぶつけた。

あっ、と気を取られた隙に、泰介が万津子の腕から抜け出した。そして、裸足《はだし》で土間へと飛び降りるや否や、着地に失敗して派手に転倒する。

再び、絶叫のような泣き声が、家の中に響き渡った。

徹平も加わって、二重唱となる。その凄まじい音が、万津子のこめかみをキリキリと締めつける。

泰介は土間に大の字になって、両脚をバタバタと動かしていた。膝小僧が擦り剝けている。火がついたように泣いている息子を抱え起こし、なだめすかしながら土を払ってやっている間に、兄夫婦と薫の姿はいつの間にか食卓から消えていた。知らぬふりをして、そっと出て行ったようだった。

ここに来たばかりの頃は、泰介が衝動的に動き回って怪我をするたび、悟兄ちゃんや諒子が「大丈夫？」と声をかけてくれていた。そんな気遣いも、今はもうない。

膝の手当てをした後も、何が気に入らないのか、泰介はずっとぐずっていた。

いい加減泣き止ませるのを諦めて、万津子は徹平をおぶったまま洗い物を片付けた。子ども向けのテレビでもやっていれば機嫌も直りそうなものだが、NHKの『おかあさんといっしょ』が始まるのは十時過ぎからだ。

いくら自分の子とはいえ、長時間泣き声を聞かされ続けていると気が滅入《めい》ってくる。

すっかり拗《す》ねて板の間に転がっている泰介を置いたまま、二日分の汚れ物でいっぱいになった洗濯籠を抱えて外に出た。

ここのところ残暑の厳しい日が続いていたが、今日は肌に触れる空気がひんやりと涼しく感じられる。

つい今朝方まで、激しい雨が降っていたからだろうか。

万津子は大きく足を一歩踏み出し、地面のぬかるみをまたいだ。家の脇にある蛇口のそばに洗濯籠を下ろし、たらいを水で満たしていると、すぐ後ろに軽い足音が聞こえた。

「おばさん、おはようございます！」

礼儀正しい声に振り返る。家の前に立つ少年の姿を目に捉え、万津子は思わず頬を緩めた。小学一年生の橋本良隆だ。

「あら、おはよう。泰介ば連れに来てくれたと？」

「うん！　あと三日で学校が始まるけん、今んうちにいっぱい遊んどかんと」

良隆の言葉で、今日が八月二十九日であることを思い出す。小学生の夏休みもあと少しだ。午前中から遊びに連れ出してもらえる日々が終わると思うと悲しかったが、それは贅沢な悩みというものだろう。

問題ばかり起こす泰介は、相変わらず近所の母親たちに疎ましがられているようだった。しかし、当の子どもたちは、いくら喧嘩をしても次の日にはけろりと忘れている。

中でも、この七歳の橋本良隆が、率先して泰介を仲間に加えてくれているようだった。泰介は彼のおかげで、どうにか爪弾《つまはじ》きにされずに済んでいる。

「良隆くん、ありがとうねえ。いつも泰介の相手ばしてくれて、ほんなこつ優しかねえ」

「だって、みんなで遊んだほうが楽しかけんね」

良隆は両手を腰に当て、胸を張った。

「学校でも教わったとよ。仲間外れはでけん、みんなで仲良うしなさい、て」

「泰介が迷惑かけとったらごめんね。すぐぶったり蹴ったりするばってん、悪気はなかとよ」

「よかよか。罪を憎んで人を憎まず、ばい」

「難しい言葉ば知っとるね」

「これも学校で教えてもろたったい」

万津子が褒めそやすと、良隆はいっそう得意げに顔をほころばせた。

家の入り口へと回り、「良隆くんが来てくれなはったよ」と中に向かって呼びかける。すると、わあ、と歓声を上げながら、泰介が裸足のまま外へと走り出てきた。先ほどとは打って変わって、ニコニコと笑みを浮かべている。やはり、良隆にはよく懐いているようだ。

泰介に靴を履かせ、二人を送り出した。「お昼までに帰ってきてね」という万津子の呼びかけに、良隆が「はーい」と元気よく返事をする。

色づき始めた田んぼの横を、良隆と泰介は手を繋いで走っていった。次第に小さくなっていく二人の後ろ姿を、万津子は口元を緩めながら、大きく手を振って見送った。

自分にもああいう時代があった――と、遠い過去に思いを馳せる。

目の前の風景は、昔からずっと同じだ。

夏の終わりを惜しむかのように、青い空が最後の輝きを放っている。

心地よい風が頬を撫でる。

首《こうべ》を垂れた稲穂が、一足先に秋の色を映し始めている。

ここにいると、万津子が子どもの頃から、日本という国は何も変わっていないのではないかと、ふと錯覚しそうになる。

だが、遠く離れた東京では、まさに今、再来月に迫ったオリンピックの準備が着々と進んでいるのだという。

一週間ほど前に、ギリシャのオリンピア遺跡で聖火の採火式が行われたというニュースが流れていた。いろいろな国を回って、来月上旬には沖縄に上陸するそうだ。

その聖火リレーの最終ランナーに決まった早稲田大学一年生の坂井くんは、一躍時の人となっていた。昭和二十年八月六日、原爆が投下された日に広島県で生まれたという彼の経歴は、なるほど最終ランナーにふさわしいように思えた。

地下鉄やモノレールが通り、幅の広い道路が整備され、豪華なホテルが次々と建ち、東海道新幹線という世界初の高速鉄道まで開通する予定の、大都市・東京。

いったいどんな場所なのだろう——と、目をつむって想像する。

人々は、もっと自由に暮らしているのだろうか。

街は活気に満ちているのだろうか。

誰しもが夢や希望を持っているのだろうか。

炭鉱で栄えてきた大牟田や、紡績工場の集まる一宮でさえも、東京から見れば田舎なのだろう。だとすれば、ここは何なのだ。

地の果て、だろうか。

日本の、遠い遠い西の果て。

「……羨ましか」

ぽつりと呟く。頬に涼しい風を感じ、そっと目を開けた。

東京ではこの秋、アジア初のオリンピックが行われる。だが万津子は、田んぼと川と空しかない、狭い人間関係と農家の古いしきたりに支配されたこの土地で、息子たちとともに、日々を耐えながら生きていくのだ。

仕方がない。ここに生まれたのだから。

それしか、選択肢がないのだから。

戦時中と違って豊富に食べ物があって、夜な夜な暴力を振るわれるようなことがなくなって、泰介に良隆のような遊び相手ができただけでも、本当なら神様に感謝しなければならないのだろう。

「あっ、でけん」

まだ洗濯に取りかかっていなかったことを思い出し、万津子は慌てて家へと引き返した。幸い、背中の徹平はすやすやと眠っているようだった。

たらいに張った水が手に心地よい季節も、もうすぐ終わる。


昼になると、農作業を終えた家族が続々と家に帰ってきた。「今日は涼しかけん、楽やねえ」「雨の恵みやねえ」と口々に言葉を交わしている。昔と違って、万津子がその会話に加わることはない。

「家ん中がほんなこつ静かと思ったら、泰介がおらんとか」

「良隆くんたちと遊びに行っとるとよ」

人数分の茶碗にご飯を盛りつけながら、母の問いかけに答えた。

「お昼の時間ば守らんで、困ったねえ」

「いつもなら、もう帰ってきとる頃ばってん」

さっきから、泰介の帰りが遅いことに万津子は気を揉《も》んでいた。何度か家の外に出てみたが、目の届く範囲に子どもたちの姿は見えなかった。

遊んだ帰りに、どこかで道草を食っているのだろうか。

いや、それはないだろう。良隆は泰介の迷子癖をよく知っているから、みんなで遊んだ後はほぼ必ず家まで送り届けてくれるのだ。やはり、子どもたちはまだ解散していないに違いない。

あのしっかり者の良隆が、太陽がすっかり高くなったのにも気づいていないのだとしたら、ずいぶん珍しいことだった。新しい遊びにでも夢中になっているのかもしれない。

「よかよか。先に食べてしまおう。そのほうがゆっくりできるばい」

「それもそうか」

「今ならお椀ば投げつけられる心配もなか」

悟兄ちゃんの言葉に、父が頷き、実兄ちゃんが笑いながら同調する。悪意のひとかけらもないその会話が、万津子の胸をちくりと刺す。

万津子が台所に並べた茶碗と味噌汁のお椀を、母と諒子がちゃぶ台へと運び始めた。おかずはほうれん草のおひたしだ。ご飯にかけるための鰹《かつお》の削り節と醤油《しょうゆ》も用意してある。

いただきます、と全員で手を合わせ、昼食の時間が始まった。

大人たちの皿や茶碗が空になり、徹平や薫のご飯が半分以上空になった頃になっても、泰介はまだ戻ってこなかった。

ちらりちらりと戸口に目をやり、子どもたちの声がしないかと耳を澄ませる。だが、聞こえるのは蟬の鳴き声ばかりだった。

どうもおかしかった。どこの家も、昼食の支度を終えた頃だろう。橋本さん家の近くで遊んでいるのなら、そろそろ、誰か大人が声をかけているはずだ。

娘がもう家に帰ってきているか、隣の吉田さんに訊いてみようか。

そう考え、座布団から腰を浮かせたとき、こちらに向かって駆けてくる足音が表で聞こえた。

「万津子さん！　万津子さん！」

切羽詰まった声とともに、戸口が開け放たれる。そこには、吉田さんの奥さんが立っていた。その後ろから、娘の光恵が顔を覗かせている。光恵は泣きそうな顔をして、わなわなと唇を震わせていた。

「万津子さん、来て！　泰ちゃんが川に落ちたげな！」

「えっ」

一瞬、頭が真っ白になる。吉田さんは血相を変えていた。

「こん子ら、川の近くで遊んどったとよ。一緒に落ちた良隆くんの姿も見当たらんげな。早よ、早よ！」

吉田さんに急かされ、万津子は慌てて腰を上げた。

家族が呆気に取られている中、「徹平ば見とって」と諒子に言い残し、吉田さんと光恵に続いて外へと飛び出す。

「光恵、みんなはどこにおっとね？」

「橋んとこ！　良隆ん家の、もっと先！」

吉田さんの問いかけに、光恵が切羽詰まった声で答えた。

小学四年生の彼女は、まるで鉄砲玉のように全速力で走っていく。置いていかれないよう、万津子は懸命に両腕を振り、脇目も振らずに駆けた。

水たまりに足を突っ込むたび、泥が跳ねる。

ぬかるみで滑り、転びそうになる。

なんとか体勢を立て直し、目の前の小さな影を追いかける。

頭がふわふわと浮く。

視界の端で、稲穂が不穏に揺れる。

肌に心地よかったはずの風が、氷のように冷たい。

「姿が見当たらんて言うたって、ここらはほとんど浅瀬じゃろ？」

走りながら、万津子は吉田さんに向かって叫んだ。家の裏手にある川は、さほど幅も広くなく、流れも穏やかだ。場所によっては干上がっているところもあるくらい浅い。いくら子どもとはいえ、その川に「落ちた」というのは、なかなか想像ができなかった。

「昨日からずっと、ひどか雨が降っとったやろ。そやけん、川が増水したったい。深さは大人の腰くらいばってん、いつもより流れが速かつよ」

「そん中に、みんなで入って遊びよったと？」

「うんにゃ、落ちたとは泰ちゃんと良隆くんだけ。他のみんなは離れたとこで鬼ごっこばしよったげな。悲鳴ば聞いてびっくりして、親ば呼びに来たとよ」

「誰か助けに入っとらんとね、川に？」

「分からん！」

吉田さんも、気が動転した光恵に聞かされただけで、詳しいことは把握していないようだった。

橋本さん家の前を過ぎると、前方にも幾人かの大人の姿が見えた。道を曲がるとすぐ、川の方向から男たちの太い怒号が聞こえてくる。

すでに十数名の大人たちが、川に落ちた子どもを捜索していた。

橋の上から川面を見渡して叫んでいる者。土手を駆け下りている者。川に入って水の中をさらっている者。

おーい、おーい、という大声が響き渡る。しかし、返事は聞こえない。

十人ほどいる子どもたちは、川の脇の細い道に集まって身を寄せ合っていた。

その中に、ひときわ大きな声で泣き喚いている幼児の姿があった。

途端に、腰から崩れ落ちそうになる。

「泰介っ！」

周りの子を突き飛ばしそうになりながら、泰介に駆け寄った。地面に膝をつき、ずぶ濡れの身体を抱きしめる。

無事だった。

泰介は、生きていた。

「どげんしたと？　何があったと？」

泰介の肩を揺すると、短い髪から水滴が飛び散った。

「川に落ちたと？　誰に助けてもろうたと？」

必死に尋ねるが、返事はない。幼い息子は、うわーん、うわーんと怯えた顔をして泣くばかりだった。

「うちの父ちゃんが引き揚げたつばい」

代わりに、隣に立っていた少年が答えた。

「泰ちゃん、水に浸かったまま、岸んとこの草につかまって泣いとった」

「お父さんて、井上《いのうえ》さんね？　お礼ばさせてもらわんと」

記憶を探り、この少年が井上さんの息子だということを思い出す。兄弟同士で顔が似ているから確信は持てないが、たぶん次男の修二《しゅうじ》だろう。橋本家の隣に住んでいて、同い年の良隆とは仲良くしていたはずだ。

「父ちゃん、今は良隆ば捜しに行っとるけん」

「良隆くんは見つかっとらんとね」

「うん、まだ」

修二の声には不安がにじんでいた。続々と集まってくる近所の大人たちが叫び合いながら川に入っていくのを、青い顔で見下ろしている。

やがて、身を震わせている子どもたちのそばへ、幾人かの母親がやってきた。中でもひときわ怖い顔をしていた田中《たなか》さんの奥さんが、長男の卓也《たくや》のところへと近寄り、思い切り頰を平手で叩く。

卓也は驚いた顔をして母親を見上げた。

「痛っ、何ばすっと！」

「なんでこげんか日に川で遊んだつね。こげん水が増えとるときに、危なかやろ！」

「俺らは遊んどらん！　あっちで鬼ごっこしとったとばい」

「もっと川から離れたとこで遊べばよかったつに！」

「このへんが広かけん、ここがよかと思ったつたい。川に近づこうとは思っとらんやった！」

「一番年上のあんたがしっかり見とかんけん、こげんかこつになったったい」

「光恵だって同い年たい」

「あんたは男やろ！」

殺気立っているのは、田中さんの奥さんだけではなかった。おーい、良隆、どこだー、という大人たちの緊迫した呼び声が、陽が翳《かげ》り始めた空に響き渡る。泰介の大きな泣き声でさえ、きっと彼らの耳には届いていない。

「良隆、良隆ぁ」

橋本さんの奥さんは、土手を下りたところで、声を限りに息子の名前を呼んでいた。今にも倒れそうに、ふらふらと揺れているその肩を、吉田さんの奥さんが抱いている。

まもなく、自転車に乗ったお巡りさんが到着した。誰かが電話を借りに走り、交番に連絡していたようだ。

「子どもが二人、川に転落したと聞きました。まだ見つかっとらんとですか」

老齢のお巡りさんに話しかけられ、万津子はしどろもどろになりながら状況を説明した。泰介は無事だったが良隆の姿が見えないと話すと、お巡りさんは唇を真一文字に結び、川へと駆けだしていった。

土手を下りていくお巡りさんの姿を、子どもたちとともに、胸がつぶれそうになりながら見送る。

見つかったぞぉ、という声が遠くから聞こえたのは、それから幾ばくも経たない頃だった。

田んぼ一つ分ほど下流に、大きな岩の先っぽが突き出ているところがある。そのそばに、川の中を岸に向かって懸命に歩いている橋本さんのご主人の姿があった。両腕に、ぐったりとした小さな身体を抱えている。

周りの母親や子どもたちが一斉に土手を駆け下りだす。いつまでも泣き止まない泰介の手を引き、万津子もその後を追いかけた。

すぐに足を止めようとする泰介を急かしに急かし、最後には抱き上げて走った。

草むらの中の小石にけつまずき、何度も転びそうになる。

周りの者からずいぶん遅れて、万津子と泰介がようやく追いついたときには、良隆の身体は岸辺の草むらに寝かされていた。

その横で、お巡りさんと橋本さんのご主人が揉み合っている。

「水ばっ！　水ば吐かせれば、息ば吹き返すかもしれんやろ！」

「お父さん、乱暴に扱わんでください。大事な息子さんでしょう」

「そやけん水ばっ！」

「もう手遅れです。呼吸も心臓も止まっとります」

どちらの声も、絶望の色を帯びていた。

良隆は、目を閉じたままぴくりとも動かなかった。

よく焼けていた肌はどす黒くなっている。唇は紫がかっていて、口の端から泥水がこぼれていた。両手の拳は苦しみを映し出したように強く握られ、腹はかすかに膨れている。

ちらと見ただけで、生きている人間のそれではないことが分かった。

「なしてこげんかこつに……子どもでも、足は届く深さやったろに」

橋本さんのご主人の手が、だらりと垂れた。

「体勢を崩して、水ばしこたま飲んでしまったとでしょう。とっさのことだと、上も下も分からんごつなります。特に今日は、いつもより水の流れも速かったですけん」

「ああ……」

ご主人は頭を抱え、その場にうずくまった。

吉田さんに支えられながらやってきた橋本さんの奥さんが、倒れ込むようにして良隆の隣に座った。遺体に縋りつき、おいおいと泣き始める。

少し離れたところでは、良隆の幼い弟が、近所の母親に手を引かれて立っていた。兄の身に何が起きたか、まだちっとも分かっていないのだろう。泰介より一歳年下の彼は、笑みを浮かべてキョロキョロと大人たちを見回していた。

子どもたちも真っ赤な目をして、洟《はな》を啜っていた。「良隆、死んでしもうたつね？」「嘘やろ」という悲痛な囁き声が、彼らの間を駆け巡る。

いつの間にか、万津子の目からも、はらりと涙がこぼれていた。

今朝、家の前まで泰介を迎えに来てくれたとき、万津子に褒められて胸を反らしていた良隆。「仲間外れはでけん」と堂々と宣言し、泰介と手を繋いで走っていった良隆。

こんなことがあっていいのだろうか。

何もしてやれなかったやるせなさが、肩にのしかかる。

やがて、お巡りさんが顔を上げ、感情を殺した声で言った。

「私は応援を頼んできますけん、皆さんはここにおってください。どうかご遺体は動かさんで。こちらで見分する必要がありますけんね」

あたふたと土手を駆け上り、自転車に乗って去っていくお巡りさんを、誰もが無言で見送った。川の流れる音と、橋本さんの奥さんが嗚咽する声だけが、あとに残る。

「いったい、どげんしたつかい」

地面に何度も拳を打ちつけていた橋本さんのご主人が、子どもたちに鋭い目を向けた。

「なんで良隆は川に入ったと？　こん子はまだ一年生ばってん、とても用心深い子やった。単に足を滑らせて落ちたとは思えん」

子どもたちが押し黙る。田中さんの奥さんが「卓也、何か言わんね」と厳しい声を出すと、「俺は見とらん」と卓也が首を力なく左右に振った。吉田さん家の光恵が、唇を震わせながら前に進み出る。

「私たち、鬼ごっこに夢中やったけん、良隆と泰ちゃんが落ちた後に、叫び声で気づいたつよ。すぐに棒切れば差し出して助けようとしたばってん、沈んで見えんごとなって――」

「誰か見とらんとか！」

あまりの剣幕に、子どもたちが怯えて後ずさった。

その中に、おずおずと手を挙げた者があった。井上さん家の修二だ。

「僕、見た」

全員の視線が、幼い彼に集中する。

修二は、泰介の手を引いている万津子の顔をゆっくりと見上げた。

「泰ちゃんが……良隆くんば、押しよった」

途端に、脳が凍りついた。

吸いかけた息が、喉の真ん中で止まる。

冷たい沈黙が草木を震わせた。直後、橋本さんのご主人の怒声が響き渡った。

「泰ちゃんが、押した？　川のすぐ横で？」

「うん。怒って突き飛ばしよった」

「喧嘩しよったつか」

「泰ちゃんがみんなに喧嘩ば仕掛くっとは、いつもんこったい」と、卓也が肩をすくめる。

「良隆も泰ちゃんも、はじめは私たちと一緒に鬼ごっこしよったつよ」

今度は光恵が言葉を継いだ。「でも、泰ちゃんが鬼になって不機嫌になったけん、良隆が連れ出したったい。二人で川に向かって、石ば投げて遊んどった」

「そんうちに泰ちゃんが怒って、良隆の身体ば押しよったとか」

「私は知らん。でも、修二が見たつやろ」

光恵に問われ、修二がこくりと頷いた。

大人たちの冷めた視線が、万津子へと向く。頭のてっぺんから、血がさっと引いていった。

「万津子さん、あんた、どげんか教育ばしとっとか。あんたんとこの泰ちゃんが、うちの良隆ば川ん中に突き落としたつばい！」

橋本さんのご主人が立ち上がり、詰め寄ってきた。こちらを睨みつける両目が、赤く血走っている。万津子は震えながら首を左右に振った。

「ちょっと待ってください。こん子はまだ三歳ですよ。喧嘩っ早い子ですけん、確かに怒って良隆くんば押したかもしれんばってん、そのせいで落ちたとは限らんと思います。だって、泰介も一緒に川に——」

「そんなら、うちの修二が嘘ばついたちゅうこつかね？」

井上さんの奥さんが苛立った声を上げた。弁解しようとする万津子の声は、周りの母親たちに届かない。

「泰ちゃんの乱暴ぶりには、いつも困っとったよ。叩かれた子も、怪我させられた子も、何人もおるばい」

「良隆くんなんか、石で殴られて血ば出したこつもあったねえ」

「順番も守れんし、すぐ癇癪ば起こすし」

「三歳とは思えんくらい力も強かけん、本気で押されたら落ちてもおかしくなか」

「いつか、こげんかこつになると思うとったよ」

「片親で、躾もろくにできとらんけん」

「人殺し！」

いつの間にかこちらを見ていた橋本さんの奥さんが、金切り声を上げた。よろめきながら立ち上がり、また「人殺し！」と叫びながら、泰介の身体をつかもうとする。

万津子はとっさに泰介をかばった。橋本さんの奥さんに背中を向け、「泰介、本当のこつば言わんね」と必死に息子の身体を揺する。

「何があったか話さんね！　良隆くんば、川になんか突き落としたりせんやろ？　川ん横で遊んどって、間違って一緒に落ちたとやろ？」

泰介は一瞬、驚いたように目を見開いた。

そして唐突に、けたたましい泣き声を上げ始めた。

落ちた、落ちたと万津子が怖い顔をして繰り返したせいで、川に流されかけた恐怖を思い出してしまったのかもしれない。万津子がいくら促しても、泰介は泣き喚くばかりで、何も喋ろうとしなかった。

「人殺し！　人殺し！」

その間も、半狂乱になった橋本さんの奥さんの声が響き渡る。

身体中から力が抜けていった。

どうして泰介は、何も言おうとしないのか。やっとらん、と一言話してくれないのか。

まさか。

もしかして、本当に――。

愕然として、泰介を見下ろす。

ふと、いつかの母の言葉が耳に蘇った。

――信じられん。こん子は、今に弟ば殺さんとも限らんよ。

死んだのは、徹平ではなかった。良隆だった。

大人でも手がつけられない泰介のことを、「罪を憎んで人を憎まず」と言ってあたたかく受け入れてくれた、小学一年生の橋本良隆だった。

「万津子さん、あんた、どげんするつもりね」

誰からともなく、冷たい問いが投げかけられる。針のような視線が、万津子と泰介を襲った。急に耐えられなくなり、万津子は口元を押さえた。

「ごめんなさい！」

身をよじって泣く泰介を抱き上げ、人を掻き分けてその場を後にする。「待たんか！」と背後で怒声が聞こえたが、後ろは振り返らなかった。

土手をよじ登り、そのまま家のほうへと駆ける。

濡れそぼった息子の身体はすっかり冷えていた。その温度が、万津子の心の底まで下りていく。

そのまま、この重たい子どもを投げ出してしまいたかった。

道端に置いていってしまいたい。今日のことを、なかったことにしたい。

身一つになって家に帰れたら、どんなに楽だろう。

気がつくと、息子を抱える腕の力が緩んでいた。泰介が怯えたように「ママっ」と声を発し、ぎゅっと万津子の首にしがみつく。

小さな嗚咽が、自分の口から漏れた。

「あんまりばい。これじゃ……あんまりばい」

涙が頬を斜めに伝い、首へと流れた。

その日の夕飯も、翌日の朝ご飯も昼ご飯も、味噌汁が塩辛かった。

だが、家族から苦情が入ることはなかった。もしかすると、この涙のような味を感じているのは、万津子だけなのかもしれない。

昨日家に帰ってきてからずっと、日常のすべてを透明なガラスを隔てて眺めているようだった。

「さっき、田中さんが訪ねてきたったい」

麦茶を一息に飲み干した悟兄ちゃんが、淡々と言った。

「警察からご遺体が返ってきたけん、今日、良隆くんの通夜が行われるげな。ばってん、うちは全員来んでよか、と。橋本さんからの伝言げな」

「……そうかね」

万津子はちゃぶ台に目を落とした。悟兄ちゃんをはじめ、食卓を囲む家族の顔が直視できなかった。

「そげん言われたっちゃ、宮崎家から一人も顔ば出さんわけにもいかん。俺と諒子とで、お詫びの品ば届けてくるつもりたい」

「すぐに捨てられるかもしれんばってんな」

母がふんと鼻を鳴らした。万津子は身を縮め、「すみません」と小声で呟く。

昨日の夕方、刑事が家に訪ねてきた。農作業を終え、すでに帰宅していた家族は、刑事と万津子とのやりとりの一部始終を聞いていた。

泰介が警察に連れていかれるのではないかと怯える万津子に、「心配せんでよか」と刑事は声をかけてきた。「子ども同士んこつやけんね。転落した瞬間ばしっかり目撃しとった者もおらんし。三歳の子ば罪には問えんばい」という言葉に、万津子は深い安堵を覚えた。

肝心の修二の証言は、後から二転三転したらしい。警察からすれば、信用に足るか怪しい内容だということだった。

しかし、泰介が良隆を川に突き落としたかもしれないという疑惑が晴れたわけではなかった。「喧嘩しとったちゅうこつは、それが直接の原因になった可能性も当然あるやろなあ」という刑事の能天気な物言いに、万津子は再びどん底へと突き落とされた。

警察でさえこの調子なのだ。ましてや、橋本良隆の死に怒り狂っている近所の人たちが、泰介や万津子を簡単に許すはずはない。

「お昼ご飯食べたら、良隆くん、来るやろか?」

米粒を口の周りいっぱいにつけた泰介が、座布団から立ち上がり、無邪気に笑った。

母や実兄ちゃんが、まるで悪魔でも見るような目をする。万津子は慌てて泰介を座らせ、「良隆くんは来られんよ」と首を左右に振った。

「なんで? 今日、学校?」

「ううん」

「そんなら、遊びたか!」

「良隆くんはもうおらん。来られんとよ」

「なんで? なんで? ねえ、ねえママ! なんで?」

こんなときでも、泰介はいつもどおり眉を吊り上げ、癇癪を起こす。バンバンと両手でちゃぶ台を叩き、「なーんーで!」と甲高い声で叫んだ。

分かっていないのだ。昨日、目の前に横たわっていたのが、良隆の遺体だということが。

「ああ、やかましか」

母が前髪を掻き上げながら、吐き捨てるように言った。

「ずっと、他ん子とは違うと思うとったばい。こん子は普通ん子じゃなか、て。ばってん、まさか人殺しになろうとは」

「お母さん！　泰介の前でやめて」

「橋本さんとこの息子が死んだとは、こん子のせいやろ」

「そうとは限らん。家族にまでそげんかこつ言われたら、泰介がかわいそかばい」

「家族、ねえ」

母が呆れたように息を吐いた。

「前にも言うたやろ。宮崎家には、泰介んごたる乱暴者は一人もおらん。これはあんたが持ち込んだ血ぃばい。私らは関係なか」

「満さんとお見合いばさせたとは、お母さんやろ！」

「結婚ば決めたとは万津子ばい」

「二人ともやめんか！　吉田さん家に聞こえるやろ」

珍しく父が声を上げ、食卓は再び沈黙に包まれた。女同士の言い争いに驚いたのか、泰介はじっとこちらを見つめている。

どうか、今の母の発言をこの子が理解していませんように——と、万津子は必死に心の中で願う。

父がさっさと席を立ったのを皮切りに、母や実兄ちゃんも次々と農作業に出て行った。悟兄ちゃんと諒子は、橋本家に持っていく品を大牟田まで買いに出るという。「私が行こか」と恐る恐る尋ねたが、「お前は外に出るな」とぴしゃりと撥ね除けられてしまった。

「万津子、家んこつばおろそかにしたらでけんよ。橋本さん夫婦のほうが、お前より何倍も何倍も苦しんどんなはるやろけんな」

厳しい顔で念を押してから、悟兄ちゃんは諒子と薫とともに家を出て行った。

呆然とする万津子が気を持ち直す間もなく、泰介がちゃぶ台から離れ、裸足で土間へと飛び降りる。そして、靴も履かずに外へと走り出た。

板の間に徹平を置いたまま、万津子は慌てて泰介を追いかけた。

「どこさん行くとね！」

「みんなと遊ぶ！」

道に出て、吉田さん家のほうへと走り始めた泰介を、大声で叱りながら捕まえる。

「でけん。家におらんね」

「なんで！」

「なんでも」

「嫌だ！」

「でけん！」

「嫌だあ！」

「でけんて言うとるやろ！」

万津子の腕から逃れようとする泰介を引き寄せ、その横っ面を思い切りはたいた。

「ママが叩いた、ママが叩いたあ」

泰介が暴れながら泣き出す。その両脇を抱え上げ、無理やり家へと引きずっていく。

その途中、ちょうど戸口から出てきた吉田さん夫婦と目が合った。彼らはすいと目を逸らし、そのまま田んぼへと歩いていった。

抵抗する泰介を力ずくで家へと引っ張り込み、奥の座敷の押し入れに閉じ込めた。

ずいぶんと長い間、泣き喚く声と、平手で壁やふすまを叩く音がしていた。万津子は心を鬼にして、頑なにふすまを閉じ続けた。

どのくらいの時間が経っただろう。

ふと気がつくと、泰介の声が聞こえなくなっていた。

ようやく諦めたかと、そっとふすまを開けてみる。押し入れの中で、泰介は客用の布団に背を預けて寝息を立てていた。疲れて眠ってしまったようだった。

腰の力が抜け、万津子は畳に座り込んだ。

不意に息苦しくなる。

これからのことを考え、気が重くなる。

昨日事故現場から逃げ出した自分と、人殺しと呼ばれる泰介と、その弟である徹平。

実家の家族には、もともと歓迎されていなかった。それが今度は、ご近所まで敵に回してしまった。

いっそ、三人で心中でもしてしまえば、楽になれるだろうか。

家族が寝静まった真夜中に家を出て、川に身を投じるのだ。ゆっくり入っていけば、泰介も水遊びだと思って暴れずにいてくれるだろう。万津子は空に浮かんだ月を見上げながら、息子たちの頭を水に沈め、何の未練もないこの世に別れを告げるのだ——。

ぞっとした。

何を考えているのか、と自分の腕を強くつねる。

そもそも、徹平には何の罪もないのだ。それに、泰介が良隆を殺したと決まったわけでもない。

修二が見た喧嘩は、二人が川に落ちるよりずいぶん前のことだったのかもしれない。事故が起きたときには、良隆と泰介はとっくに仲直りをして、川の中の魚でも探して身を乗り出していたのかもしれない。手を繋いだまま、どちらかが足を滑らせ、二人して増水した川の中に転落したのかもしれない。

きっとそうだ——と、自分に言い聞かせる。

そう信じるのが、母親としての務めだ。

他の人がどう思おうと、事実がどうであろうと、万津子だけは、息子の味方であり続けなくてはならない。

「ごめんね……ごめんね」

ほんのひとときであっても、泰介を疑ったことを後悔した。押し入れの中で寝ている息子に向かって、何度も頭を下げて詫びる。

泰介は、まだ三歳だ。

良隆が死んだことも、まだ理解していない。悪夢のような昨日の事故のことも、万津子が泰介に伝えさえしなければ、いつか忘れてくれるだろう。

誰かが変なことを吹き込もうとするかもしれないが、万津子が阻めばいい。頑なに知らないふりをし、何もなかったことにすればいい。

「泰介には、秘密」

小さな声で、呪文のように繰り返した。

「秘密。何があっても、絶対に教えん」

それでいいのだ。

子どもには、物心つく前の出来事を忘れ去る権利がある。

それがどんなに悲しく、人様に迷惑をかけるような出来事だったとしても。

徹平の泣き声が聞こえ、万津子はふと我に返った。ご飯も途中のまま、すっかり放置していたことに気づき、慌てて板の間へと走る。

おしめを替え、残りのご飯を食べさせてから、布団を敷いて寝かしつけた。その後、押し入れの中で寝ている泰介を徹平の隣に移動させようと、奥の座敷に戻った。

開いたふすまからそっと手を差し込み、息子の身体を抱え上げようとする。

そのとき、奥にある平たい箱が目に留まった。

「あっ」

思わず声を上げる。

こんなところにしまっていたことを、すっかり忘れていた。

母と一緒に大牟田の松屋デパートで選んだ、上品な藤色の着物。

五年前、女工時代に実家に仕送りしていたお金の残りで、亡き夫との見合いに着ていくために買った晴れ着だ。

――私のために、ほんなこつありがとう。ばってん、私、万津子姉ちゃんが稼いだお金は、万津子姉ちゃんが幸せになるために使ってほしか。

きょうだいで一番仲の良かった妹の小夜子が、手を叩いて喜んでくれたことを思い出す。そんな彼女は、中学を卒業してすぐ、愛知に集団就職してしまった。母は呼び戻す気もないようだから、きっと香代子姉ちゃんや千恵子姉ちゃんと同じように、向こうで嫁ぐのだろう。

小夜子の進学費用に充てるつもりだったお金で買ったのが、この高価な着物だった。

――ほんなこつ綺麗かねえ、ほんなこつ。きっと、お相手の方も気に入んなはるばい。よか縁談がまとまるやろねえ。万津子姉ちゃん、お幸せにねえ。

　この座敷で藤色の着物を広げ、小夜子とはしゃいでいたときのことが、ありありとまぶたの裏に浮かぶ。

　あのとき、万津子は心から信じていた。

　この着物が、幸せな生活への架け橋になるのだと。

　自分の未来は、とてつもなく明るいのだと。

　急に、腹の奥底から怒りがわいてきた。

　箱から着物を引きずり出して、ずたずたに破いてしまいたい衝動を、懸命に抑える。

「こげんか着物――」

　泰介を抱き上げて押し入れから出し、畳に寝かせた。それから、えんじ色の平たい箱へと手を伸ばし、その横に積んである敷布団の下に押し込んだ。

　むしろ、幸せという幸せを、全部吸い取っていたのではないか。

　自分の身の丈に合わない、この着物が。

「泰介には、秘密」

　もう一度自分に言い聞かせ、決意を固める。

　押し入れを睨みつけ、ぴったりとふすまを閉めた。それから、畳の上で寝返りを打った息子を抱え上げ、座敷を出た。

　あの藤色の着物を目にすることは、もう二度とないだろう――と、万津子は思った。

二〇一九年　十二月

階段を降りていく控えめな足音が聞こえ、目が覚めた。

まだ窓の外は薄暗かった。ひんやりとした冷気が顔に当たる。羽毛布団に包まれた肩から下の温もりを、いつまでも享受していたくなる季節だ。

エナメルバッグが壁を擦る音が、耳に届いた。その音に導かれるようにして、泰介は布団から這い出した。

このところ、寝覚めがいい日が続いていた。

薬が安定して効果を発揮するまでには一、二か月ほどかかると聞いていたが、さっそく効き目が現れ始めたのかもしれない。もしくは、処方された薬を飲むという具体的な行為を始めたことで、自己暗示にかかっているのか。

理由はどちらでもよかった。

大事なのは、朝一人で起きるという、たったそれだけのことで、世界から認められたような気分になれるということだ。

「おはよう」

階段を降りながら、玄関で靴を履こうとしている娘に声をかけた。愛猫のチロルが、紺色のクルーソックスに包まれた健康的な脚に身体をすり寄せている。

「あ、お父さん！　おはよう。今日も早いんだね」

「せっかくだから、萌子を見送ってから朝ご飯にしようと思ってな」

「まだ、会社行くまでには時間があるでしょ？　寝ててもいいのに」

「歳を取ると早起きになるっていうだろ。俺もそろそろおじいちゃんの仲間入りだ」

「えー、困るよ、お父さんがおじいちゃんになっちゃったら。私、まだ高校生なのに」

萌子はコロコロと笑った。早朝だというのに、眠気とは無縁のようだ。

リビングのドアが開き、由佳子が顔を覗かせた。ほんの少し気恥ずかしくなりながら、おはよう、と挨拶を交わす。

「変ねえ。今日は大雪かしら。お父さんがこの時間に起きてるなんて」

「お母さん、昨日も同じこと言ってたよ。一昨日《おととい》も、その前の日も」萌子がチロルの背を撫でながら言った。「でも、天気はずっと晴れ」

「急にどうしたのかしら。まるで別人みたい。頭のネジが外れちゃったとか？」

「失礼な。俺だって、萌子を少しでも応援したいんだよ」

「まあ、そうね。春高バレーまで、あと一週間ちょっとだものね」

「萌子、今日も頑張れよ」

「お父さんもお母さんも、全力で祈ってるからね」

「何、二人とも。試合当日じゃあるまいし、朝から熱すぎ！」

萌子は目を糸のように細くして笑いながら、重そうなエナメルバッグを肩にかけた。

いってらっしゃい、と手を振る。いってきます、という爽やかな声とともに、娘の姿がドアの向こうへと消える。

「もう朝ご飯にする？」

「うん。テレビでも見ながら、ゆっくり食べようかな」

「お義母さんはまだ起きてこないだろうし……せっかく時間があるから、リンゴでも剝きましょうか。それか、この間ジャムを作ったから、ヨーグルトに入れて食べてもいいわね」

「いいね。由佳子のお手製リンゴジャムは美味いからな。つくづく、俺はいい嫁さんを持ったよ」

「何なの、もう。最近、なんだか変よ」

そう言いながらも、由佳子はいつになく機嫌がよさそうにしていた。鼻歌を歌いながら、キッチンへと戻っていく。

「廊下、寒いでしょう。いつまでそこに立ってるの」

声をかけられ、慌ててリビングに足を踏み入れた。早朝の玄関に長いこと裸足で立っていたせいで、足が冷えている。

じんと痺れるようなその感覚さえも、今はどことなく誇らしかった。


十二月二十七日、金曜日。

納会前のフロアは、いつにも増して騒がしい。

隣の部署の新入社員が、額に汗をにじませながら、何箱もの缶ビールを台車から降ろしている。その周りでは、幾人かの若い女子社員が、唐揚げやポテトフライの入ったオードブルの蓋を開けたり、紙皿や割り箸を袋から出したりと、忙しそうに動き回っている。

一年に一度、年末の最終出社日だけ、スミダスポーツ本社の各フロアは忘年会会場へと姿を変える。定時まで一時間ほど酒を飲み交わした後、仕事納めに無事成功した者は居酒屋へ、失敗したものは残業へとなだれ込むのが毎年の恒例だった。

「さて、そろそろ作業は終わりにしてくださいね。本部長の話が始まりますから」

課長の北見賢吾が、データアドミニストレーション課一同に声をかけた。向かいの席に座っている立山麻美と木村将太が、「やった、ギリギリセーフ」「うわあ、今年は残業コースか」などと対照的な表情を浮かべる。

「佐藤さん、パソコンをいったん閉じてください。続きは納会後にお願いします。提出しないまま二次会に行くのはなしですからね。かといって、深夜まで残られるのも困りますが」

半ば決めつけるような物言いだった。意識的に間を置いてから、泰介は平然と言葉を返した。

「ん？　店舗別売上データのまとめなら、今メールで送っておいたけど」

「えっ？」

北見は呆気にとられた顔をして、メールボックスを確認した。「本当だ」という素っ頓狂な声が彼の口から漏れる。

「まさか、もう終わったんですか」

「終わったさ」

「抜け漏れがないか、きちんと確認しました？　前年同月比の計算はやりましたか。売上増加店舗と減少店舗の色分けも？」

「もちろん」

「うーん、奇跡的としか言いようがありませんね。佐藤さんが締め切りを守るなんて。いったいどんな魔法を使ったんですか」

相変わらず嫌味な奴だ。

だが、そんな北見の反応が、今は可笑しかった。

魔法を使った——という表現は、言いえて妙かもしれない。

ＡＤＨＤと診断されてから一週間、泰介は現状打開の道を探り続けていた。いったん興味がわくと、衝動を止められなくなるのは昔からの癖だ。平日の帰宅後も、休日も、暇な時間は家のパソコンに張りつき、大人のＡＤＨＤに関するサイトを次々と閲覧した。

その結果、治療には二つの方法があることが分かった。

一つ目は、「薬物治療」。不注意や多動の原因と考えられている、脳内物質の不足を直接的に解消する方法だ。

これについては、早くも効果を実感し始めていた。朝すっきり起きられるようになったのもそうだし、心なしか、人に話しかけられている最中に気が逸れることも少なくなった気がする。メールの誤字脱字やデータ抽出条件の誤りなどのケアレスミスも、徐々にではあるが、減ってきているようだった。

透明な踏み台をもらったような気分、とでも言おうか。

一段高いところに上って、普通の人が見ている景色を覗けるようになりつつある——そんなイメージだ。

ただ、薬はあくまで症状を抑えるだけで、完治させるわけではない。

そんな中で、より重要になるのが、二つ目の「心理社会的治療」だった。

泰介の担当医は、これを「心がけ」と呼んでいた。自分の内面や生活環境を見つめ直すことで、問題の発生を未然に防ぐという方法だ。

例えば、仕事をする際、雑多な情報が目に入って気が散らないように、机の上には一切物を置かないようにする。

長い指示の内容が分からなくなりそうなときは、細切れに訊き返すようにする。

作業時間は最初から多めにもらうようにする。

分からないことが出てきたら、自分を過信せず、すぐに周りに助けを求める。

取りかかるのが面倒なことは、作業レベルの細かいタスクに分割して、一つずつ地道に片付けていくようにする。

同時にいくつもの作業をやろうとしない。

携帯のアラームや付箋などを上手く活用し、大事なことを忘れないようにする。

これらが、泰介が意識して使い始めた「魔法」だった。

今の仕事は、アンケート集計や売上データのまとめ、店舗リストの作成や顧客情報の抽出など、ただでさえ工数が多く煩雑なものが多い。これまでは、どこから取りかかってよいものやら分からず、気乗りしないまま長時間放置し、ネットサーフィンなどをしているうちにいつの間にか提出期日を過ぎているのが常だった。

それが、今日は初めて、北見が設定した締め切りまでに仕事を終えられた。作業の細々とした手順をメモ帳に書き出すのに午前中いっぱいかかったため、立山や木村には変な目で見られたが、やはりあのやり方でよかったのだ。

興味のない仕事は、一切できない。

そう思い込んでいたのは、間違いだったのかもしれない。

北見は、先ほどから凄まじい勢いでマウスをスクロールしている。泰介が作成したファイルの粗探しをしているのだろうが、どこにも間違いは見当たらないようだ。

どうだ、見たか。

六十近くのおっさんだって、まだまだ変われるんだぞ。

この程度のことで得意になるのはおかしいと分かりつつも、不意打ちのパンチを食らったかのような表情をしている若き課長を横目に、心の中でほくそ笑むのを止められなかった。

「ほら、本部長の話が始まるぞ。パソコンを閉じないと」

「ああ、そうですね」

腑に落ちない様子で首を傾げながら、北見がモニターの電源を落とした。

同時に、「皆さん、お疲れ様です」という司会の若手男性社員の声が響いた。手短に納会の開始を告げた後、ワイヤレスマイクを本部長へと手渡す。

肥後太一は、今日も堂々としていた。広いフロアにひしめく数百名の部下を前に、終始ハキハキと、時に笑いも取りつつ、スポーツジム運営本部の業績やこれからの展望について語っていく。

つくづく、自分にはとてもできない芸当だ。

肥後には話術があり、人望がある。ああいう人間は、話している最中に着地点を見失ってついつい話が長くなることもなければ、大勢の注目を浴びているからといって数秒おきに気が散ることもないのだろう。

小太りの体型になってしまった彼の姿を見るたびに、三十年前を思い出す。

当時六年目の自分と、新入社員の肥後。よくよく考えてみれば、一つ一つの仕事を手取り足取り教えた記憶はない。

先輩面をしていたのは、仕事終わりに錦糸町まで飲みに繰り出すときくらいだ。穴場の居酒屋で安くて美味い酒に出会ったときに、肥後と二人で上げた雄叫《おたけ》び。タクシーで朝帰りした翌日、たまたまトイレの手洗い場で横に並んだとき、互いの目の下にくっきりとできていた黒い隈《くま》。あの頃の思い出は、そんなものばかりだった。

それでも泰介が教育係という立場を一年間追われなかったのは、ひとえに肥後が優秀だったからなのだろう。彼はただひたすら、自分の仕事にかかりきりだった泰介の背中を見て、おそらく一部では反面教師にもしながら、社会人としての立ち居振る舞いを学んでいったのだ。

「俺は、あいつにも助けられてたってことか」

誰にも聞こえないよう、口の中で小さく呟いた。同時に、本部長として活躍する肥後に対する悔しさや嫉妬が、みるみるうちに小さくなっていく。

病院を訪れ、診断という名の免罪符をもらったあの日から、慢性的に感じていた生きづらさが、嘘のように霧消していた。もちろん劣等感はそれなりにあるものの、ようやく許された、という安心感のほうが大きい。

「来年はいよいよオリンピックです。我々も、スポーツ業界の一端を担う者として、東京を盛り上げていきましょう。そのためにも、年末年始はとりあえず、疲れた身体をゆっくり休めてください。それでは皆さんご一緒に、乾杯！」

肥後の明るい声に、全員が「乾杯」と続く。いつの間にか机に配られていた缶ビールを慌てて手に取り、ワンテンポ遅れて飲んだ。

拍手が落ち着いた後は、オードブルをつつきながら、それぞれの部署での雑談が始まった。唐揚げを頬張っていると、後ろの島から中堅社員同士の会話が聞こえてきた。

「なんで今年は金麦なわけ？　納会のときは大抵、ヱビスかプレモルじゃなかったっけ」

「あいつがちゃんと確認しなかったんだよ。安いほうがいいだろうってことで、勝手に注文しちゃったらしくてさ。絶対大量に余るし、発泡酒嫌いの部長もご不満」

「そういえばオードブルの種類もずいぶんと偏ってるな」

「そうそう。唐揚げとポテトばっか、こんなにいらねえよ。あいつ、ホント要領悪いんだよなあ」

どうやら二人は、先ほど一生懸命荷下ろしをしていた新入社員の愚痴を言っているようだった。ビールの種類くらい、どうでもいいだろ。そんな七面倒くさい伝統を守らせたいなら、教育係のお前がちゃんと教えておけ。ふざけんな。

――と、振り向いて怒鳴りつけたくなる。以前だったら、まるで自分が悪口を言われたように感じ、即座に説教していたに違いない。

そこで、「魔法」の登場だ。口を開く前に、いったん頭の中で状況を整理し、言いたいことをまとめる。プライドが高く仕事がよくできる中堅社員と、どこか抜けたところのある新入社員の関係性を、自分なりに分析してみる。

「おいおい、お前ら、そこまで求めるのはちょっとかわいそうじゃないか」

椅子をくるりと回転させ、話しかけた。会話をしていた二人が迷惑そうに目配せをする。空気を読めない奴が来た、とでも思われているのだろう。

彼らの不躾な態度は気にしないことにした。頭の中で用意した台詞を、できる限り朗らかな口調で送り出していく。

「エビスかプレモルがいいってのは、数年前に部長が言ってただけだろ。社会人経験の長いお前らならそこまで気が回るかもしれないけど、大学を出て一年も経たない奴にはハードルが高すぎるって」

「まあ、ねえ」

「それに、お前らの課は、年始のキャンペーンに向けて残業続きだったろ？　そんな中で、先輩社員に手間を取らせずに準備を一人でやりきったんだ。あいつなりに気を使ったのかもしれないし、まずはそこを褒めてやろうぜ」

「え、ええ。……それは確かに」

二人が肩透かしを食らったような顔をする。

「あいつ、死ぬほど性格がいいんで……こっちもピリピリしてて納会どころじゃなかったし、邪魔しないようにと思ったのかもしれないっすね」

「だろ？　先輩思いの優しい奴なんだよ。美味いビールを用意するのは、来年に期待だな」

最後まで穏やかに言い切ってから、そのままずるずると長居しないよう、潔く話を切り上げて自分の机へと戻った。

隣の北見と目が合った。一連の会話に耳を傾けていたようで、しきりに瞬きをしている。

「佐藤さん、最近いいことでもありました？」

「いや。なんでだよ」

「どう表現していいか分からないんですが……なんとなく、前と違うような気がして。安定しているというか、調子がよさそうというか」

「あ、それ、私も思いました！」

向かいの席で、立山が勢いよく挙手をした。

「毎日、機嫌がいいですよね。課長との口喧嘩も減ったし、プチ遅刻もなくなったし」

「顔つきも爽やかになった気がする」と、木村もコメントを加える。「その缶ビール、めっちゃ似合ってますよ。そのままCMにできそう」

「何、適当なこと言ってんだ」

苦笑しながら、手に持っていた缶を机に置く。その途端、三人が一斉に「あっ」と声を上げた。缶を倒してしまったことに気づき、慌てて持ち上げる。

幸い、ほとんど飲み干していたため、惨事にはならなかった。立山がすかさず差し出したボックスティッシュを受け取り、こぼれた少量の液体を拭く。

「あれれ、佐藤さん、もう酔っ払っちゃいました?」

「お酒強いんじゃなかったでしたっけ」

立山と木村にからかわれ、泰介は頭を掻いた。

「昔から不注意なのが悩みの種でな。物を倒すとか、ドアに足の小指をぶつけるとかはしょっちゅうなんだ。最近は、そろそろ免許も返納したほうがいいんじゃないかと思ってる」

「いやいや、免許は早すぎますって。佐藤さん、まだ五十代じゃないすか。柄にもなく弱気にならないでくださいよ」

「念には念を入れ、って言葉があるだろ」

「そんなこと言ったら、立山さんのほうがヤバいっすよ。この間、実家の車を出そうとしたときにギアを入れ間違えて、頭から植え込みに突っ込んだそうですから。それでお父さんにこっぴどく怒られたって」

「うわっ、課長と佐藤さんの前でバラさないでよ! 私の信頼度が下がったらどうしてくれるの」

飲んでいたビールを噴き出しそうになったのか、立山が口元に手を当てながら木村を睨んだ。木村がへらへらと笑い、北見もつられて相好を崩す。

これまで、データアドミニストレーション課のメンバーのことは、敵としか思っていなかった。そんな彼らと、気まずくなることなく、こうして当たり障りのない会話をする日が来るなど、想像したこともなかった。

不思議なものだ。

自分に対する認識が変わると、世界も反転して見える。

「あ、そういえば、この後の二次会、佐藤さんも行きます？　部署ごとに参加人数を報告しろって言われてて、一応私が担当なんですけど。仕事、終わってるんですよね」

「ああ、久々に行こうかな」

「じゃ、四千円いただいていいですか。事前集金制らしいんで」

「はいはい」

椅子に座ったまま身を屈め、鞄から財布を取り出す。持ち合わせがあったか不安に思いながら開けると、下ろした覚えのない千円札が大量に入っていた。由佳子が昨夜のうちに補充しておいてくれたのだ、と思い当たる。

せめて自分の財布の中身くらい、管理できるようにならないとな。

家計から何から、全部任せっきりなんだから。

三十年近く連れ添ってきた妻に思いを馳せながら、野口英世を四枚、立山に渡した。

二次会の会場は、会社のすぐ近くにあるチェーンの居酒屋だった。

貸し切りの店が、スポーツジム運営本部の社員でいっぱいになっている。残業組が想定より少なかったのか、椅子や座布団が足りず、通路で立ったまま飲んでいる連中も多かった。

そんな混沌《こんとん》とした雰囲気の中で、泰介は、北見や立山をはじめとした同じ部のメンバーとともに、座敷の隅のテーブルで酒を酌み交わしていた。

騒々しい環境は、あまり得意ではない。あちらこちらの会話が同時に耳に入ってきて疲弊してしまい、話に集中できなくなるためだ。

その点、横も後ろも壁というこの席を選んだのは正解だった。北見の三歳の息子がどうしても野菜を食べないという話も、立山が実家に帰省するたびに結婚を急かされてうんざりしているという話も、今のところはきちんと内容を把握できている。

「やあやあ、この席の皆さんはどこの部？　ああ、マーケティング企画か！」

突然、大きな声が耳に飛び込んできた。話を中断し、そちらに顔を向けると、柱に片手をついている肥後太一と目が合った。すでに相当飲んだのか、すっかり顔が赤くなっている。

「あれ、佐藤さんじゃないですか！　そんな隅っこでどうしたんです。ここ、ちょっと失礼するよ」

肥後は、座布団に座っている社員たちを掻き分け、泰介のところへと歩を進めてきた。隣に座っていた北見が尻に火がついたように立ち上がり、向かいの立山が慌てて目の前のビール瓶を引き寄せる。

「ああ、いいよいいよ、詰めれば座れるから。君もここにいて」

席を譲ろうとした北見に声をかけながら、肥後は泰介の隣に腰を下ろした。手に持っていたグラスに、立山がなみなみとビールを注ぐ。「このあと三次会もあるらしいんだけど、俺、正気を保っていられるかなあ」と肥後は朗らかに笑った。

「いやあ、佐藤さんと話すのはいつ以来でしょうね。本当に懐かしい」

「この間、非常階段のドアのところで会ったよな」

「ああ、あのときはすみません。電話がかかってきちゃって、挨拶くらいしかできず。佐藤さん、今はマーケティング企画部だったんですね。ってことは、新規入会キャンペーンの立案担当ですか」

「それは隣の課。俺は毎日毎日、エクセルと戯れてるよ」

「ん？　もしや、北見くんのところ？」

そうです、と北見が緊張した面持ちで頷く。すると、肥後が両目を大きく見開いた。

「あの佐藤さんが、データ管理？　いやいや、待ってください。それはつまらないでしょう。大丈夫ですか、不完全燃焼なんじゃないですか」

身も蓋もない発言に、北見と立山が仰け反る。肥後は「ああ、そういう意味じゃなくて。君たちの仕事はとても大事だよ。会社にとって必要不可欠だ」と二人に向かって弁解してから、真剣な顔で泰介へと向き直った。

「だって、佐藤さんといえば企画の鬼でしょう。新規出店の話が持ち上がると、誰よりも張り切って現場を視察しに行って、その地域に合いそうな宣伝方法やスクールメニューをどんどん提案してたじゃないですか。連日連夜、残業も厭《いと》わずに」

「まあ、あのときは仕事が楽しかったからな」

「覚えてます？　当時の部長から『企画案を百通り出せ！』って無茶ぶりされたときも、佐藤さんのおかげで乗り切ったんですよね。課長や俺らが頭を抱える中、佐藤さんが一晩で五十個以上も考えてくれて」

「数撃ちゃ当たるの精神でやってたから、質の悪いアイディアも多かったぞ。結局、ほとんど採用されなかったし」

「でも、大きく貢献してましたよ。オープンしてから一か月は施設を完全無料開放するって案、今でもよく覚えてます。期間中は毎日お祭りみたいに賑わっていて、楽しかったなあ」

「ああ、あれか。あんまりにも金銭的なリスクがでかいから、上が許可したのは後にも先にも一回きりだったけど」

「もっとやってもよかったと思うんですよ。初期投資は大事です。確かに当初は赤字が膨らみましたけど、あそこは今や会員数トップテンに食い込む主要店舗です。あの地域でうちが覇権を握れたのは、佐藤さんの斬新で大胆なアイディアのおかげだったと、俺は信じてますよ」

酒が入っているからか、肥後は口から唾を飛ばしながら力説した。

「固定観念を取り払って、老若男女がこぞって入りたがるような、新時代のスポーツジムを構想できる。これは才能です。誰もが真似できることじゃないですよ。俺はそういう、佐藤さんの発明家的なところに憧れてたんです」

「発明家かあ！」と、酔っ払った立山が驚嘆したように口を挟んだ。「全然、知らなかったです。私、データ系の仕事でしか関わったことがなかったので。佐藤さんって、前の部署ではエース級の活躍をしてたんですねえ」

「そう。エース。まさにそのとおりだ！」

「買いかぶりすぎだよ。店舗運営管理部でも、スクール事業部でも、俺はお荷物だったんだ。一応年功序列で管理職にはなったが、すぐに降ろされた。あとは定年まで、周りに迷惑をかけないように生き延びるだけだよ」

「いやはや、いつからそんな謙虚になっちゃったんです？　常に自信満々で、負けず嫌いなところが、佐藤さんの長所だったのに」

「肥後にそう言ってもらえるのはありがたいけどさ」

照れ隠しに顔を背けたところで、遠くから「本部長！」と呼ぶ声がした。「お、そろそろお開きかな」と立ち上がり、肥後が危なっかしい足取りで去っていく。

「なんか、佐藤さんのイメージが変わりました。あの有能な本部長にこれだけ認められてるって、すごいですよ」

立山が両手の指を組み合わせ、呂律《ろれつ》の回らない口調で言う。「ね？」と同意を求められ、北見も半分悔しげに「そうですね」と頷いた。

無言でグラスを持ち上げ、底に残っていた生温いビールを喉に流し込む。

ありがとな、肥後。

この間まで俺の無能っぷりをバカにしていたであろう若い二人の前で、わざわざ平社員の俺を立ててくれて。

それだけでも、二次会に来た意味があったというものだ。

まもなく、店舗運営管理部の部長による中締めが行われ、二次会は解散となった。

店を出ると、冷たい風が首筋に吹きつけた。コートの襟をきつく合わせ、鞄を持っていないほうの手をポケットに入れる。そのまま駅に向かって歩き出そうとしたとき、「佐藤さん！」と後ろから呼び止められた。

振り返ると、肥後が部長たちの輪から離れ、こちらへと駆けてきていた。

「もう帰るんですか。三次会は？」

「すまない。同居してるお袋の体調が悪くてね。深夜まで家を空けるのはまずいんだ」

「ああ、そうですか。残念です。ところで、これは真面目な話なんですが」

肥後が泰介の背中に手を回し、急に声を落とした。

「実は、今度、これまでの店舗のコンセプトとは一線を画した、ラグジュアリーなスポーツジムを出店する話があるんです。場所はホテルの敷地内で――」

日本人なら誰もが知っている高級ホテルの名を、肥後はさらりと口にした。

「まだ店舗運営管理部の中でも一部の社員しか知らない極秘情報なんですが、年明けにはプレスリリースを打つ予定です。その企画チームに、来てもらえませんか」

「……は？」

「何があったかは知りませんが、佐藤さんをデータ管理の部署でくすぶらせておいた人事担当者は本当に能がない。定年まであと少しかもしれませんが、もっと輝ける場所を用意しますよ。スミダスポーツのこれからのために、また一肌脱いでください」

「おい、本気で言ってるのか」

「当然です。酒に酔うたびにそこら中で極秘情報を喋っていたんじゃ、本部長は務まらないですって。――で、どうですか？　この話、受けてもらえます？　佐藤さんさえよければ、すぐにでも人事を動かしますよ」

ごくりと唾を飲み込む。

迷いはあった。

これは、今の部署での実績を買われて栄転するという話ではない。本部長兼役員の肥後と仲がよかっただけ。つまりは、ただの運だ。今異動してしまったら、ここ二週間の自分の努力は、まったく意味がなかったことになるのではないか。

せっかく、データを扱う仕事を人並みにこなせる自信がついてきたところだったのだ。それを、途中で投げ出していいのか。

——いや。

そもそも今日、この場に来ることができたのは、仕事を計画的に終わらせたからだ。以前の自分のままだったら、こうやって肥後と再会することもなかったに違いない。今頃、愚痴にまみれた独り言を垂れ流し、木村に白い目で見られながら、オフィスで残業していたはずだ。

萌子のおかげ。

医師のおかげ。

そして、素直に改善を目指した自分のおかげ。

異動のチャンスをつかんだのは、その結果だと信じたい。たとえ、少々こじつけであったとしても。

「ぜひ、行かせてほしい」

思わず、言葉に力がこもった。肥後が頬を緩ませ、「じゃ、あとでメールします」と軽い調子で片手を挙げた。

「では、よいお年を」

「あ、うん。よいお年を」

「佐藤さん。俺、まだ諦めてませんからね」

「何を?」

「バレーボールコートつきのスポーツジムを作る計画ですよ。絶対、実現させましょうね」

小さな居酒屋で酒を飲みながら、二十代の若者二人で語り合った夢。

三十年前のことをいつまでも覚えているのは、泰介だけではなかったようだ。

見上げた夜空に、かすかに星が見えた。

澄んだ空気を胸いっぱいに吸い込み、泰介は家路を急いだ。


目を覚ますなり、しまった、と呟いた。

カーテンの隙間から、明るすぎる陽が漏れている。昨夜たらふく飲んだ酒のせいか、身体中がだるく、頭の中にはうっすらと靄がかかっていた。

枕元の時計は、十時五十分を指していた。昨日の朝、「おじいちゃんの仲間入り」などと萌子に向かって豪語したが、無尽蔵の眠気と戦う日々はまだまだ続きそうだ。

重い首筋を両手の拳で交互に叩きながら、階下に向かった。

リビングのドアを開けると、ダイニングテーブルで文庫本を読んでいた由佳子が顔を上げた。

「あ、おはよう。今日はゆっくり眠れたみたいね」

「眠れたというか、寝坊だよ。早起きの連続記録がこれでパーだ」

「仕方ないわよ。昨日は忘年会だったんでしょう？　それに、毎朝あれだけ早く起きてたら、誰だって疲れるわ」

「由佳子や萌子にはできるのに？」

「私は昼間に仮眠を取ろうと思えば取れるわけだし、萌子はバリバリ身体を鍛えてる現役高校生じゃないの。会社員は、休日くらいゆっくりしてていいのよ。ましてや、今日から年末年始休暇でしょう」

由佳子はひらひらと手を振ると、席を立ってキッチンへと向かった。朝ご飯を温め直し、トーストを焼いてくれている妻を横目に、部屋の奥をちらりと見やる。

ソファには、顎まですっぽり毛布をかぶった万津子が横たわっていた。そっと近づいて、「おはよう」と声を張り上げてみたが、返事はない。無反応のまま、テレビ画面を眺めている。

無事肺炎が治って退院はしたものの、家に帰ってきた母は、すっかり喋らなくなっていた。散歩に行こうとすることもなくなり、ぼんやりと宙を見つめている時間が増えた。髪の白さも増したような気がする。

「お袋、今日はこっちにいるんだな」

「ええ。最近は部屋で寝ていることが多いんだけどね。テレビを見たかったみたい」

そう言われ、画面へと目をやる。若手タレントが服のコーディネートを競い合っている番組を、万津子がまともに見ているとは思えなかった。

「どうせボケてるんだから、内容は分からないだろうに」

「そんなこと言わないであげて」

由佳子にたしなめられ、悪い癖が出たことに気づく。自分の衝動的な発言を完璧に統制できるようになるまでの道のりは、まだ遠いようだ。

反省しながら、テーブルの上に伏せられた文庫本に目を落とした。

そういえば、読書家の由佳子とは正反対に、泰介は小説を読むどころか、書店で手に取ったことすらなかった。映画の地上波放送くらいなら見ることはあるが、ストーリーが複雑であればあるほど途中で理解できなくなり、毎回投げ出す羽目になるのだ。

インターネットでリサーチをする中で、これもＡＤＨＤの特徴だと知った。学生時代の成績も底辺をさまよっていたから、てっきり自分には国語力がないのだと思い込んでいたが、どちらかというと注意力や集中力の問題であるらしい。

薬が安定して効くようになったら、初心者に優しい小説でも由佳子に薦めてもらおうか——などと考える。

「そういえば、朝からあなたの携帯が何度も鳴ってたわよ」

「え？　二階に置きっぱなしのはずだけど」

「じゃあ、会社の携帯かしら。鞄の中から聞こえてきたから」

「休日に何だろう」

隣の椅子に置いてあった鞄の奥底から、業務用の携帯電話を引っ張り出す。由佳子の言うとおり、新着メール通知が三件も来ていた。

首を傾げながらメール画面を立ち上げる。腕を目一杯伸ばし、顎を引いて焦点を合わせた瞬間、思わず「おお」と歓声を上げた。

メールはすべて肥後太一からだった。人事部、マーケティング企画部、店舗運営管理部の各部長に向けて、可及的速やかに泰介を新チームに異動させたい旨を連絡している。その際に、泰介のアドレスをＢＣＣに入れたようだ。

「どうしたの？　嬉しそうな顔して」

「異動が決まったんだよ。年明けから、店舗企画の仕事に戻れそうなんだ」

本部長として活躍している昔の後輩が、便宜を図ってくれたことを話す。すると由佳子は満面の笑みを浮かべ、「よかったじゃない」と祝福してくれた。

「萌子の試合に、新しい部署への異動。二〇二〇年は、さっそく楽しみなことがいっぱいね」

「だな」

短く答え、由佳子が運んできたトーストをかじり始めた。向かいに腰かけ、再び文庫本を開こうとした妻に話しかける。

「萌子は、年末年始もずっと練習か」

「ええ。去年と同じ。大晦日も、三が日も」

「なかなか寂しいな。いくら春高バレー直前とはいえ」

「あ、そうそう……当日の応援なんだけど、どうしましょうか。お義母さんを一人にはできないから、私たち二人で会場に行くのは難しいわよね」

由佳子が文庫本を置き、目を伏せた。

そんなの、簡単じゃないか。俺一人で見にいくのが許せないのなら、交互に行けばいい。もしくは、萌子には悪いが、二人ともテレビで観戦すればいい。

そう答えかけ、すんでのところで思いとどまる。

一見、平等な解決策だ。専業主婦の妻に母の介護を全部押しつけるより、よっぽど気遣いができているとも思う。泰介が口に出しさえすれば、由佳子はこの提案を受け入れるだろう。

だが、待てよ。

果たしてそれでいいのだろうか。由佳子の歯切れの悪い言葉の裏には、表立って言えない本音が隠されているのではないか。

そもそも、夫婦とはいえ、泰介と由佳子とでは立場が違う。萌子という天才バレーボール選手の育成に寄与した割合にも、大きな乖離《かいり》がある。

これまでに自分は、妻の視点に立って物を考えたことが、一度でもあっただろうか。

結婚後の人生のほぼすべてを捧《ささ》げてきた愛娘《まなむすめ》の大一番と、嫁としての義務。

この二つが釣り合うと、なぜ自分は一瞬でも思い込んだのだろうか。

「そうだな。じゃあ、俺が家にいることにしよう」

「え？」

「会場には、由佳子が行けばいい」

「ちょっと待って、本気で言ってるの？」

「その間、お袋の面倒は俺が見る。実の息子なんだからな」

「……本当にいいの？」

由佳子は目を丸くして訊き返し続けた。夫が自分より妻を優先する選択をしたのが、あまりに信じられなかったようだ。

それくらい、俺は前科を積み重ねてきたってわけか――と、思わず苦笑する。

「さすがに会社を休むのは厳しいから、平日はテレビで我慢してほしいけどさ」

「もちろんよ。今回は大会初日と最終二日が土日だから、それだけでも十分すぎるくらい」

「銀徳が準決勝以降に進出するって前提で話すんだな」

「だって、今年の萌子はすごいのよ。チームの要だし、他校からも大注目されてるみたいなの。絶対優勝できるって、私は信じてるから」

由佳子は少女のように顔をほころばせていた。ひとしきり喜んだ後、「ちょっと、買い物に出かけてくる」と立ち上がり、エコバッグを手にリビングを出ていった。

母と二人きりのリビングに、テレビCMの音だけが流れる。

最近のCMは、いよいよスポーツ一色だった。二〇二〇東京大会の公式スポンサーが、有名選手をこぞって起用し、自社とオリンピックのPRに勤《いそ》しんでいる。

――二年生の佐藤さん、あんなに上手だったっけ？

――来年の全日本代表にも招集されるんじゃないかって噂。

――うわあ！　そしたら、東京オリンピックの代表メンバー？

先月、東京都代表決定戦の応援席で聞こえてきた保護者同士の会話が、ふと耳に蘇った。

どうだろう。萌子は、オリンピックに出られるだろうか。

あれからいくら考えてみても、我が娘のこととして実感がわかなかった。だが、由佳子はどうやら手応えを感じているようだ。そして萌子自身も、その可能性がゼロではないことを認識している。

――私も東洋の魔女になりたい。おばあちゃんみたいになりたい。

萌子の興奮した声が、頭の中で反響した。

椅子から腰を上げ、テレビの前へと移動する。床のカーペットにあぐらをかき、ソファに横になっている万津子の姿を眺めた。ちらりと目が合った気がしたが、母はすぐにまた画面へと視線を戻してしまった。

母を見つめたまま、思いを馳せた。

二〇二〇年、東京。

一九六四年、東京。

あの時代を、母はどのように過ごしていたのだろう。

認知症になってからというもの、これまで明かそうとしてこなかった過去の断片が、母の口からこぼれ落ちるようになった。

ニチボー。貝塚。アヤちゃん、ツネちゃん、女工、みつ豆。ヨシタカくん、そげんかこつしたらでけん。水は好かん。満さん、もう叩かんで、ラジオば壊さんで。私は、東洋の魔女。泰介には、秘密。あんたには、絶対に言わん。

それらの具体的な意味は分からない。症状が進行してしまった以上、いつか説明を聞ける日が来るとも思えない。

ただ、今になって、ようやく分かったような気がしていた。母が頑なに過去を語らず、大変な暮らしの中でも常に前だけを向こうとしていた理由が。

「たぶん、俺さ……相当、お袋に迷惑をかけてきたんだよな」

反応を示さない万津子に、泰介はゆっくりと話しかけた。

「やんちゃってもんじゃなかったんだろ、子どもの頃の俺は」

泰介だって、曲がりなりにも人の親だ。だから、想像はつく。

母はどれほど、子育てに苦労したことだろう。

発達障害という言葉が広く知られるようになったのは、一九九〇年代以降だという。あの時代には、もちろん影も形もなかった。泰介が他の子どもを思い切り殴ろうが、周りの目を憚《はばか》らずに泣き喚こうが、原因は親にあるとみなされたに違いない。

萌子は、活発ではあるものの、学校で問題を起こすことはない子どもだった。そんな娘を夫婦で育てるだけでも悩みは尽きなかったのだ。それなのに、目の前にいる母は、ADHD持ちの泰介と弟の徹平を、たった一人で育て上げなくてはならなかった。

「そういえばお袋は、俺の失敗やドジを責めなかったよな」

ふと思い出し、泰介はさらに語りかけた。万津子は相変わらず、身じろぎもしない。どうせただの独り言だと思うと、さらに舌が回った。

「普通の子どもと比べるようなこともなかったし、無能だとなじることもなかった。それって、なかなかすごいことじゃないか？」

——人には、得意不得意が必ずあるから。打ち消し合ってゼロくらいになっていれば、それでいいの。

小学校高学年くらいの頃だろうか。近所の空き地でバレーボールの特訓をした帰りに、母が夕日を眺めながら呟いていた記憶が、うっすらと蘇る。

ただでさえ、母子家庭に対する世間の目が厳しかった時代だ。二度と思い出したくない出来事や、あえて泰介本人には伝えなかったトラブルも、山ほどあっただろう。

そして母は、それらの記憶を胸の内に秘めたまま、この世を去っていこうとしている。

「つらかったよな。嫌なことだらけだったよな。それでも、俺を見捨てないでくれたんだな」

自分は、守られていたのだ。

由佳子や萌子、肥後太一と出会うよりずっと前——生まれたときから、ずっと。

泰介が、卑屈にも鬱にもならず、一人の人間として自尊心を持って歩んでこられたのは、母のおかげに他ならない。

「……ありがとう」

返答はなかった。泰介はそっと目をつむった。

まぶたの裏には、バレーボールコートが広がっていた。若かりし頃の母が、日の丸をつけた白と紺のユニフォームをまとい、ネットに向かって跳躍している。

高く伸ばしたその手が、白いボールを捉えた。一直線に、床へと吸い込まれていく。観客の歓声が聞こえる。満面の笑みを浮かべたチームメイトが、母に駆け寄る。

想像の中の母は、萌子と同じくらいたくましく、そして、青春の輝きに満ちていた。

一九六四年　十月

十月に入ると、家の周りの景色は一変した。近所の田んぼは、どこもかしこも茶色い土が剝き出しになり、稲架《はさ》に逆さにかけられた稲の束がずらりと並んでいる。

こうやって掛け干しをしている間は、まだ秋を実感していられる。だが、それもあと一週間ほどだ。脱穀や出荷に追われる忙しい日々が再来し、ふと息をついて我に返った頃には、今より殺風景になった田んぼが次の季節を運んでくる。

今年、万津子は稲刈りに参加しなかった。当然手伝うつもりだったのだが、「あんたは来んでよか。近所の目があるけんね」と母にぴしゃりと断られてしまったのだ。

悟兄ちゃんにも、「泰介ば絶対に家から出すな」と冷たく念を押された。「鎌で怪我したら危なかけんね」と取り繕うように足された言葉からは、まだ幼い泰介自身ではなく、周りの人間の身を案じていることがありありと窺われた。

二か月前に橋本良隆が川で溺れ死んでからというもの、万津子と泰介は村八分のような扱いを受けていた。

魚や豆腐を買おうと行商のところに顔を出すと、集まっていた主婦たちは瞬時に雑談をやめ、無視を決め込む。道ですれ違っても、挨拶どころか、目を合わそうともしない。当然、泰介を遊びに連れ出そうとする子どもも、誰一人としていない。

かろうじて会話はするものの、家族も例外ではなかった。万津子が近づくと、父や諒子は気まずそうに目を逸らす。悟兄ちゃんや実兄ちゃんは、泰介が食事中や就寝前に少しでもうるさくしようものなら大声で叱りつけ、「母親なら何とかせんか」と額に青筋を立てる。母に至っては、「人殺し」「悪魔」といった暴言を、泰介の前で平然と言い放つ。

ふとしたときに、自分が生きているのか死んでいるのか、分からなくなりそうになる。身体は勝手に動き、一日の家事を淡々とこなしていくのだが、その姿をどこか遠くから俯瞰《ふかん》している自分がいる。

万津子はすっかり、生活という糸に翻弄されるだけの操り人形と化していた。心を失った万津子をふと我に返らせるのは、皮肉なことに、愛しい息子たちの泣き声や喚き声だったりする。

しかし、家の中にはびこっていた張り詰めた空気も、ここ数日は緩みつつあるようだった。

田植え以来の大仕事を終えたからか、それとも、日本中が待ちわびた昭和三十九年十月十日がようやく到来したからか。

おそらく後者だろう、と万津子はぼんやり考える。

「万津子、お茶が足らんばい」

「待っとって。今、お湯ば沸かしよるけん」

土間で昼ご飯の支度をしていた万津子は、テレビの音量に負けないよう、大声で返事をした。棘が含まれていない実兄ちゃんの声を聞くのは、久しぶりのことだった。

今朝から、家族全員が板の間のテレビの前に集まっていた。ＮＨＫにチャンネルを合わせ、今か今かと歴史的な瞬間を待っている。

「ほう、昨日は聖火リレーの集火式ちゅう行事があったつか」

「てっきり一つの松明《たいまつ》を順繰りに繋いどると思うとったばってんねえ」

「四つのコースに分かれて、日本中を駆け巡っとったげなですよ」

普段は寡黙な父が、母や諒子と楽しそうに言葉を交わしている。「ねえねえ、何ねこれ、お祭りね？」とキンキン声で尋ねる泰介の声が聞こえてきてヒヤリとしたが、「うん、そうたい」という悟兄ちゃんのぶっきらぼうな回答に満足したらしく、それ以上騒ぎ立てることはなかった。

泰介は、珍しく朝からいい子にしていた。最近は家の中に閉じ込められっぱなしで、不機嫌な日が続いていたのだが、さすがに今日はオリンピックの高揚感が伝わっているのかもしれない。

急須にお湯を足し、温め直した煮物とご飯を食卓へと運んだ。いつもと違う雰囲気の中、昼ご飯が始まる。

「私らは食べ終わったら出かけるばってん、あんたらは留守番やけんね」

「分かっとるよ」

食事を開始して早々、母に釘を刺された。今日、このあたりの住民は皆、市会議員の小林さん宅に招待されている。国立競技場で行われる開会式の中継を、この一帯にたった一台しかないカラーテレビで見せてもらうのだ。当然ながら、万津子が顔を出すわけにはいかなかった。

半年前だったら、夜も眠れないほど悔しがったに違いない。だが今は、安堵の気持ちが勝っていた。家族が誰もいない板の間で、泰介と徹平と三人だけで白黒テレビを見られるほうが、よっぽど心が安らぐ。

一時を過ぎた頃、家族はぞろぞろと土間に下り、家を出ていった。付近の住民が談笑しながら通り過ぎていく声も聞こえてくる。

自分や泰介の噂話をする者は、今この瞬間、一人もいない——そう思うと、遠い東京の地で行われるオリンピックというイベントが、途端に身近なものに感じられる。

洗い物を終え、板の間へと上がる。床を這っていた徹平を膝に抱き、テレビに釘付けになっている泰介の隣に腰を下ろしたちょうどその瞬間、アナウンサーの声が耳に飛び込んできた。

『世界中の青空を全部東京に持ってきてしまったような、素晴らしい秋日和《あきびより》でございます。何か素晴らしいことが起こりそうな、国立競技場であります』

白黒の画面に映った光景を見て、目を見張った。カメラがいくら動いても決して途切れることのない、競技場を埋め尽くした群衆。客席後方にはためく、世界各国の旗。画面の端にちらりと見える、陸上トラックの滑らかな白い曲線。

「ママ、見て見て！　人がいっぱい！　お祭りだ！」

泰介が画面を指差した。「そうねえ、すごかねえ」と相槌を打ちつつ、万津子は思わず泰介の身体を引き寄せる。

これが東京か。戦後二十年も経たないうちに世界を迎え入れることに成功した、日本の首都なのか。

『ただいま総起立にて、天皇陛下・皇后陛下をお迎えいたします』

やがて、群衆が波を作るようにして、一斉に立ち上がった。天皇皇后両陛下が五輪マークをあしらったロイヤルボックスに立ち、国歌君が代が流れ始める。メインポールに日章旗と五輪旗、そして東京都旗が翻った。

胸の奥底が、ふつふつと沸き始める。

万津子が歓声を上げたのは、午後二時ぴったりのことだった。

白い制服に身を包んだ自衛隊の音楽隊が、トランペットを高らかに鳴らす。盛大なシンバルと大太鼓の音に、よそ見をしていた泰介と徹平が驚いたように顔を上げた。

心の澱《おり》を吹き飛ばすようなオリンピックマーチに合わせ、実況アナウンサーがいっそう声を張り上げる。

『オリンピック発祥の地。ライトブルーと白の国旗もすがすがしく、常にオリンピック入場行進の先頭に立つ栄光の国。オリンピックのふるさと、ギリシャの入場であります』

「泰介、ほら見んね！　外人さんがいっぱい入ってきよるよ！」

息子の背中を思い切り叩き、画面を指差す。英語で国名が書かれたプラカードを先頭に、スリムなダブルスーツを着こなしたギリシャの選手団が姿を現していた。

「わあ、面白か顔！　鼻ん下に、髭ば生やしとったねえ」

泰介がテレビににじり寄り、興奮した様子で画面を触り始めた。ギリシャの次からは、アルファベット順の入場となるらしい。アフガニスタン、アルジェリア、アルゼンチンと、馴染みのない国々の選手たちが次々と陸上トラックを行進していく。

長い入場行進は、見ていて飽きることがなかった。一斉に白いハットを取って挨拶する、オーストラリアやカナダの男子選手たち。小さな日の丸の旗を振りながら歩く、キューバの一行。旗手と選手の二人のみで入場するカメルーンやコンゴ。個性的な民族衣装に身を包んだガーナ。左胸に手を当てて敬礼するメキシコ。冷戦下のアメリカとソ連が、数百人の大行列を織りなして続けざまに入場したときには、何とも言えない感情が胸を襲った。

そしていよいよ、しんがりの九十四番目に、日本選手団が姿を現した。

『男子は真っ赤なブレザー。女子も真っ赤なブレザー。女子は白のプリーツスカート。男子は白ズボンであります。女子は白い帽子をかぶっております』

カラーテレビを持たないほとんどの日本国民のために、ＮＨＫのアナウンサーが詳細に実況する。コントラストのはっきりとした衣装は、白黒の画面でもよく映えた。その鮮やかな日の丸の赤と白が、目に浮かぶようだった。

客席で立ち上がる人の姿が映った。万津子も思わず、徹平の手に自身の手を重ね合わせて拍手をした。

「泰介、これが日本ばい。私らの国たい」

「うわあ、男ん人も女ん人も、いっぱいおるねえ」

万津子の横で、泰介も顔をほころばせながら手を叩き始める。

泰介の楽しそうな姿を見るのは久しぶりだった。長い間忘れていた、喜びという感情を思い出す。中継が始まってから終始笑顔でいたせいか、ずっと使っていなかった頬の筋肉が引きつりそうになっていた。

『大きな国もあれば、小さな国もあります。人種も違います。宗教も違います。政治も違います。しかしながら、ここでは、そういった差別は一切ないのであります』

開会式は最高潮の場面へと近づき、さらに盛り上がっていった。小学生の鼓笛隊が演奏を行い、無数の風船が大空へと放たれる。

そして午後三時を回った頃、聖火を持った、白いユニフォーム姿の青年が入場した。テレビ画面に、『聖火ランナー　坂井義則』の白い字幕が現れる。彼が走った後に白煙がなびき、芝生に整列していた選手たちがわっとトラックのそばに駆け寄っていく。

聖火台へと続く長い階段を上り切った彼が、松明を持った手をまっすぐに伸ばして火を灯した瞬間、泰介が興奮した様子で立ち上がり、再び画面に拍手を送った。

「ねえママ、火が燃えとるばい！　大きかねえ、すごかねえ」

だが、それだけではなかった。万津子が目も心も奪われた瞬間は、開会式の終盤で訪れた。

選手宣誓が終わった直後、国立競技場に、何千羽もの鳩が放たれた。

場内を鳩が乱舞する中、再び君が代の斉唱が行われる。

その間に、航空自衛隊のアクロバットチームのジェット機が飛び回り、秋晴れの空に大きな五つの輪を描き出した。

「飛行機雲が丸か！　丸かよ！」

泰介が画面を指差し、ぴょんぴょんと飛び跳ねる。

不思議なことに、そのとき、万津子の目にははっきりと見えていた。白い鳩が。五色に彩られた飛行機雲が。色とりどりのユニフォームに身を包んだ選手団が。その上に広がる、澄み渡る青空が。

「綺麗かねえ……ほんなこつ。東京は、すっかり世界の中心やねえ」

後から思い返したとき、自分はもしやカラーテレビを見ていたのではないかと疑ってしまうほど——その光景は色鮮やかに、万津子の網膜に焼きついた。


東洋初のオリンピックが我が国で開催中とはいっても、九州の片田舎の人間にとって、やはり東京は近くて遠い存在のようだった。

月曜になれば、子どもたちは学校へ行くし、教員や会社員は勤め先へと出かけていく。掛け干し期間中とはいえ、米農家も仕事を休むわけにはいかない。使い終わった鎌の手入れや脱穀機の準備、自家用の畑の世話など、やることは山ほどあった。

そんな中で、宮崎家における東京オリンピックは、夕飯時の座興ともいうべき立場に上手く収まっていた。

予選はともかくとして、注目度の高い競技の決勝戦は、大抵夕方以降に行われる。その時間に間に合うように夕飯を用意し、外で働く家族をタイミングよく呼び戻すのが、万津子の役割となった。

オリンピック前半戦の目玉は、重量挙げだった。正式には、ウエート・リフティングというらしい。前回のローマオリンピックで銀メダルを獲得したフェザー級の三宅義信《よしのぶ》には、誰も彼もが日本の金メダル第一号を期待していた。

プレス、スナッチ、ジャーク。

重量挙げどころかスポーツにとんと縁のない家族は、耳慣れない単語を連発する実況に首を傾げつつ、強敵のアメリカ人選手と三宅の決戦に見入っていた。合計三九七・五キロの世界新記録を叩き出し、堂々と表彰台の真ん中に上った三宅を、万津子は母や兄らに見咎められないよう注意しながら、板の間の端に腰かけて密かに祝った。

日中、家族が全員出払っているときは、泰介や徹平に子ども向け番組を見せるふりをして、オリンピックの中継やニュースにチャンネルを回してみることもあった。そのわずかな時間に、『東洋の魔女』と呼ばれる女子バレーボール日本代表が順当に勝ち上がっていると知った日には、不思議と家事がよく片付いた。

大会後半には、柔道が始まった。バレーボールとともにこの東京五輪から正式種目となった、日本のお家芸だ。軽量級から無差別級まで、全部で四つの金メダルを日本中が望んでいることは、アナウンサーの言葉選びからも伝わってきた。

同じ日程で、体操やマラソンも、メダルを決める戦いが行われていた。もちろんすべてを見ることはできなかったが、マラソンの円谷幸吉《こうきち》に向かってアナウンサーが繰り返した『円谷頑張れ！円谷頑張れ！』の絶叫は、東京の沿道に集まった数十万人の観衆との、えもいわれぬ一体感を万津子の心にもたらした。

「円谷は、最後に抜かれんやったら銀メダルやったとになあ」

「柔道は三つ金メダルば獲ったばってん、真の勝者ば決める戦いは無差別級やけんな」

両親や兄らがオリンピックの話題に興じる間は、万津子に冷ややかな視線や罵声が浴びせられることはない。好きなテレビをいくらでも見られるからか、泰介が癇癪を起こす回数も極端に減っていた。

非日常的で平和な日々が、壊死していた万津子の心を、少しずつ蘇らせていくようだった。世紀の大会が終わりに近づくと、だんだんと寂しさが募ってきた。

翌日に閉会式を控えた十月二十三日、日本中を熱狂させる試合が二つ、行われることとなった。

一つは、柔道の無差別級決勝だった。発祥地である日本の威信をかけた最終戦だ。父の指示で、その日は夕飯を早めに用意した。煮魚や味噌汁が冷めるのもそっちのけにして、家族全員で固唾を吞んで見守った。

圧倒的強さで勝ち上がってきたオランダのヘーシンクに対し、日本の神永昭夫《あきお》は表情も身体もこわばっているようだった。相手のほうがずいぶんと大柄であることは、テレビのこちら側からでも見て取れた。ヘーシンクが神永を袈裟固《けさがた》めに押さえ込み、鐘が無情な音を響かせた瞬間、板の間は大きなため息で充《み》ち満《み》ちた。

それでも、興奮の夜はまだ終わらなかった。

もう一つの試合は、女子バレーボール決勝。金メダルをかけた、ソ連との大一番だった。

——こん前ん全日本、日紡貝塚が連覇したなぁ。

——ホント、強かねえ。

——どうやったら、あんなに強くなれるんだべ。

——大松監督どんの力じゃいが。

——一色紡績にも、偉か監督さんが来んかなあ。

——無理《むい》、無理。弱小チームん中《なか》ん弱小チームじゃっで。

それでも、あの頃は嬉しかった。紡績工場で働いている同じ女工たちが、バレーボールという競技で日本を制したということが。

彼女らの快進撃は、国内にとどまらなかった。今から四年前には、日本代表として世界選手権に初参加し、ソ連に続く銀メダルを獲得した。その後欧州遠征で二十二戦全勝という偉業を成し遂げ、『東洋の魔女』という異名をつけられた。そして二年前には、宿敵ソ連を破り、世界選手権で優勝を飾った。

憧れの、日紡貝塚。

その選手たちを鍛え上げた大松博文《ひろぶみ》監督が、今、画面に映し出されている。

胸元に『NIPPON』という白い文字のあるジャージは、選手たちとお揃いのようだ。初めてテレビで見た「鬼の大松」は、万津子が想像していたような赤ら顔で毛むくじゃらの大男ではなく、精悍《せいかん》な顔つきをした、寡黙そうな中年男性だった。

午後七時半過ぎから始まった試合を、万津子は板の間の隅に正座し、手に汗握りながら観戦していた。このために、家族九人分の皿洗いを急いで終え、眠そうにしていた徹平を早々に寝かしつけたのだ。

とはいっても、テレビの前に集まっている家族にようやく合流したときには、すでに第二セットが始まっていた。「第一セットは？」と息せき切って実兄ちゃんに尋ねると、「十五対十一で日本が取ったばい」という面倒臭そうな声が返ってきた。ただ、このときばかりは、兄の冷たい反応も気にならなかった。

「カサイのトスっ！」

「ハンダがジャンプ！」

「マチュムラ！　タニダ！」

アナウンサーの実況を真似て、泰介がテレビの隣で甲高い声を上げている。たびたび母がうんざりとした視線を投げかけてくるのを感じたが、万津子は構わず画面を凝視し続けた。

選手がネット際に跳び上がる。右手を大きく振りかぶった瞬間の、胸元の日の丸が眩《まぶ》しい。

相手のブロックをすり抜け、白いボールがコートに吸い込まれる。ソ連の選手が床に倒れ込む。客席から歓声が上がり、アナウンサーがいっそう声を張り上げる。

何より美しいのは、日本チームの回転レシーブだった。まっすぐに落ちてきたボールを、背中を床に転がしながら拾う。白い膝当てが空を切る。すかさず、キャプテンの河西昌枝《かさいまさえ》がアタッカーへとトスを上げる。その粘り強さと正確さが、得点表示板の数字を着実に増やしていく。

身体中がぞくぞくとした。腹の奥底が熱を持った。

工場のグラウンドで、ネットに向けて跳び上がっていたあの頃——万津子のこれまでの人生の中で最も輝いていた六年前の景色が、まぶたの裏に浮かび上がる。

——うんにゃ、勝つのはかえで寮じゃっでなぁ。こっちにゃ宮崎万津子がついとるもんで。

あやちゃんは、元気にしているだろうか。

あの後、どれくらいバレーボールを続けたのだろう。今も、鹿児島か愛知のどこかで、この試合を見ているだろうか。拳を振り上げ、少女のように目を輝かせながら、テレビの中の選手たちを応援しているだろうか。

――まっちゃん、すごかぁ！

つねちゃんはどうだろうか。

色白のべっぴんさんだったから、とっくに秋田に帰って、立派なお嫁さんになっているだろうか。本当は家族の誰よりも試合の行方を気にしているのに、お姑《しゅうとめ》さんや旦那さんに遠慮して、今ごろ居間の片隅でもじもじと首を伸ばしているのではないだろうか。

――まっちゃん！

テレビの中で日本選手がアタックを決めるたび、ボールを打つ瞬間の爽快感が、万津子の胸に蘇った。アナウンサーの叫び声や観衆の声援が、まるで自分に向けられているかのように聞こえる。地面に着地したときの砂煙や、駆け寄ってくる寮の仲間たちの朗らかな笑顔が、ぱっと目の前に浮かんでは消える。

――まっちゃん、百人力！

あの頃は、未来が輝いて見えた。大好きなあやちゃんやつねちゃんと、理想の男性像について毎晩のように語り合った。廊下から差し込む灯りを頼りに、実家の母に送る手紙を書いた。いつかオリンピックが東京で開催されることや、バレーボールが正式種目になることを夢見た。

結婚相手には恵まれなかった。家族との仲も壊れてしまった。

だが、夢がただ一つ残っていたということに、万津子はずっと気づいていなかった。

それは今、まさに目の前で叶っている。

第二セットも、十五対八で日本が取った。家族が周りにいることも忘れ、「やった！」と声を上げる。泰介が万津子の真似をして、「やった！」と小さな拳を振り上げた。

そして運命の第三セットも、日本優位で進んでいった。十三対九。万津子は膝の上に置いた両手を握りしめ、息を止めて画面を見つめた。

『前衛に、キャプテンの河西が上がってきました。満身創痍《そうい》の磯辺《いそべ》。よく頑張っています、変化球です。ブルダコワ、リジョワ。バックトス、おっとトスが流れた！　日本のチャンスだ！　どう攻めるか河西！』

アナウンサーが叫び出す。セッターの河西がトスを上げ、松村好子《まつむらよしこ》が打ったボールが決まった瞬間、万津子は思わず腰を浮かせた。

『ポイント、日本！　十四点。十四対九。いよいよ金メダルポイントであります。金メダルポイント！』

悟兄ちゃんがあぐらを組んでいた脚を伸ばし、「これでもう決まりばい」と呑気な声を上げた。そうは思えなかった。自分がかつて参加していた寮対抗戦や工場対抗戦でさえ、最後まで勝負は読めなかったのだ。バレーボールには、あと一点の難しさがある。

万津子の読みどおり、試合の展開は混迷を極めた。

やはりソ連は諦めていなかった。猛烈なスパイクで追撃する。日本にタッチネットのミスが出る。松村のスパイクでサーブ権を取り返すが、すぐに奪われる。ボールを拾おうと腕を伸ばしても弾かれる。ここぞというところでサービスエイスを決められる。

息の詰まるようなラリーの応酬だった。アナウンサーがひたすら、選手の名前を連呼し続けている。いつの間にか、得点は十四対十三になっていた。

磯辺サタのアタックがソ連のワンタッチを取り、サーブ権を取り返した。球技場が歓声に包まれる。

日本は、六回目のマッチポイントを迎えていた。

今度こそ。今度こそ。

心の中で念じながら、拳をぐっと膝に押し当てた。

『六回目のマッチポイント。サーバーは宮本。今夜二つのサービスエイス。金メダルポイントです。さあどうか』

アナウンサーが緊張した声で実況した。

サウスポーの宮本恵美子《えみこ》が、ボールを打ち上げる。ソ連の選手がレシーブしたボールが、高く上がって日本コートへと直接返ってくる。

『日本のチャンスだ。流れた！』

その直後、審判のホイッスルが鳴り響いた。

一瞬、何が起きたか分からなかった。万津子は「えっ」と声を漏らし、テレビに向かって身を乗り出した。

『おっと、オーバーネットがありました。日本、優勝しました。十五対十三、三対〇、ストレートで勝ちました。日本、優勝しました。日本、金メダルを獲得しました』

画面の中で、六人の女子選手たちが笑顔で駆け寄っている。跳びはね、互いに手を合わせ、肩を抱き合っている。突っ立ったまま顔を覆っている選手もいる。

おお、と悟兄ちゃんが声を漏らした。勝った勝った、と母が満足げに言いながら伸びをする。

『苦しい練習につぐ練習。すべて〝この一瞬〟のために払われた涙ぐましい努力。激しい練習に耐え抜き、青春をボール一途に打ち込みましたのも、みんな〝この一瞬〟のためであります』

「泰介！　こっちおいで！」

万津子は膝立ちになり、息子の名を呼んだ。画面の中の観客につられて拍手をしていた泰介が、父や悟兄ちゃんの脚につまずきそうになりながら、万津子のもとに走ってくる。

その小さな身体をひしと抱きしめ、肩に顔をうずめた。泰介が着ている白いシャツに、熱い水滴が染み込んでいく。

『日本女子バレーボール、初めて金メダルを獲得しました。泣いています。美しい涙です』

「ママ、おかしかばい。どげんしたと？」

「よかったねえ。日本が勝ったつよ。オリンピックで金メダルを獲ったつよ」

取り繕うように答え、泰介を抱き上げた。家族に泣き顔を見られないよう、そのまま板の間の反対側へと移動する。

これだけ心が揺さぶられるのは、生まれて初めてのことだった。

やがて布団に入り、眠りの世界へといざなわれるその瞬間まで、万津子は『東洋の魔女』の勝利の余韻に浸り続けた。


その夜、長い長い夢を見た。

起きたときには、その内容はほとんど覚えていなかった。ただ、身体を思い切り動かした後のような心地よい疲労感と、古い友人に久しぶりに会ったときのような懐かしさが、心の中に残っていた。

母や諒子とともに土間で朝ご飯の支度をしている間も、味噌汁をいつまでも飲もうとしない泰介を急かしながら徹平にカボチャの煮物を与えている間も、万津子はずっとうずうずしていた。

昨夜テレビの前でした鮮烈な体験が、どうにも忘れられなかったのである。


「これくらいの大きさの、ゴム製のボール、余っとりませんか」

徹平をおぶい、泰介の手を引きながら近所を訪ね回ると、好奇と侮蔑の入り混じった視線が浴びせられた。隣の吉田さん家では「なかよ、なか」と軒先であしらわれ、他の家でも「あるばってん、子どもが使うけんねえ」と首を横に振られた。

ようやくボールを借りられたのは、七軒目でのことだった。田中さん家の前まで来たとき、ちょうど学校から帰ってきた長男の卓也に出くわしたのだ。「古くて汚かばってん」と眉尻を下げ、気まずそうに目を逸らしながらも、彼はすぐに家の裏から黄色いボールを取ってきてくれた。

土だらけのボールを小脇に抱え、万津子は意気揚々と来た道を戻った。「卓也くんと遊ぶ！」としばらく駄々をこねていた泰介も、無理やり手を引っ張って歩くうちに、だんだんとボールに興味を示し始めた。

「ママ、ママ、ボールの投げっこすっと？」

「うんにゃ。今からやるとは、ボールのはじきっこよ」

「はじきっこぉ？」

これなら、私にも教えられる。

胸の中には、確固たる自信があった。自分は母親として不甲斐なかった。夫の暴力のもとに息子を晒した。正しい躾のやり方が分からず、泰介を誰にでも可愛がられるいい子に育ててあげられなかった。

だが、これなら。バレーボールなら。

家に帰りついた頃には、西日が庭の洗濯物を照らしていた。ぐずり出した背中の徹平を揺すりながら、万津子は泰介と向かい合い、割烹着《かっぽうぎ》の袖をまくった。

「ほら、せーの！」

優しくボールを放る。泰介は目を見開き、両手を横に大きく広げた。胸にボールを叩きつけるようにしながら、おぼつかない動作でパチンと受け止める。

「上手、上手！　今度は、泰介がママに投げて」

「せーの！」

泰介が大声で叫び、勢いよくボールを投げ返してきた。横に逸れた球を、万津子は素早く追う。突き出した両手首に、柔らかいゴムの当たる感触があった。軌道を変えたボールがふわりと宙に浮かび、泰介の目の前の地面に落ちる。

「あれ、ママ、なんで取らんと？」

「これがはじきっこよ。バレーボール、ちゅうとばい。昨日、テレビで見たやろ？」

「あ、見た見た！」

「手ばこげん組んで、ここんとこに当てるとばい。泰介もやってみんね」

「こげん？　こげんね？」

泰介が見よう見まねで両手の指を組み合わせる。万津子はその小さな指を優しくほどき、正しい組み方に直してやった。

そのままの姿勢で待ち構える息子から数歩離れ、再びボールを投げた。

えいや、とばかりに振り上げた手の、その指先にボールが当たる。

きゃっきゃと楽しそうな笑い声が響いた。戸口のほうへと転がった球を拾い上げた万津子が顔を上げると、泰介が両腕を突き出したまま、目を輝かせてこちらを見ていた。

「もっかい！　もっかい！」

「いくよ、せーの！」

今度は腕の真ん中に当たった。勢いが吸収され、ボールは飛ばずにぽとりと足元に落ちる。

それなのに、泰介はいっそう頬を上気させていた。

両手を組んだまま、その場で細かく足踏みを始める。驚きと喜びにあふれた目を万津子に向け、真っ赤な唇をめいっぱい開いて叫ぶ。

「もっかい！」

「せーの！」

「もっかい！」

「せーの！」

「もっかい！　もっかい！」

三歳の息子に催促されるがまま、掛け声とともにボールを投げた。泰介の目が、だんだんと真剣になっていく。

何度目かで、ようやく手首に当たった。

黄色いボールが高く跳ね、陽光を受けて煌《きら》めく。美しい放物線を描いて返ってきた球を、万津子は手を伸ばして受け止めた。

「泰介、すごか！　ほんなこつ上手かねえ！」

「もっかい！」

褒め言葉にも耳を傾けず、泰介が声を張り上げた。万津子は時間を忘れ、次から次へとボールを放り続けた。

にわかには信じられなかった。

積み木も水鉄砲もすぐに飽きて投げ捨て、絵本を読んであげても途中で寝転び始める泰介が、見たこともないくらいひたむきに、目をらんらんとさせながらボールを追いかけている。

こん子は、私ん子だ。

紛れもなく、私ん子だ。

泰介がボールを弾くたび、万津子の心に温もりが広がっていった。

ボールが綺麗な軌道を描いた。流れを止めるのが惜しくなり、たまらずレシーブの形で打ち返す。すると泰介がぱっと両手を離し、驚いたようにボールを地面へとはたき落とした。

「わあ、びっくりした！　ママもはじきっこすると、こっちに返ってくるとが、速かねえ」

その顔に浮かんだ動揺は、すぐに野心へと変わる。「もっかい！　ママももっかい、はじきっこしてね」と、新たな要求が言い渡される。

目の前が開けていくような心地がした。

万津子はかつて、バレーボールに打ち込んでいた。昨夜テレビで見た東洋の魔女のような、立派なオリンピック選手になれればよかった。だがなれなかった。なれるわけがなかった。十九で妻になり、二十一で母になった。ただ平凡な日常をひた走るしかなかった。それが女の宿命だと思っていた。

しかし、昨夜の試合を見て、改めて実感した。

二十四になった今でも、バレーボールが好きだ、心から好きだという思いは、まったく消えていないのだと。その気持ちの強さだけなら、あの東洋の魔女にも負けないのだと。

そんな自分の血は、驚いたことに、目の前の息子へと受け継がれていた。

萌芽《ほうが》はここにあったのだ。

これこそが、泰介と、万津子自身をも救う、唯一の道なのではないか――。

「泰介、あんた、バレーボール選手にならんね」

「バレーボール選手ぅ？」

素っ頓狂な声が返ってくる。こちらを見上げる期待に満ちた目に、はっきりと手応えを感じた。

この子は、人殺しでも、悪魔でも、何もできん子でもない。

母親である万津子が舵取《かじと》りさえ誤らなければ、他の子にも負けないくらい、まっすぐに育っていくことができるはずだ。

「その日まで、ママが一生懸命育てるけん。絶対、なろう」

幼い息子の肩に、そっと手を置く。その意味が分かっているのかいないのか、泰介は聞き分けのいい子どものように、こくりと頷いた。

日が傾き、仕事から戻ってきた母が仰天して怒鳴り出すまで、バレーボールの特訓は続いた。

「嫌だ！　もっとやる！」

泣いて騒ぎ立てる泰介を、苦笑しながら家の中へと引っ張り込む。

この数年間、一度も感じたことのなかった清々《すがすが》しさが、万津子の胸を占めていた。

十五日間にわたる東京オリンピックが幕を閉じた。人々は、以前と変わらぬ日常へと戻っていった。

そんな中、万津子の生活には、新たな習慣が加わっていた。洗濯物を取り込み、夕飯の支度を始めるまでのわずかな間に、泰介とバレーボールをするという日課だ。

土間の隅に置かれた黄色いゴムボールに、家族は汚物でも見るような目を向けた。母は「出戻った女が呑気に遊んどる場合かね」と怒りを露《あら》わにし、悟兄ちゃんや実兄ちゃんも「お前んごたる厄介者は大人しく家ん中におらんか」と目くじらを立てた。

家の前を通りかかった住民が、ボールと戯れる万津子と泰介をよく思っていないことは知っていた。思い切り顔をしかめられることもあれば、「成人した女が地べたば駆けずり回って、はしたなかね」「良隆くんのこつば、もう忘れたとか」と聞こえよがしに言われることもあった。

「万津子はとうとう頭がおかしくなったつね」

外でボール遊びをするのはやめろ、やめない——連日連夜繰り返される不毛なやりとりの最後に、母は必ずこう吐き捨てた。

万津子は黙って耐えた。家中の布団や服の繕い物を命じられれば、夜を明かす覚悟で仕上げた。出荷の作業で忙しいからと畑の世話を押しつけられれば、まだ暗いうちから起き出すようにした。家の中が汚いといちゃもんをつけられれば、何度でも掃き掃除や雑巾がけをした。

文句一つ言わずに、かいがいしく働いた。

頭がふらふらとし、身体中の関節がきしんだ。それでも、泰介と向き合う大切な時間だけは、懸命に守った。

「もっとやる、もっと!」

「もっかい、ママもっかい!」

泰介は一向に飽きる様子がなかった。それどころか、日を追うごとに、めきめきと上達していった。夜もよく眠るようになり、徹平をいじめることも減った。息子の溌剌とした姿を見ることが、万津子の生きがいとなった。

今日も、万津子は泰介に向かってボールを放っていた。

泰介の打ったボールが、宙に跳ね上がる。万津子が追いかけ、片手を伸ばして拾う。泰介が仰け反りながら弾く。ボールが地面に転がる。ああもう、と泰介が悔しそうに叫ぶ。背中で、徹平が笑い声を上げる。

「まぁた性懲りもなくしよっとね」

いつの間にか、野良着姿の母が家の前に戻ってきていた。その忌々しそうな口調に、泰介が怯えて後ずさる。

「オリンピックなんかに流されて、ああ恥ずかしか。鍛えたところでどうせ何もできんよ、こん子は。物心つく前に罪ば犯した子ぉやけんね。腐った種から、花は一生咲かんばい」

万津子は俯き、そっと目をつむった。息を吸い込み、ゆっくりと顔を上げる。

「お母さん」

「うん？」

「私、今から田中さんとこに行ってくるけん」

「田中さん？　なして」

「こんボールば、返してくる」

「あれまあ……やっと、正気ば取り戻したかね」

母は驚きと呆れの混ざった声で言った。

「そんなら、早よせんね。まだ夕飯の支度も始めとらんとやろ」

「はい、いってきます」

静かに答え、泰介を連れて家の前を離れた。

田中さんの家を訪ねると、卓也は遊びに出かけていた。用件を告げると、田中さんの奥さんは怖い顔をしてゴムボールをひったくった。

「あんた、あんまり出歩かんほうがよかよ。家の仕事もせんでボール遊びばっかしよるて、変な噂が流れとるけんね。まだ橋本さんとこの良隆くんが亡くなって二か月しか経っとらんて、ほんなこつ分かっとると？」

「すみません。今後気をつけます」

素直に頭を下げると、田中さんの奥さんは意表を突かれたような顔をした。「分かっとるなら、わざわざ目立つこつばしたらでけんよ」と唇をすぼめ、ぴしゃりと戸を閉めた。

帰る道すがら、泰介はずっと泣いていた。「ボール、ボールぅ」と田中さん家の方向に戻ろうとする泰介の手を、万津子は黙って引いた。家に着く頃には、泰介はすっかり泣き疲れていたようだった。ふてくされて板の間の隅の布団に倒れ伏し、やがて寝息を立て始めた。

――それにしても、泰介はほんなこつ何もできん子やね。

――こん子は普通ん子じゃなか。

――腐った種から、花は一生咲かんばい。

竈に火をおこし、野菜を切る間、これまでの母に投げかけられた言葉がずっと耳の中で鳴っていた。

周りの世界が何も見えない、田んぼと畑に囲まれた田舎。もし佐藤満との結婚生活が上手くいっていたら二度と住むはずがなかった、思い出のままにしておきたかった場所。

この息苦しさは、いつかきっと、この子を捻《ね》じ曲げてしまう。

いくら万津子が秘密を守り通すつもりでも、泰介が大きくなれば、気づく瞬間が来るだろう。家族や近所の住人から絶えず注がれる、ねめつけるような視線に。自分が死のきっかけを作ってしまったかもしれない、橋本良隆という幼き故人の存在に。

バレーボールに打ち込むようになってから息子が見せるようになった、どこまでも純粋で快活な表情を、万津子はどうしても失いたくなかった。

「こん子の未来は、私が守らんといけん」

口から飛び出た言葉が、まな板にぽとりと落ちる。

必要なのは、万津子自身の勇気だった。

テレビで見たばかりの、東洋の魔女の活躍を思い出す。彼女らは、あの一瞬のために、血のにじむような努力をした。監督のしごきに耐え、苦しい日々をいくつも重ねた。婚期を逃すことに葛藤し、女としての幸せとは何なのかと思いつめた夜もあっただろう。その迷いを吹っ切り、壁を乗り越えた結果、オリンピックでソ連を下して優勝するという、日本中を沸き立たせる金字塔を打ち立てた。

自分の残りの人生を、すべて懸けるくらいの覚悟。

それが、彼女らにできて、どうして同じ女性の万津子にできないといえるだろう。

万津子の心はすでに決まっていた。

あとは、ここから一歩踏み出すだけだった。

翌朝、まだ太陽の昇らないうちに、万津子は布団から出た。

枕元を探り、昨夜のうちに風呂敷に包んでおいた荷物を引き寄せる。三人分の着替え、保険証、そして家の財布から抜き出したお金。女工時代に妹の小夜子を高校に行かせるため仕送りしていたお金のうち、勝手に実兄ちゃんの肺炎の治療に使われてしまった分を取り戻すのだと思えば、胸の痛みはいくらか治まった。

眠っている徹平をおんぶ紐で背負い、泰介の肩を揺り動かした。うーん、と薄目を開けた息子に、万津子はそっと囁いた。

「東京さん行くよ」

えっ、と泰介が小さく呟く。むくりと身を起こし、「東京？　オリンピック？」と嬉しそうに尋ねてきた三歳の息子に向かって、万津子は「しっ」と人差し指を唇に当てた。

多少の物音を立てたところで、奥の座敷で寝ている家族は異変に気づかないだろう。このところ、万津子は誰よりも早く起きる生活をしていたし、泰介が変な時間に目覚めて大声を出すのは、以前からよくあることだった。

何も分かっていない泰介に土間で靴を履かせ、手を引いて家を出た。

外の空気はひんやりとしていた。夜露で湿った土の上を、踏みしめるようにして歩き出す。後ろは振り返らなかった。田んぼの間の道を、泰介がついてこられる速さで進んだ。どこかで鳥の声がしている。近くの草むらで、コオロギが鳴いている。

「ママ、暗かよ。前がよう見えんよ」

「大丈夫。もうじき太陽が昇るけんね」

大牟田駅までは、六キロ以上の道のりだった。バスはまだ動いていないから、できるところまで徒歩で行く。途中で泰介がへこたれるかもしれない。徹平がぐずりだすかもしれない。それでも戻るわけにはいかなかった。

ふと、一年前のことを思い出した。

夫の暴力に耐えかね、夜に社宅の長屋を飛び出して、実家に逃げ帰ってきたときのことだ。足の下を流れる川の音を聞きながら、息子二人を抱えてガタガタ橋を渡る間、万津子の心は恐怖と不安でいっぱいになっていた。

今の境遇は、あのときによく似ていた。

だが、行く末はもっと明るい。目指す先は、大牟田でも荒尾でも、熊本でも博多でもなく——世界を受け入れた自由と希望の地、東京なのだから。

まだ幼いこの子には、羽を伸ばせる場所が必要だ。この狭い田舎から解放され、のびのびと育っていかなければならない。

「あっ、ママ、ちょっと明るくなってきたよ」

「そうやねえ」

「あっちのお空が綺麗たい。夕焼けたい」

「今は朝だから、朝焼け、ちゅうとよ」

よく知る家々の前を通り過ぎ、バス停の脇を抜け、さらに先へと歩いていく。鳥の群れが悠然と空を飛ぶ。茜色に染まった東の空が、万津子たちを祝福するように光り輝いている。

あの朝焼けの方向に、自分たちの未来があるのだと、万津子は胸を膨らませた。

いつか、泰介がバレーボール選手になる。日本代表としてオリンピックに出場して、全国から拍手喝采を送られる。

もしそういう日が来たら、この子を人殺しだとなじった人々は、何を思うだろう。見返す、とまでは言わない。謝ってほしいとも思わない。ただ、泰介がどこまでもまっすぐな人間だったということは、はっきりと示せるはずだ。

その萌芽が、今の泰介にはある。少なくとも、万津子はそう信じている。

この子の可能性は、他でもない、万津子とこの子とで決めるのだ。

「あのね、泰介」

「ん？」

「ママはね、東洋の魔女たい」

とーよーのまじょ、と泰介が首を傾げる。その可愛らしい仕草を見て、万津子は思わず微笑んだ。

東洋の魔女。それは魔法の言葉だ。

口に出すだけで、何でもできる気がしてくる。どんな苦しい努力も、どんな高い夢への邁進《まいしん》も、この言葉の前では否定されない。女性だからということにとらわれず、まだ見ぬ場所へと羽ばたく勇気をもらうことができる。

「私は、東洋の魔女」

自分に言い聞かせるように、繰り返した。

「私は、東洋の魔女になるとよ」

河西昌枝、宮本恵美子、谷田絹子《たにだきぬこ》、半田百合子《はんだゆりこ》、松村好子、磯辺サタ。

佐藤万津子は、その七人目の選手になる。日の丸をつけてコートを駆け回っていたあの六人と同じように、自ら道を切り開く、新時代の女性になるのだ。

そのことを――どうか泰介、あなたがいつか証明してほしい。

泰介が立派な大人になり、オリンピックの舞台で活躍し、相手コートに思い切りボールを叩き込む。勝利に歓喜し、両手の拳を突き上げて吼える。

その一瞬のために、万津子は母親としての使命を全うするつもりだった。いつか訪れるその一瞬を思い描いていれば、どんな苦難でも乗り越えていけるのではないかと思えた。

「とーよーのまじょ、とーよーのまじょ」

横を歩く泰介が、スキップをしながら、歌うように言った。

朝日を受けた雲と、爽やかな秋晴れの空に見送られ、万津子は生まれ育った地を後にした。

そして、もう二度と、帰ってこなかった。

二〇二〇年　一月

ふう、と萌子が細く息を吐いた。

朝の玄関に漂う空気が、かすかに白くなる。薄い桃色の唇が、真一文字に結ばれ、また弛緩した。

「緊張、してるのか」

「ううん」

泰介の問いかけに、娘は首を左右に振った。隣に立つ由佳子が、「おばあちゃんのこと？」と遠慮がちに尋ねる。今度は、萌子の頭が小さく縦に動いた。

「おばあちゃんのことは、お父さんに任せろ。萌子は試合にだけ集中すればいい」

「そうよ。萌子が最後まで一生懸命戦って、その姿をテレビで見せることが、おばあちゃんへの一番の贈り物になるんだから」

「お、なかなかいいこと言うな」

「でしょう」

由佳子が悪戯っぽい笑みを見せた。思いつめたような顔をしていた萌子が、つられて表情を明るくする。

「そうだよね。今までで一番、頑張らないと。夢にまで見た、春高バレーの決勝戦……だもんね」

「ああ、その意気だ！」

「おばあちゃん……見てくれるといいな」

「見せるさ。必ず」

「無理やり叩き起こしたりしちゃ、ダメだからね」

「心配ご無用。俺だって医者に殺されたくはない」

萌子がくすりと笑った。銀徳高校の真っ黒なジャージとは対照的な白い歯が、口元から覗く。

「じゃ、勝っても負けても、お父さんに電話するのは夕方にするから」

「終わったらすぐ報告してくれたっていいのに」

「嫌だよ。だって、ちゃんとテレビの前で応援してほしいもん」

「リアルタイムで、な」

「うん、リアルタイムで」

ぱんぱんに膨らんだエナメルバッグを、萌子が軽々と肩にかけた。真新しい赤いチェック柄のマフラーに顎をうずめ、「いってきます」とはにかんで言う。

「いってらっしゃい。全力を出し切ってこい！」

「いってらっしゃい。お母さんも、すぐに行くからね！」

娘の後ろ姿が、冬の寒空の下へと消えていく。ドアが完全に閉まり、曇りガラス越しに萌子の気配が感じられなくなるまで、泰介と由佳子は手を振り続けた。

「あのマフラー、やっぱり似合ってるわね」

暖房の効いたリビングへと戻りながら、由佳子が機嫌よく話しかけてきた。食べかけだった朝食の続きをと、二人して椅子に腰かける。

「そうか？　ならよかったけど」

「あなたが萌子の誕生日プレゼントを買ってきてくれるなんて、びっくり。そんなの母親の仕事だろ、とか、女の子の趣味はさっぱりだ、とか言って、毎年必ず私任せだったのに」

「何度も蒸し返すなよ」

「どうして今年は急に？」

「いや、まあ……どうせ毎日外に出てるわけだし、仕事帰りに俺が買ってきたほうが由佳子も楽なのかな、と。よくよく考えたら、若い店員をつかまえて女子高生の好きそうなものを選んでもらうくらいなら、俺みたいな中年親父にだってできるしな」

「こういうことがあると、夫婦で子育てしてる、って感じがするわね」

由佳子がふと、テレビへと目を向けた。視線を追った先に、『熟年離婚』『空の巣症候群』というテロップが見え、ドキリとする。朝の情報番組で、最近離婚した五十代の元アイドル歌手について特集しているようだった。

思わず、妻の横顔を盗み見た。彼女はしばらくの間、何かを懐かしむような表情で画面を眺めていた。

「この歌手、確か私たちの一つ上よね」

「そうだったかな」

「大変ねえ、この歳になって離婚だなんて。……考えられないわ」

由佳子がリモコンを手に取り、チャンネルを替える。いつの間にか、彼女の顔には緩やかな笑みが浮かんでいた。

「あなた——やっぱり、変わったわよね」

「え？」

「最近ね、急に楽しみになってきたの。これから、萌子の成長を見守っていくのが。私たちが大事に育ててきたかけがえのない宝物が、いったいどこに羽ばたいていくのかを、ゆっくり見届けるのが」

「な、何だよ、突然」

「あと十年か二十年経ったら、孫の顔を見せてくれるかしら？　私たちも歳が歳だし、さすがにひ孫まで望むのは無謀かしらね」

わずかに残っていたヨーグルトを口に運ぶと、由佳子は椅子から立ち上がった。「出かける準備をしなきゃ」などと誤魔化すように呟き、いつになく軽い足取りでリビングを出ていく。

そんな妻の姿を見送りながら、泰介はコーヒーカップを手に取った。

すっかり冷めてしまった液体を、喉の奥に流し込む。その温度とは裏腹に、胸の奥はじんわりと熱くなっていた。


万津子が再び高熱を出して緊急入院することになったのは、年明け早々の一月五日、春高バレー一回戦真っ最中のことだった。

三が日から、どこか調子が悪そうだと感じてはいた。リビングにやってきてテレビを見ようとすることもなく、介護ベッドのある自室に閉じこもりがちになった。由佳子がミキサーで作った介護食も、せいぜい一口か二口しか食べない。自分から何も喋らなくなったとはいえ、萌子が明るく声をかけるとたまに笑顔を見せていたのに、それもなくなった。

元旦に家を訪ねてきた徹平夫婦も、心配そうにしていた。「退院する頃より元気がないな」と顔をしかめた弟に、「何かあったらすぐ病院に連れていくよ」と答えたのが、今は悔やまれる。そのとき現れていた不調が、すでに「何か」だったのだ。医者が下した診断は、誤嚥性肺炎の再発だった。高齢者の場合、咳や発熱といった分かりやすい症状が出ない場合があるらしい。

家で留守番をしていた泰介がわずかな異変に気づき、タクシーで病院に連れていったときには、症状は急激に進行していた。待合室にいる間にも熱はみるみるうちに上がり、入院したその日のうちに、万津子の鼻には酸素吸入用のカニューレが取りつけられた。もともと認知症だから定かではないが、意識も朦朧としているようだった。

会場に行っていた由佳子には、一回戦の試合終了時刻を見計らって、午後一時すぎにメールで連絡を入れた。入院が決まったのが午前中だと知ると、「もっと早く知らせてよ」と彼女はひどくおろおろしていた。

次はもう持ちこたえられないと思ったほうがいい。

前回の入院時に医者に言われていたことが、由佳子の肩に重くのしかかっていたようだった。その不安が、試合から帰ってきた娘にも伝染してしまったらしい。夕食時に家の食卓で顔を合わせた萌子は、一回戦で北海道の強豪校にストレート勝ちしたことに触れることもなく、じっと黙ったまま、味噌汁に入ったカボチャを箸でつついていた。

「萌子は気にするな。二年生エースがそんな顔をしてたら、勝てる試合も勝てなくなるぞ。明日の二回戦はシード校と当たるんだよな。今は大事な時期なんだから、気持ちを切り替えて。萌子はチームの期待の星だろ？　ほら、集中、集中、集中！」

泰介がなけなしの語彙を拾い集め、懸命に言葉を尽くしても、娘の表情は晴れなかった。夕飯を食べている間じゅう励まし続け、しまいに「点滴なんかより、銀徳の優勝のほうがいい薬になると思うんだけどなあ！」と半ば投げやりになって言い放ったとき、萌子はようやく口元をわずかに緩めた。

「そうだね。ここで私が調子を崩したら、おばあちゃんもきっと悲しむよね」

その声には、彼女らしい前向きさが復活していた。翌日から、萌子は有言実行で、大会注目株のエースアタッカーとして変わらぬパフォーマンスを発揮し続けた。各地方の強豪校や東京第二代表の八王子女子をなぎ倒し、昨日の準決勝ではインターハイの準優勝校をも打ち破って、見事決勝へと駒を進めたのである。

「本当に強い子だよ、萌子は」

病室の窓から西日が差しこみ始めた午後三時半過ぎ、泰介はベッド脇のソファに腰かけて、鼻カニューレをつけた母の寝顔を眺めていた。

「誰に似たんだろうな。由佳子か？　それともお袋？　少なくとも、俺ではないな」

一人でカラカラと笑い、直後の静寂に耳を澄ませた。痩せてしまった万津子の腕に手を伸ばそうとして、引っ込める。いくら相手が病人とはいえ、男の自分が母親の身体に触れていいものかどうか、まだためらいがあった。

手持ち無沙汰になり、ポケットから業務用の携帯電話を引っ張り出した。先週から配属された新部署では、高級ホテル内に出店する未来型スポーツジムの企画が具体的に動き始めている。プロジェクト立ち上げから現在までの経緯などが記載されたメールを読み返し、少しでも早く既存メンバーに追いつこうと、プライベート用のスマートフォンとともに持ってきたのだった。

しかし、画面を開こうと指をかけたところで、思いとどまった。業務用の携帯電話も、インターネットには繋がっている。万が一にも春高バレー決勝の試合結果が目に飛び込んできてしまったら、

「リアルタイムで」応援するという萌子との約束を反故《ほご》にすることになる。

春高バレーの女子決勝戦は、今日の午後四時から地上波で放送されることになっていた。残念なことに、生中継ではない。試合開始は一時四十五分だったはずだから、フルセットにでももつれこまない限り、すでに勝敗が決している可能性が高かった。

携帯電話をポケットに戻し、ソファの肘掛けにもたれかかる。大部屋が空いていなかったとかで個室に入ることになったため、どれだけ独り言を垂れ流しても、だらしのない姿勢で座っていても、誰に咎められることもない。

「知ってるか？　ADHDには、何か面白いことを見つけると、寝るのも忘れて熱中する才能があるんだってさ。エジソンやスティーブ・ジョブズもそうだったのかなあ」

母と二人きりでいるときに自分語りをするのは、もはや癖のようになっていた。

「俺にとって、その『面白いこと』ってのが、バレーだったんだよな。勉強も読書も他のスポーツもからっきしなのに、これだけはよく続いたもんな。走り込みや筋トレは嫌いで、よく逃げ出そうとしてたけど……そのたびにお袋にこっぴどく怒られて、元の道に戻されてさ。それでもやめなかったのは、やっぱ好きだから、ってことなんだろうな」

万津子がそんな泰介の「好き」を見抜いたのは、いつのことだったのだろう。物心ついたときには毎日のようにバレーボールの特訓をさせられていたから、そのきっかけとなった出来事は覚えていない。

泰介は、バレーボールで大成しなかった。あれだけ幼い頃から教え込まれたにもかかわらず、芽が出なかった。高校でも大学でも大した成績を残せず、スカウトから声がかからなかった。絶対、世界に行ける。オリンピックに行ける。そう口癖のように繰り返していた母の期待を、見事に裏切った。「子どもの人生を何だと思ってるんだ」という捨て台詞まで吐いて、バレーボールと決別した。

それでも今では、母の慧眼《けいがん》に感謝している。

——十分じゃないか。泰介は、バレーボールのおかげで今の奥さんに出会い、一流の会社に入って、萌子ちゃんが生まれたんだろう。ひたすらバレーボールに打ち込んだ子ども時代の経験が、血となり肉となったわけだ。

先月、神田にある『純喫茶モカ』を訪れた際、先代マスターの金沢実男に言われたことが、今になって身に染みていた。

自分からバレーボールを取ったら、いったい何が残ったというのだろう。

由佳子のような懐の深い女性と結婚できたことも、萌子という才能にあふれた素晴らしい娘に恵まれたことも、スミダスポーツに入社して肥後太一と親交を深めたことも、スポーツジムの運営企画といういくらでも没頭できる幸せな仕事に巡り合えたことも、すべて、母が息子のために入念に敷いたレールのおかげだったではないか。

「親が子どもに贈る最高のプレゼント、か」

口に出してから、その意外なほど気障《きざ》な響きに赤面する。まさか目を覚ましてはいないだろうな、とベッドの上の母に目をやると、そのまさかが起きていた。

うー、と万津子の口から苦しそうな声が漏れる。

「ごめん、起こしちゃったか？　最近さ、仕事が楽しいんだよ。出世はできなかったけど、バレーのおかげで今の会社に入れてよかったなって、お袋に感謝してたところだったんだ」

薄く開いた目を見つめ、話しかけた。認知症が進んだ今、万津子はどうせ、息子の言葉を理解していない。これも一種の独り言のつもりだった。

だが、次の瞬間、泰介は思わず苦笑した。万津子が点滴に繋がれた手を持ち上げ、ベッド脇に置かれたテレビを懸命に指差し始めたのだ。「テレビ……」という小さな声が、呼吸音の合間に漏れる。

「まあ、そりゃそうだ。俺の仕事の話なんかより、可愛い孫娘の大一番が気になるよな」

たった一単語とはいえ、万津子が自分から言葉を発するのは久しぶりのことだった。今から春高バレーの女子決勝戦が地上波で放送されるということも、そこに自分の血が流れた孫が出場するということも、万津子はもちろん分かっていない。何とも微笑ましい偶然だ。

放送開始まではまだ少し間があったが、母の求めに応じて電源を入れた。病室の外に漏れない程度に音量を上げ、チャンネルを合わせておく。

流れ始めた競馬の中継を、そわそわしながら眺めた。ふとベッドを見ると、万津子は再び目をつむっていた。「萌子が見てほしいって言ってたぞ」と声をかけてみたが、母は口元を動かしただけで、目を開けようとはしなかった。

ごめんな、萌子。俺だけでも応援するから。

やがて、番組が始まった。オレンジ色のコートをバックに、引退したバレーボール選手やアナウンサー、男性アイドルたちといった解説陣が勢ぞろいして、マイクに向かって喋り始める。

センターコートを取り囲む満席のアリーナ席、その後ろに陣取る黒と青の応援団。黒地に白抜きの文字で『必勝！　銀徳高等学校』と書かれた横断幕を掲げ、銀色のスティックバルーンを打ち鳴らしているあの熱気に満ちた集団の中には、ＯＧや他の保護者とお揃いの黒Ｔシャツを着た由佳子もいるはずだ。

試合直前の練習風景が映る。娘の姿を探そうと首を伸ばした途端、画面が切り替わり、両校の紹介VTRが流れ始めた。

銀徳高校が優勝の座をかけて戦うのは、東京都代表決定戦の準決勝で敗れた因縁の相手、豊島大附属高校だった。青いユニフォームに身を包む彼女らは、昨年の春高バレーと夏のインターハイを立て続けに制した超強豪校だ。東京代表同士が決勝でぶつかるのは、二〇一六年以来、四年ぶりだという。

VTRによると、連覇のかかる豊島大附属には、昨年の全日本ジュニアの代表選手が四人もいるらしい。一方の銀徳は、おそらくゼロだ。チーム力に定評はあれど、萌子のほかに突出した実力を持つ有名選手がいるとは聞いたことがなかった。

誰もが、豊島大附属の連覇を予想している。

それはおそらく、この番組を制作しているテレビ局のスタッフもそうなのだろう。忌々しいことに、普段の練習風景や注目選手一人一人のインタビューを長々と流した豊島大附属のVTRに比べ、銀徳の紹介はあまりにもお粗末だった。キャプテンの長谷部奈桜へのインタビューのほかは、今大会や前大会のハイライト映像に終始し、最後に「スタメン唯一の二年生、注目の新星アタッカー」として萌子の写真や身長などの情報をちらりと映しただけ。

「ったく、ひどいな。テレビ局の怠慢だ。萌子、目に物見せてやれよ」

万津子がそばで寝ているのも忘れ、画面に向かって毒づいた。それでも母が目を覚ます様子はなかった。

永遠とも思える時間の後、ようやくオレンジ色のコート全体が映し出された。『全日本バレーボール高等学校選手権2020決勝』の文字が、右上に浮かび上がる。

『さあ、連覇を狙う圧巻の女王・豊島大附属か、十二年ぶりの優勝を目指す伝統校・銀徳か。注目の第一セットです』

アナウンサーの声が、泰介の胃をキュッと締めつける。すでに試合を終えているであろう萌子や、会場に足を運んでいる由佳子は、今ごろ何をしているだろう——と考えそうになるのを、懸命に抑えた。萌子と約束した以上、雑念は取り払わなければならない。今まさに現地で試合を観戦しているつもりで、全力で応援しなければ。

第一セットは、豊島大附属のサーブから始まった。

『おっと、強力なサーブです。銀徳、いきなり乱れた！ アンダーからのトス、これは返すだけになりました……オープントスを打ち込んでいく！ 決まった！ 最初のポイントは豊島大です』

幸先の悪いスタートとなった。まだ一点だ、と自分に言い聞かせたのも束の間、サービスエースやライトからの強打でみるみるうちにポイントを取られていく。なんとかリベロがレシーブを上げ、セッターの長谷部奈桜がレフトへとトスを上げたが、高く跳んだ萌子のスパイクは、相手の二枚ブロックに呆気なく阻まれた。

その後も、奈桜は根気よく、何度もレフトへとオープントスを上げた。しかし、そのたびに相手のブロックがぴったりとつき、萌子のスパイクをからめとった。

どうやら徹底的にマークされているようだ、と泰介がようやく気づいたのは、一対六で銀徳の監督がタイムアウトを取ったときだった。

二か月前に対戦したときとは違う。萌子の動きが完全に封じられ、銀徳は相手のサーブミスでしか点を取れていない。

それが相手の戦略のようだった。豊島大附属は、東京都代表決定戦を制したとはいえ、準決勝で銀徳と当たった際は辛勝で終わっている。そのときの反省を踏まえ、めきめきと頭角を現している二年生エースを自由にさせまいと、綿密に対策を練ったのだろう。

「くそ、ずるいぞ」

ソファに座ったまま地団太を踏む。しかし、試合は容赦なく進行していった。

相手の強烈なアタックに陣形を乱され、宙に浮かび上がったボールがダイレクトに叩き込まれる。萌子が苦しい姿勢からのスパイクで最初の一点を取り、安堵した笑みを浮かべて先輩たちとハイタッチをした直後、次の攻撃ではリベロがダブルコンタクトの反則を取られる。

豊島大附属は、一回の攻撃でいとも簡単にポイントを決める。対する銀徳は、何度も粘り強くレシーブを上げ続け、長いラリーの結果としてようやく一点を返す。

序盤のように一気に引き離されることはなくなったものの、目を覆いたくなるような試合展開だった。銀徳の選手たちの顔は、一様に険しかった。青いユニフォームの相手チームが喜びを爆発させるたび、画面に映る萌子の顔が曇っていった。

第一セットは、十二対二十五で豊島大附属が取った。「銀徳は、少しミスが目立ちますねぇ」という解説者の能天気な声に、ずっと我慢していた貧乏揺すりが止まらなくなる。

気持ちの切り替えができないまま、第二セットが始まった。生中継ではないから、休憩時間はカットされているのだ。

コートに戻ってきた銀徳の選手たちの顔を一目見て、悪い予感がした。テレビの前で見守る泰介の焦燥感が伝染してしまったのではないかと錯覚するほど、彼女らの表情は硬かった。キャプテンの長谷部奈桜が「いくよ、みんな！」と声を上げているが、その甲高い声がすでに切羽詰まっている。

少しでも耐えてくれ、という泰介の願いは、画面の向こうには届かなかった。乗りに乗った豊島大附属に比べ、銀徳は第二セットでも精彩を欠いた。エースアタッカーの萌子はのびのびとスパイクを打たせてもらえず、セッターが苦し紛れに選択したライトやセンターからの中途半端なアタックが、その数倍は洗練された相手のクイックや時間差攻撃で難なく破られていく。

点差はじわじわと開いていった。第二セットは、十六対二十五で決着した。CMが明けると、画面右上のテロップの文字は、『豊島大附属　連覇に王手』へと変わっていた。

「おい、嘘だろ……萌子」

このままで終わらないよな。

お父さんやおばあちゃんに、いいところを見せてくれるんだよな。

「このままだと、ストレートで――」

悪い想像を口に出しそうになったとき、画面の左上に『8』『5』という数字と、『テクニカルタイムアウト』という文字が突然現れた。

『さて、第三セットも、豊島大が先に八点にのせました。このまま豊島大が優勝へと突っ走るのか。女王に食らいつけるか、追い詰められた銀徳』

アナウンサーの説明で、第三セットの序盤がカットされたのだと気づく。「勝手にダイジェスト版にするな！」と画面に向かって吼えると、病室のドアが開き、「お静かにお願いしますね」と中年の看護師に注意された。

身を縮めてテレビへと向き直ったとき、ベッドの上で万津子がもぞもぞと動いているのにふと気づいた。目をぱっちりと開け、驚いたような顔で画面を見つめている。

「カサイ……ハンダ……」

不明瞭な言葉が、万津子の乾いた唇から漏れた。その直後、「第一セットは?」と息を荒くしながら尋ねてきた。「相手が取ったよ」と面食らいながら答えると、母は満足げに微笑み、「そうかい、日本が取ったとね」と頷いた。

いったい何と勘違いしているのだろう。日本というからには、オリンピックだろうか。

「東京オリンピックは半年後だよ。これは萌子の試合」

泰介の声は、万津子の耳には届いていないようだった。画面の中で舞うボールの軌道を、真剣な目で追っている。

肩をすくめ、泰介も再びテレビへと視線を戻した。画面左上の得点が『8』『8』に変わっているのに気づき、目を見張る。

『渾身《こんしん》の一発! 佐藤萌子、なんと怒濤《どとう》の三連続ポイントです!』

アナウンサーが興奮した様子で叫んでいる。ぴょんぴょんと跳びはねている萌子の姿が大映しになっていた。その周りに、長谷部奈桜をはじめとした三年生たちが笑顔で駆け寄っている。

いつの間に、と口の中で呟いた。――三連続ポイント?

『銀徳の二年生エースが、ようやく本領発揮でしょうか。第二セットまでは苦しんでいましたが、やっとエンジンがかかってきたように見えます』

『ええ。このまま勝たせてなるものか、という強い思いが伝わってきますね』

アナウンサーと解説者が言葉を交わしている。泰介は両手の拳を膝に押しつけ、流れ始めたスローモーション映像を凝視した。

高く跳びあがった萌子が大きく背を反らし、美しいフォームでボールを叩く。ネット際で、青いユニフォームの選手たちが必死に手を伸ばす。わずかな隙間をボールがするりと抜けていき、白いライン上でバウンドする。

瞬時に直感した。

萌子は、つかんできている。

まだ諦めてなどいない。徹底的に自分をマークしようとする相手チームを出し抜き、今からでも翼を広げる術を探り続けている。

やった、と万津子が笑った。若返るどころか、まるで童心に返ったような、無邪気な口調だった。

それからの萌子は、第二セットまでの不調が嘘のように、コート上を自由自在に走り回った。レフトからの攻撃を警戒されていると見るや、ライトからのアタックで連続ポイントを取る。長谷部奈桜の速いバックトスも的確に決める。次も強打がくるだろうと相手が身構えたタイミングで、恐ろしいほど柔らかいフェイントボールを放り、前衛の真後ろに落とす。

レフト一辺倒の作戦をやめた銀徳に、豊島大附属は明らかに翻弄されていた。堅牢に見えたチームの足並みが乱れ、タッチネットの反則やレシーブミスを連発する。萌子がさらにサービスエースを決めると、銀徳は波に乗ったように勢いづき、青いユニフォーム集団をあっという間に蹴散らした。

二十五対十七。第三セットは、初めて銀徳が取った。

『なんということでしょう。今のセットだけ見ると、佐藤萌子のアタック決定率は驚異の八十パーセント超え！　コート上唯一の二年生が、豊島大の進撃を許しません！』

豊島大附属には、全日本ジュニアの代表選手が四人もいる。身長一八〇センチ台のアタッカーやミドルブロッカーもひしめいている。攻撃パターンの幅も広く、何より春と夏の全国大会優勝という不動の実績がある。

しかし、それが何だというのだろう。

今の萌子は、どんな相手をも寄せつけない。まるで何かが乗り移ったかのようだ。目の前の障害を自分の手で取り除き、バレーボールを始めた頃から心の中に抱き続けてきた大きな夢に向かって、ひたすらに走り抜けようとしている。

泰介は両手を握りしめ、試合に集中した。万津子も、時に苦しそうな呼吸をしながらも、画面から目を離そうとしなかった。

第四セットは、序盤から死闘となった。長いラリーが多くなり、ポイントが決まるたびに観客席から大きな歓声や悲鳴が上がる。前半は簡単に点を取られていた豊島大附属のクイックや時間差攻撃にも、銀徳の選手たちは惑わされなくなっていた。一進一退の攻防が繰り広げられ、アナウンサーは『銀徳、逆転!』『豊島大、逆転!』の言葉を交互に叫び続けた。

やがて、カウントは二十三対二十四を迎えた。『マッチポイント』の字が、豊島大附属の得点の下に現れる。

あー、と大きな声を上げて、万津子が布団を撥ね除けようとした。テレビに向かって勢いよく身を乗り出した母を慌てて制止し、点滴が外れないように腕を押さえる。

枯れ枝のように細い母の身体を抱きしめたまま、試合の行方を見守った。

豊島大のリリーフサーバーが、サーブを前に落としてくる。コースを読んでいた銀徳の選手が、ボールを危なげなく拾う。セッターの長谷部奈桜がレフトへと高いトスを上げる。萌子が力強く助走し、宙に伸び上がる。

萌子が渾身の力で強打したボールが、ブロックの指先をかすめるようにしてコート外へと飛んでいった。黒一色の応援団が、銀色のスティックバルーンを一斉に打ち合わせる。

二十四対二十四。

『ワンタッチ！　佐藤萌子、よく見ていました！　銀徳が追いついた！』

銀徳のセットポイントか、豊島大の二回目のマッチポイントか。

勝負の二十五点目を決めたのは、長谷部奈桜だった。リベロから上がってきたボールを、ツーアタックで相手コートに直接押し込んだのだ。

この局面で強気な攻撃を仕掛けた三年生キャプテンに、頬を桃色に染めた萌子が嬉しそうに駆け寄った。「あと一点！　攻めていくよ！」という長谷部奈桜の気迫のこもった掛け声に「はい！」と答えた瞬間、萌子の目がすっと細くなる。

二十五対二十四。銀徳のセットポイント。

会場が静寂に包まれた。銀徳の三年生が、サーブを放つ。ボールはリベロのもとへと飛んでいき、セッターから得意の速いトスがライトへと上がる。

味方のミドルブロッカーは追いつかない。跳んだのは萌子一人だった。両腕をまっすぐに上げ、ボールの進路を塞ごうとする。

その姿が、かつての自分に重なった。

由佳子に。

そして若かりし頃の母に。

相手のアタッカーが打ったボールが、懸命に伸ばした萌子の左腕に当たった。誰もいないオレンジ色のコートへと、ボールが吸い込まれていく。

爆発的な歓声とともに、漆黒の応援団が総立ちになった。

『佐藤萌子、初のブロックポイントで二十六点目を取りました！　セットカウント二対二で、ファイナルセットにもつれ込みます！』

「おっしゃあ、やったぞ萌子！」

腕の中の万津子を思わず激しく揺すりそうになり、はっとして手を離す。万津子は疲れたように微笑むと、大人しくベッドに横たわり、目を閉じてしまった。

――まるで、もう安心、と言わんばかりに。

第五セットは、泰介一人で見守った。

勝敗を決めた最後のポイントは、萌子のバックアタックだった。

『なんと最後も佐藤！　連覇を狙う豊島大附属の壁を打ち破りました！　死闘となった春高バレー決勝、制したのは銀徳高校です！』

テレビ画面に、銀徳の選手たちが順番に映し出される。ボロボロに泣き崩れている三年生たちのそばで、愛娘も目に涙を浮かべていた。

その姿が急にぼやける。泰介も、人差し指の先で目元を拭った。

再び見えた画面の中では、テレビカメラに気づいた様子の萌子が、こちらに向かって手を振っていた。まるで試合を終えた萌子と対面しているような気分になり、思わず片手を上げる。

その瞬間、ポケットの中でスマートフォンが震え始めた。慌てて取り出した拍子に、業務用の携帯電話が床に落ちて大きな音を立てた。

画面には『萌子』という文字が表示されていた。携帯電話を拾うのも忘れ、通話ボタンを押してスマートフォンを耳に当てる。

「も、萌子か？　優勝おめでとう！　やったな！」

娘が話し出すのも待たず、前のめりになって呼びかけた。

『ありがとう！　テレビでも結果出たんだね。そろそろかな、と思って電話したの』

その声を聞いて、現地とテレビでは時差があったことを思い出す。「ごめんごめん、生中継で見た気になってた」と頭を掻くと、『閉会式がさっき終わってね、今から帰るところだよ』という楽しそうな声が響いてきた。

『お父さん、あのね』

「何だ？」

『私、オリンピック、行けるかな』

「きっと行けるさ」――今年の東京五輪、ではないかもしれない。でも、彼女が望めば必ず手が届くはずだ。四年後にはパリ五輪もある。その次だってある。

『お父さん、私ね』

「うん」

『高校卒業したら……大学じゃなくて、バレーのチームに入りたい』

「そうか。自分で決めたことなんだから、しっかりやりなさい」

『……いいの？』

「当たり前だろ。お父さんやお母さんの夢は、萌子に託したぞ。あと、おばあちゃんの夢もな」

万津子も試合を見ていたと伝えると、萌子は大はしゃぎしていた。『今から病院に向かうね！』

「おう、待ってる」という会話をして、電話を切る。

急に、全身の力が抜けた。

小さなソファに身体を預け、両脚を投げ出す。

ベッドの上で目をつむっている万津子の、せわしなく上下している胸を見つめる。起きているのか、それとも眠っているのか。

すっかり痩せて小さくなってしまった母に、泰介はそっと語りかけた。

「もういいかな。……俺、許してもらえるかな」

頭の中には、近所の小さな公園で、オーバーハンドトスを上げていた万津子の姿が浮かんでいた。しわしわのエプロンをつけて大きな弁当を作っていた後ろ姿や、バレーボールをやめると宣言した泰介に向かって「ごめんね」とだけ言ったときの、悲しそうな顔も。

「全然期待に応えられなくて、出来の悪い息子でごめん。だけど……萌子に、母さんの夢を、代理で叶えてもらったよ。これで、もういいかな」

引っ込んだ涙がまた出てきそうになるのを、必死にこらえた。

そのうちに、いつの間にか、まどろんでいた。


はじめは、夢というより、夢うつつの境で見たイメージのようなものだった。

空に浮かんだ、雲のようなカラフルな輪の中を、若い頃の母が歩いていく。白いTシャツに、丈の短い紺色のブルマ。銀色に光り輝く球体が、その手の中で回っている。

母が柔和に微笑み、再び前を向く。服装は、いつの間にか漆黒のユニフォームへと変わっている。背番号は6、その上には『SATO』の銀文字。

いくつもの雲の輪を通り抜けた先に、今度は虹のような半透明の輪が見えてくる。

数えると、全部で五つ。

泰介の前を歩く若い女性が、ゆっくりと振り向く。それは萌子だった。真っ赤なユニフォームに身を包み、さっきまで万津子が持っていた銀色の球体を、大事そうに胸に抱いている。

彼女が、こちらに向かって大きく手を振った。


そしてまた、別の夢を見た。

幼い頃からよく見る、例の夢だ。

蒸し暑い夏の日。どこまでも晴れた空と、入道雲。近くの木から聞こえる蟬の声。

泰介は、生温い水の中で必死に泳いでいた。何かをつかもうと手を伸ばすのだが、どんどん身体は沈んでいく。自分の身体はとても小さく、水は広大な海のようだった。流れが泰介を押し、転がし、回し、引きずり込もうとする。

懸命に抗い、水面へと浮き上がるため手を伸ばす。息が苦しい。胸に溜めた空気が、外に出ていこうとする。

突然、近くで大きな音がした。水が上下左右に揺れ動き、身体が激しく振られる。

水の中に入ってきた誰かが、泰介の尻を、強い力で押し上げた。

目の前に光が差す。大きく息を吸い込み、むせ返り、顔に触れた青い草へと縋りつく。

誰か、の気配はもうない。

長い叫び声が、喉からほとばしる。

泰介っ――。


「どうしたの、大丈夫?」

肩を叩かれ、目が覚めた。はっとしてソファから身を起こす。ダウンコートを着た由佳子が身を屈め、心配そうにこちらを覗き込んでいた。

「ひどくうなされてたわよ。お義母さんかと思ったら、あなたなんだもの。驚いちゃった」

「今、着いたところか」

「ええ。先に帰らせてもらったの。本当は閉会式の後、OGと保護者一同から選手たちにお花を渡す予定だったんだけど」

由佳子がベッド脇に移動し、目をつむって顔をしかめている万津子の頬に触れる。「また熱が上がったみたいね」と妻は顔を曇らせた。

「そうか？　さっきまでは、元気そうに萌子の試合を見てたのに」

「あら、本当に？　珍しいわね」

「萌子に電話で伝えたら、喜んでたよ」

「よかった。おばあちゃんのこと、ずっと気にしてたものね」

「それにしても……よくやったな」

「優勝だものね。信じてたけど、信じられない気分だわ」

由佳子が目を潤ませた。試合終了から二時間ほどが経つ今も、まだ余韻に浸っているようだ。

「萌子も、今からここに向かうってさ」

「あら、そう。きっとおばあちゃんに、自分の口で報告したいのね」

妻は備えつけの冷蔵庫を開けると、「ちょっと売店に行ってこようかな」と鞄を肩にかけ直した。

そういえば、緑茶のペットボトルの買い置きがなくなりかけていた気がする。長年妻に頼りっぱなしだったからか、どうもこういうところに気が回らない。

定年退職して二人で暮らすようになったら、このままではいけないぞ――と肝に銘じながら、妻の後ろ姿を見送った。

そのままベッド脇に近づき、母の目線の高さにしゃがみ込む。

なぜだろう。

どうしても今、話しておかなければならないような気がした。

「俺さ……小さい頃から、よく見る夢があるんだ」

万津子がうっすらと目を開ける。その瞳が、ゆっくりとこちらに向けられた。

「夢の中で、俺は溺れてるんだ。息ができなくて、苦しくて、必死でもがいてる。そこに、誰かが飛び込んでくる。俺の尻を押して、岸辺の草につかまらせてくれる。だけど振り返ると、その誰かはもういない。俺は一人なんだ」

これは本物の記憶なのだろうか、と考える。昭和三十九年八月二十九日。新聞に載っていた水難事故。熊本県で川に流されて死亡した橋本良隆という七歳児と、救助された三歳児。

「水の中で俺を助けたのが、その……ヨシタカくんとやら、だったのかな。だから母さんは、ずっとそのことを秘密にしてたんだね。不注意な俺が足を滑らせて川に落ちたせいで、救助に入った他の子どもが死んだと知ったら、ショックを受けると思って」

んん、と万津子の喉から音が漏れた。

乾いた唇を開き、視線で訴えかけてくる。

何かを言おうとしているようだった。「どうした」と耳を近づけると、苦しそうな呼吸に交じって、かすかな声が聞こえた。

「もう、泰介は、練習せんでよかね」

「……え?」

「バレーボール、もう、せんでよかよ」

母の顔がくしゃりと崩れた。ほっとしたような、たった今何かに救われたかのような、柔らかい笑顔だった。

そのまま、眠るように目を閉じる。薄くなった胸が、大きくせり上がり、またしぼんだ。

呼吸が止まっていると気づいたのは、十秒ほど経ってからのことだった。

「母さん！」

細い肩をつかみ、もう片方の手でナースコールを押す。病室に顔を出した看護師に向かって、わけも分からないまま叫んだ。

やがて、白衣を着た医師や、複数名の看護師が駆けつけてきた。急に慌ただしくなった狭い個室で、泰介は呆然と立ち尽くす。

ドアが大きく開き、萌子が入ってきた。その後ろには、売店の袋を提げた由佳子もいた。異変を察した二人が、顔色を変えてベッドに駆け寄る。おばあちゃん、お義母さん、と口々に呼びかける声が耳に飛び込んでくる。

「おばあちゃん、私、勝ったよ！　春高バレー、優勝したよ！　絶対に、おばあちゃんみたいな、すごい選手になるからね！」

萌子が必死に呼びかけた。

白いベッドに横たわる万津子の口元には、先ほどの笑みがまだ残っていた。先ほどまで上下していた胸は、もう動いていない。

泣いている家族を前に、泰介はそっと目をつむる。

夢か現実か、うたた寝中に見たイメージが、まぶたの裏に蘇った。

雲の輪をくぐり、穏やかな青空に浮かぶ虹の輪のもとへと軽やかに駆け上がっていく、少女のような母の姿が見える。そのシルエットが、エプロンをつけた若い女性へと変化する。

そして、今の万津子へと。

頭上には銀色の球体が浮かび、太陽のように輝いている。

これが最後だと思うと、胸が苦しくなる。それなのに、心の中にはなぜだか、安堵が広がっている。

死にゆく母に、泰介は深々と頭を下げた。

主な参考文献

・新雅史『「東洋の魔女」論』イースト新書
・澤宮優『集団就職　高度経済成長を支えた金の卵たち』弦書房
・『愛媛の技と匠　昭和を生き抜いた人々が語る』愛媛県生涯学習センター
・愛媛県教育委員会『えひめ、昭和の記憶　ふるさとのくらしと産業Ⅲ　八幡浜市』愛媛県生涯学習センター
・農中茂徳『三池炭鉱宮原社宅の少年』石風社
・真鍋禎男『不屈と誇り　三池炭鉱労働者』社会評論社
・「炭鉱とくらしの記憶　エピソード集1」大牟田市
・熊谷博子『むかし原発いま炭鉱　炭都［三池］から日本を掘る』中央公論新社
・西村健『地の底のヤマ』講談社文庫
・佐藤次郎『東京五輪1964』文春新書
・フォート・キシモト、新潮社編『東京オリンピック1964』新潮社
・岩波明『大人のADHD　もっとも身近な発達障害』ちくま新書

主な参考映像

・小津安二郎「彼岸花」松竹
・「鉄腕アトム」手塚プロダクション
・市川崑「東京オリンピック」東宝

本書は、小社刊行の文芸誌「きらら」（２０１８年11月号〜２０２０年４月号）にて掲載し、残りを書き下ろしたものです。

本作品はフィクションであり、実在する人物・団体等とは一切関係ありません。

Illustration agoera
Bookdesign albireo

辻堂ゆめ（つじどう・ゆめ）

1992年神奈川県生まれ。東京大学卒。2015年、第13回『このミステリーがすごい！』大賞優秀賞を受賞し『いなくなった私へ』でデビュー。ほかの著書に『コーイチは、高く飛んだ』『あなたのいない記憶』『悪女の品格』『僕と彼女の左手』『卒業タイムリミット』『あの日の交換日記』などがある。

十《とお》の輪《わ》をくぐる

二〇二〇年十二月一日　初版第一刷発行

著　者　辻堂ゆめ
発行者　飯田昌宏
発行所　株式会社小学館
〒一〇一-八〇〇一　東京都千代田区一ツ橋二-三-一
編集　〇三-三二三〇-五一三三　販売　〇三-五二八一-三五五五
ＤＴＰ　株式会社昭和ブライト
印刷所　萩原印刷株式会社
製本所　株式会社若林製本工場

 ISBN 978-4-09-386598-2